苍老的指甲和宵遁的猫

·冉正万选集·

CANGLAO DE ZHIJIA HE XIAODUN DE MAO

冉正万／著

广西师范大学出版社
GUANGXI NORMAL UNIVERSITY PRESS
·桂林·

图书在版编目（CIP）数据

苍老的指甲和宵遁的猫：冉正万选集 / 冉正万著.
桂林：广西师范大学出版社，2017.3（2017.7 重印）
（黔山七峰）
ISBN 978-7-5495-9548-8

Ⅰ. ①苍… Ⅱ. ①冉… Ⅲ. ①小说集—中国—
当代 Ⅳ. ①I247

中国版本图书馆 CIP 数据核字（2017）第 032097 号

出　版：广西师范大学出版社
广西桂林市中华路 22 号　邮政编码：541001
网　址：http://www.bbtpress.com
出版人：张艺兵
发　行：广西师范大学出版社
电话：（0773）2802178
印　刷：桂林广大印务有限责任公司
桂林市临桂县秧塘工业园西城大道北侧广西师范大学出版社
集团有限公司创意产业园　邮政编码：541100
开　本：880 mm × 1 240 mm　1/32
印　张：10　　　　　字数：200 千字
版　次：2017 年 3 月第 1 版　　2017 年 7 月第 2 次
定　价：29.80 元

总　序

上世纪九十年代以来，以行政区域或文化范畴为作家群命名，并进行推介、阐释、评价的方式，已然成为当代文学的一种突出态势或现象。2015 年 8 月 28 日，来自全国各地的当代中国文学评论家数十人聚集贵阳，召开了“贵州作家群高峰论坛”，首次以“黔山七峰”的群体命名方式，推出了贵州文坛上创作突出的七位贵州作家。其宗旨和目的在于以“全国视野看贵州”，通过贵州作家的创作实践与全国评论家的互动，向外界推介贵州作家群，让更多的贵州作家进入全国评论家和读者的视野，得到更大范围的关注，从而激活贵州文坛活力，引领贵州作家不断创新突进。

贵州是一个多民族聚居的省份，有着极为丰富和浓郁的民族民间文化；与此同时，贵州又是一个移民省份，历史上有过多次大规模的移民潮，为贵州带来了不同地域的异质文化。本土文化与外来文化长期互动融合，最终形成了贵州独特的多元、多样、多层面的开放式文化生态。这一生态，无疑也深刻影响了生活在这一地域的文学

创作者的文化人格与创作实践，同样形成了贵州独特的多元、多样与多层面的文学生态景观。“黔山七峰”文学群体中的成员们，相互之间生活经历迥异、题材偏好有别、艺术追求多样，非常突出地表现了贵州文学生态的这一特点。特别应该指出的是，因为时代的进步和历史的变迁，“黔山七峰”就整体而言，在题材的拓展、思想的深度和艺术手法的多样性等诸方面，相较之前的贵州文学，都有了新的发展和提升。这是历史的必然，时代的必然，也是艺术发展规律的必然。

没有传承，也就不可能有发展。“黔山七峰”的出现不是偶然的，而是在贵州前辈作家所创立和积淀的文学沃土上传承和发展的结果。作为一个历史阶段的文学代表群落，“七峰”没有，也不可能囊括当下贵州创作的全部事实和成果，它只是一个窗口，外界由此可以窥探贵州文学全豹之一斑。

欧阳黔森

目　录

青草出发的地方

“我们以前都是吃草的吗？”

“当然。”

“你吃过吗？”

“我哪有口福？我要是吃过，我就不会老得这么快了。我也是听大人说的，那时候我还小得很，什么事也不懂，一天只晓得吊在妈妈的咪咪上，我一直吊到七岁——你们不要笑，难道你们没有吊过妈妈的咪咪？除非你们是鸡生的鸭生的，鸡和鸭都没长咪咪，想吊也吊不成。”

“后面为什么又不吃了呢？”

“说来话长。”

“有好长？”

“像溪里的水那么长，像天上的云那么长。”

“说吧，越长越好。”

“不管怎么说，这种事最好不要讲给女人听，听了你晚上想叫她

给你倒碗水喝她都不敢站起来。她看见自己的影子都会害怕得发抖。有一次她给我打洗脸水，看见盆子里有鬼，披头散发，盆子失手掉在地上，落了一大块搪瓷。我重新舀上水，把我也吓了一跳，是个男鬼，再一看，哈哈哈哈，这不是我吗？"

"你要讲鬼吗？"

"不，我今晚上讲的是我们吃草的老祖宗，我们的老祖宗不是鬼，是人！"

"他们死了不是也变成鬼吗？"

"没有，他们没有变成鬼，他们到天上去了。七月七的晚上开天门，地上的人可以看见天上的神仙、天上的街市、玉砌的石阶、金碧辉煌的宫殿，还可以看见已故的亲人。他们像在地上一样，有挑水的，舂碓的，赶马的，扯闲谈的，不同的是所有物件都没有重量，扛在肩上跟扛棉花似的，脚下轻轻一动，便能滑出很远，不像在地上干活那么费力。"

"可我爹说他们藏在柱子里面。那天我爹在堂屋钉钉子，在柱头拍了三巴掌，说'老祖宗，请你让一让，我要钉颗钉子'。"

"是呀，他们有时也藏在柱子里面。那是因为他们想我们了，回来看看。他们太轻了，必须附在什么东西上，否则就被风吹跑了。"

"我不喜欢他们这样，有什么好看的，想起就叫人害怕。"

"嘘，小声点，他们会听见的。"

长甩甩紧张地望了一眼黑洞洞的房子，就像老祖宗在不安地盯着他。长甩甩很会制造气氛，平时讲故事，别人都没激动，他先激动

起来。讲到好笑的地方也是如此,好笑的事还没讲出来,他忍不住先哈哈大笑一番。别人哈哈大笑,他反倒不笑了。有时候他被感动得流泪,便摆着手说:“不讲了,不讲了,讲不下去了。”

“好了,我不啰嗦了。反正是很多年以前吧,冉姓坝那时候别的都不长,就长草。这种草别说我没见过,就是我老祖祖的老祖祖都没见过。这是一种非常好吃的草。像现在的稻子一样高,满山遍野都是,整整齐齐,那个绿啊,好像它们全是从翠玉里面长出来的。那时候,先人都不种庄稼,也不养猪养牛养马。他们饿了就吃山坡上的草,渴了就挤草汁来喝,累了就在草上睡觉。他们穿的衣服是用草编的,他们住的房子是用草搭的——没有木料,但他们的房子建得比现在的砖房还高大。他们在黄泥中加上草屑,用这种泥垒成墙,然后堆上干草,用火一烧,墙就变硬了。一次虽然只能垒两尺高——黄泥是湿的,垒高了会塌——但只要把泥巴烧干,就可以在上面垒,想垒多高就垒多高。不过同时还要准备很多草绳,一边往上垒一边把房子缠起来,给房子穿上衣服,这样就更加牢固了。这种房子不但冬暖夏凉,还防潮。哪像现在这些房子,一到春天就起潮。我最怕过春天,一到春天骨头就发霉,脚杆棒棒不过弯,直杠杠的,走起路来关节咕嘎咕嘎响,像在推大磨。

“先人们不修房子,也不打草绳的时候——这样的日子是很多的,老人们就坐在草地上一边摆龙门阵,一边晒太阳。年轻的呢,就去山坡上对歌,要唱得互相都觉得入耳,才走到一起相见。这时男的要送一根草,女的若是有意,就会把这根草吃掉,然后两个人手牵着

手走到远离村子的地方,像猫一样藏在草丛里,结为夫妻。又过了一年,他们就会抱着娃娃回来,请村里的老人取名字。

“我们的先人吃了那样的草,全都长得像画上的人儿一样标致,可以说,现在的冉姓坝,几十年也出不了那么标致的人。他们的牙齿像星宿石一样又光又亮,皮肤呢,哪怕是两三百岁的人,也像刚生下来不久的娃儿一样,粉嘟嘟的,又嫩又柔软。这是因为他们每活四十九年,就要钻到大扁桶里,在里面待七七四十九天,像蛇一样蜕掉老皮,再出来的时候,就完全和刚生下来的时候一样了。他们一共要蜕七回,才会慢慢老去。因为他们光吃草,不吃别的,他们身上的血管全都是绿的。我们现在的血管只有一半是绿的,从先人们那里遗传下来后慢慢退化了。再过若干年,也许人的身上就再也见不到这种血管了。真是一代不如一代呵,想起我就伤心。”

有人小声叽咕:那是动脉和静脉,各是各的。长甩甩没听见,继续感叹:

“伤心也没有用,我晓得你们和我一样,都希望自己早生几百年,好过先人那样的生活,可这是不可能的。你们看见过溪沟里的水流走后倒回来过吗?没有。水不能倒流。时间是水变的,也不能倒流。不管什么东西,即使是长在你身上的一根毛发,一旦离开了你,也不可能再回到你身上。”

一只黑色的大甲壳虫突然从暗处飞出来,重重地摔在地上,四仰八叉地弹着腿,换在平时,定会有只脚踏上去,把它碾成肉浆。可今晚上全都仁慈起来了,看着它笨拙地翻过身,从容地飞走。任何一个

愚蠢的举动都会让长甩甩岔开话题，他们知道这一点。

“你们不要嫌我啰唆，做法事都有个起头煞果，中间是过场，我前面讲的是起头，下面要讲过场了。不过我的嘴巴已经干了，所以我要先烧一杆烟。烧烟的口诀你们知道吗？一要裹得松，二要吧得凶，三要烧明火，四要烟杆通。”

长甩甩说着，有几分得意，就像这顺口溜真有什么高明之处。在我们看来，与故事无关的都是废话。这个废话连篇的老头总是本末倒置，以为俏皮话才能代表他的智慧。他年轻的时候爱和老婆吵架，他老婆说他把她娶进门后就忘了她娘，忘了她爹。长甩甩说：“放你的渣渣屁，哪年杀年猪不是给你爹娘准备了块长甩甩的保肋肉？你说，你摸到你的第一匹肋巴骨说，哪年不是长甩甩的？”两口子找村长评理，他说：“村长你说，你对着雷天说，哪年不是长甩甩的？”从此以后“长甩甩”就成了他的姓名。可人们喊他的时候，却总是意味深长地另有所指，意思是下面那玩意长甩甩的。他很喜欢别人在意他，他甚至爱用贬低自己来获得别人的关注。听人喊他长甩甩，他便故意做出一副曾经饱经风霜的样子：“人老了，背驼了，身体缩了，只有那玩意没缩，真的是个长甩甩了。”

呼噜呼噜抽了一阵烟，从嘴上取开烟杆，同时扯出一根白亮亮的银丝，像牵了一根广播线。这根广播线在灯光里一闪一闪的，晶莹剔透，让人悬心，怕它断。广播线一断，他终于开始了：

“我晓得你们等不及了，心急吃不得热豆腐，我还得从头一二地来嘛。你们知道叶子烟为什么这么苦？为什么男人都要吃烟？今天

我不告诉你们。

“我们的先人过着那样的生活，一直都是平平静静的，可有一天，平静不下来了。很远的地方有一个村子叫落花屯，是不是现在那个落花屯已经说不清楚了。落花屯的人见我们的先人过得那么幸福，也想在他们那里种上这种草，也想像我们的先人一样活着。可我们的先人就是不给他们草种，生死不给，拿钱买不行，拿金银珠宝换也不行。要吃草可以，要吃就在冉姓坝吃，想吃多少就吃多少，但谁要是想偷偷拔走一棵草，对不起，把命留下来。巡逻的人都挂着雪亮的弯刀，轻轻一抹，你刚感觉到一股冷风，脑袋就掉地上了。

“你们不要以为我们的先人抠，不讲仁义，他们也没办法。因为这种草在其他地方虽然可以长，但长出来却不一样，毛糙糙的，除了喂猪喂牛，或者捆成草把当柴烧，人根本没法吃。光是这样倒也罢了，最可怕的是，一旦这种草在其他地方长出来，风把草种吹到冉姓坝，冉姓坝的草就会变质，变成那种只能给猪牛羊马吃的草。这样一来冉姓坝的人就会和其他地方的人一样，再也不能吃草了，也不能优哉游哉地生活了。

“可无论他们怎么解释，落花屯的人就是不听。先人们嘴说干了，干得嘴皮都起燎泡了，燎泡又亮又圆，像小灯笼一样挂在先人们的嘴上，风一吹，这些小灯笼互相擦得吱嘎吱嘎响，痛得先人们咝咝叫，眼泪像炒豆一样滚到地上。他们已经做到了仁至义尽，可落花屯的人就是不信。他们说：‘你们冉姓坝的人是人，我们落花屯的人也是人，我们都是妈生的，不是从草里钻出来的，老天爷不可能叫我们

不一样。’你说这是不是混账话？简直是混账透顶！一母生九子，九子各不同，何况还不是一个娘生的，哪能一样？落花屯的人不管，不和我们讲道理，只要草种。

“明的不行，那就来暗的。他们派人来偷。那真是各种手段都使用过，他们把草种藏在鞋里面，藏在衣缝里面，藏在头发里面，甚至藏在耳朵里面。最聪明的是装成过路人，向先人们要草吃，先人们把最好的草给他们，他们一边吃一边悄悄用舌头把草种顶到腮帮里储藏起来。那时候我们的先人都很高大，一般个头也有一丈二高，他们根本没去注意只齐他们裤裆一样高的人。再说给别人东西吃，哪好意思盯住人家的嘴看。还劝他们多吃，能吃尽管吃，不要不好意思。这些小偷暗中好不高兴，他们的腮帮子被顶得圆鼓鼓的，像秋田里搬运粮草的老鼠的肚子。为了避免草种掉下来，一路上他们都不敢说话，不敢笑，更不敢打喷嚏。他们急匆匆地赶到家，便立即把草种吐在其他人筛好的细土里。为了让草快点长起来，他们专门用童子尿当肥料。真是难为了他们！可小偷手段再高明，能拿回去的种子也非常有限。加上他们种出来的草根本没办法吃，所以对冉姓坝还谈不上什么影响。可他们还不死心，以为种不出冉姓坝那样的草是没弄到好种子。人啦，只要眼睛盯上了别人的东西，心里就会长出刀枪，就会长出杀人的胆量！”

长甩甩长叹一声，眼睛像两个深不见底的黑洞，他用黑洞一样的眼睛注视着深不见底的夜色，夜色的深处有个幽灵正向他走来。他磕了一下烟斗，并不怕那个幽灵。他这辈子除了怕人，别的什么都没

怕过。他赤手空拳打死过野猪,还用一支梭镖捅死过水桶粗的蟒蛇。但他有一次到香溪街上去打酒,发现酒里掺了水,和卖酒的婆娘在大街上吵起来,吵架他不是对手,他才骂两句,那个婆娘已经把他骂了个落花流水。他想给那恶婆娘两耳光,可那婆娘突然脱下裤子,叭叭叭地拍着屁股,说“你来呀你来呀”。吓得他落荒而逃,好几年不敢到镇上去,想喝酒也只有求孙子去帮他打。

“落花屯的人要作恶了。”长甩甩说。

“他们准备了好几十桶桐油,用来抹胸脯和肚皮,抹了在火上烤干,干了又抹,不厌其烦地抹,抹了整整一个夏天。他们的胸脯和肚子就成了铁胸铁肚了,箭射不进去,刀也砍不进去。他们知道硬拼打不过冉姓坝的人,因为他们是吃粮食的,冉姓坝的人是吃草的,冉姓坝的人一根指头都有他们手臂粗。如果对打,那就跟打死一只蚂蚁差不多。身上抹再多的桐油也没用,只不过是用劲拍的时候声音响一点,吓吓人而已。除了抹桐油,他们的头领还学了一套咒语,说是只要一念这套咒语,就可以呼风唤雨撒豆成兵。

“落花屯人是半夜攻进村子的。他们身背毒箭,追赶着平时驯养好的几百只老虎。冉姓坝人吃百草,什么毒也不怕。他们的毒箭是驱赶老虎用的。老虎不听话,他们就用这种箭射它,死又死不了,痛得它们在地上打滚,像牛一样哞哞叫。他们驯养的老虎全都被这种箭射过,它们只要听见毒箭在箭鞘里哗啦哗啦响,就会没命地往前跑。

“冉姓坝那天晚上守夜的人是一个瘸子,他一瘸一瘸地赶到村子

里,那些老虎已经跑到村口了——和我们现在的人比起来,他当时还算是快的,可情况那么紧急,他的速度的确又太慢太慢了。落花屯人分成两队,一队撸草种,一队故意哗哗地摇箭筒。他们还不要脸地大声喊:‘冉姓坝的人听着,我们并不想为难你们,我们只想要一点点草种,只要你们躲在屋子里不出来,等我们把草种撸够了,我们就会把老虎赶回去。’

“你们说怎么办?躲在屋子里不出来?不出来要得个铲铲,等他们把草种拿去种出来,冉姓坝就会变成遍地荒草了!简直是要断我们的根本。

“先人们自然也不怕什么老虎,太老先人一声令下,全村人都出动了。但因为他们全都人高马大,老虎从没有伤害过他们,所以他们也不想打死老虎。他们像抱猫一样,把老虎抱到村后的山坡上去放掉。当然,老虎毕竟是老虎,不管住它们的嘴是不行的。他们一手捏住它们的嘴筒子,另一只手把它们夹在胳肢窝下面。据说有一位老祖祖,她当时还是个姑娘,抱了一只半大虎,觉得小老虎长得太漂亮了,她没把它放到山坡上去,而是把它放在闺房里,准备养着玩。”

讲到这里,长甩甩的老婆站在门口大声喊起来:“老不死的,还不回来挺瞌睡呀?”长甩甩以同样响亮的声音回答道:“来了,马上就来。”他很得意地小声说:“她呀,胆子像针鼻子一样小,我不在家她就睡不着。”但他并没有动身,而是接着往下讲——

“你们可能会问,既然先人们不怕老虎,就不要管老虎,他们的敌人是落花屯的人,直接冲过去把他们赶走不就结了?这是自然的,我

像你们这么大的时候也问过我爷爷。可我要告诉你们，落花屯的人太狠毒了，他们一见我们不管老虎，就用毒箭射它们，哎哟，老虎们痛的那个样子，看了就让人落泪！何况我们冉姓坝人是最见不得别人痛的，哪怕看见别人杀猪杀狗都要哭一场。

“糟糕的事情就这样发生了，等先人们抱开老虎，落花屯人已经把草种撸走了。他们一边走一边到处点火，因为是秋天，草一点就着，先人们忙着救火，眼睁睁地看着落花屯人把草种背走了。他们中也烧死了好几个，因为身上涂了桐油，一不小心把火惹到自己的身上，像油桶一样燃起来。惹火烧身这个词就是这样来的。

“刚开始，先人们还抱着一线希望，希望落花屯人发现自己种不出冉姓坝那样的草，会把他们种的草铲掉，只要不再继续种，冉姓坝的草就不会变。可事情恰恰相反，他们非但不铲，反而发了疯一样，到处乱种，这里种不出来，到那里去种，有人甚至带着草种到很远很远的地方去试种，以为地球上总可以找到一块冉姓坝那样的土地。他们不辞辛劳，跋山涉水，漂洋过海，可终究没找到冉姓坝那样的土地。这些人离开落花屯后就没再回来，在远方扎下了根。落花屯的人有一个特点，二脚趾头比大脚趾头长，凡是二脚趾头长的人，都是落花屯的后代。

“就这样，冉姓坝的青草走了，它们遍及全世界，但它们再也不是原来的草了，它们再也不能让人吃了。冉姓坝的人再也不能吃草了，他们像其他人一样，变成了只能吃粮食的怪东西。

“先人们难过死了。他们知道，他们无忧无虑的生活一去不复

返了。

“先人们去买来他们从没见过的种子,他们要开始学种地了。从没有种过地,一切还得从头学起。他们连锄头都不会用,不是举起来时打在自己额头上,就是挖下去时一不小心砸在脚背上。你们不要笑,你们是没有受过那样的搓磨。你们要是受过那样的搓磨,你们就不会笑了。先人们身材太高大了,锄头在他们手里显得太小了,很不习惯,总是轻轻飘飘的。有一个先人,专门请铁匠给他打了把大锄头,连锄把都是铁的,几百斤重,他拿在手里非常称手,‘嗨左’一声,一锄下去,可以挖三尺深,一天就挖翻了一座山。他哈哈大笑,觉得种庄稼不难嘛,觉得落花屯那些人太可笑了,那么小的锄头,简直像是鸡爪刨地皮。可是到秋天,这个先人伤伤心心地哭了一场,眼泪一团一团地往山坡下滚,溪水都停住不流了。他种了几山几岭,但他颗粒无收,他原以为挖得越深越好,没想到种子埋得太深了,根本就长不出来。还有一个先人恰恰相反,他老是担心自己的脚板太大,把地踩实了庄稼长不出来,他小心翼翼地站着不动,把四周的土都挖松了,播上种子,然后跳出来,再站在下一个地方下种。结果他种出来的庄稼一圈一圈的,中间密,越往外面越稀。这样一来禾秆之间不透风,长得死撇撇的,也没多少收成。他们这才感到问题的严重。没有收成,饿得眼睛发黑,但没有人愿意去讨饭,有的饿死了,有的跳河,有的上吊。过了两三年,慢慢学会种庄稼,情况才有所好转。真正会种庄稼的人,是一个小孩,他的岁数虽然小,但他的身材和落花屯的成人一样大。他想:你们落花屯的人都可以来抢我们的草种,我为什

么不能向你们偷偷学习种庄稼？他化装成一个手艺人，在落花屯悄悄地学了一年，回来后他成了冉姓坝种庄稼的师傅。他的名字叫青禾，现在我们开春时都要祭庄稼神，求庄稼神保佑我们丰收，这个庄稼神就是青禾，我们叫他禾神。”

长甩甩用苍茫的声音唱道：

> 禾神呀禾神，
> 快快下凡尘，
> 二月种田惊蛰天，
> 动土开犁问收成……

“一共九十九句，你们都会唱的，我就不唱给你们听了。不会唱要好好学，今后轮到你们自己种地了，不用求人。先人们好不容易种出粮食，可他们吃第一顿饭的时候，全都哭了，因为吃了这顿饭，他们就再也不能吃草了，再也没有草可供他们吃了。他们从没吃过肉，也没吃过菜，吃光饭，光饭难吃死了，吃在嘴里像沙子。自己不管如何，还算是吃草长大的，想到后人，他们更是伤心得一塌糊涂，后人不光是不再吃草，就连看他们也不会再看见，就连说出来，他们也不会相信自己的祖先是吃草的。有一次冉大明和肖文书吵架，肖文书骂冉大明不讲道理，是吃草长大的，是畜生；冉大明说肖文书，你说我是吃草长大的，你爹你爷爷你老祖先人才是吃草长大的。你们看像不像话，太不像话了！我们的先人本来就是吃草的么。要不是落花屯那

些强盗,我们现在也还在吃草。他们以为畜生才吃草,哪晓得我们以前本来就是吃草的!他们像这样骂,其实是骂他们自己。

“第一个吃粮食的女老先人,生了一个孩子,只有三十三斤重,三尺三寸长。先人们惊呆了,他们从没见过这么小的细娃。以前生下的娃娃,最小的也有四尺八寸长,五十多斤重。有人怀疑这孩子是个野种,因为只有落花屯的人生下的孩子才这么小——那时候落花屯的人也比现在的人高大。谣言一传开,就像天上的雨点一样,根本没办法躲。女老先人知道全身是嘴也说不清,有天晚上,她把孩子奶得饱饱的,一个人爬上擦耳岩,纵身跳了下去。她是我们冉姓坝第一个跳崖的人,从这以后,女人只要受了委屈,就去跳擦耳岩。有的是说来吓人的,也有真跳的。你们呀,长大了娶媳妇,千万不要让媳妇受气,她要是真从擦耳岩跳下去,你就得打一辈子光棍。直到接连几个娃娃生下来,都那么小,而且越来越小,小到只有八九斤甚至五六斤,先人们才知道错怪女老先人了。先人们害怕了,他们的后代再也不可能像他们一样威武高大了,他们将会变得只比牛马高一点,力气却远远不如牛马那么大。以前牛马在他们眼里和狗没什么区别,现在他们不得不依靠牛马的力气帮他们干活了。想到这些,他们常常伤心得落泪,感到一点望头都没有,世界在他们的眼里完全变了个样。就像从梦中醒来,也像刚进入一个可怕的噩梦。

“除了娃娃越生越小,还有一个变化,就是不再长尾巴了。我们现在都没有尾巴,这没什么关系,如果哪个长出尾巴来,那就是返祖,返回到祖先那儿去了,人人都会笑你,觉得你是个妖怪。可吃草的老

先人们是有尾巴的,他们打招呼不握手,也不作揖,而是摆尾巴。你摆一下,我摆一下。如果他看见你,尾巴一动不动,那就说明他不喜欢你。如果尾巴左甩三圈,右甩三圈,那就是非常喜欢你。晚上睡觉,他们把尾巴盘在腰上,白天,他们会摘些花扎在尾巴上。现在尾巴没有了,他们好害怕呀,觉得大难就要临头了:今天没有尾巴,明天会不会没有耳朵,没有鼻子,没有手,没有脚,变成一个圆不隆咚的东西?越想越害怕。

“最可怕的变化是老先人们再也不能钻到扁桶里蜕皮了。吃青草的时候,他们的皮肤像丝绸一样柔软,在扁桶里坐七天七夜就蜕下来了,蜕一次可以多活六十岁,现在他们的皮子硬了,在扁桶里待七七四十九天也蜕不下来。有一个老先人,在扁桶里待了一百天,出来后,皮没有蜕下来,眼睛反倒瞎了。他们想尽了各种办法蜕皮,吃草药,用碱水泡,一点用也没有。有人想用刀剐,皮子已经和肉沾在一起了,痛得头发根都立起来。既然不再吃草,蜕掉一层皮也没用,因为吃过粮食后,骨头老得快。人变老主要是骨头变老。以前他们不怕老,现在他们特别怕老,越怕越老得快,才六十岁就老了。他们怕得连觉都睡不着,晚上爬起来嗷嗷叫。

“有一个老先人,对冉姓坝绝望了,不想在冉姓坝生活了,他想到天上去。七月七开天门,他在天门山搭梯子,准备开天门的时候爬上去。天门山是最高的山,他搭的梯子比天门山还高。七月七那天,天还没黑他就往上爬,爬到半夜,爬到天上去了,这时天门也开了,可他的梯子矮了,就差那么一点点,他看得见天上的人,天上的人看不见

他，这时候是不能出声的，一出声天门就要关上。他看见他爹、他爷、他妈、他婆，还有很多死去的人，他大声喊他们，在心里喊，声音从肚子冲出来，突然一下堵在喉咙里，喉咙胀得像个球。怕弄出声音，得慢慢把气吞下去。他连跳几下，有一次都摸到天门了，再高一点就爬上去了。他重新想了个办法，从梯子上取一根木料，把腰带拴在木料上，把木料甩到天门上面去，然后拉着腰带往上爬。甩木料的声音把天人惊动了，他急忙抓住腰带，还没爬上去，天门已经关上了。他进不去，又下不来，在天门外面荡来荡去。第二天，他从天上摔了下来。没过几天，天人搬了座山峰放在天门山上，这座山峰是块大石头，像个倒放着的大陀螺，再也没法在上面安梯子了。

“没有念想，活在世上就会感到累。累的人都想轻松，都想偷懒，人一偷懒，心就要开始变坏。

“他们的心以前像南瓜花一样发亮，现在变得像南瓜藤一样长刺了，发毛了。以前吃草嘛，那么多草，你想吃就去吃，没人管你，既用不着互相争斗，也用不着互相忍让。自从开始吃粮食，他们学会算计了，学会豪强霸占了，最后连偷鸡摸狗也学会了。所有的坏事都不用师傅教，只要自己往那上面琢磨，要不了多久就会变成内行。以前他们的心没往这上面去，因此什么也不懂，现在心往这上面去，学起来比什么都快。所以我告诉你们，什么都不可怕，最可怕的是用错心。越是用错的心，人越会去护念它，就像秃子头上藏鸡蛋，明明放不稳也藏不住，可他自己看不见，非要想尽一切办法藏在那里不可。

“有两个亲兄弟，他们都开了很宽的荒地。一个开垦的是马鬃

岭，一个开垦的是猴岭湾。他们都非常勤快，力气又大，挥着几百斤重的钢锄，把从没种过庄稼的土地挖翻过来，把草根树根全都埋到地里当肥料。那些自古以来就生活在地底下的地母虫，从没见过天，现在被大锄头突然掀翻出来，全都吓得叽叽叫，拼命往泥巴里头钻，有些还没来得及钻进去，就被太阳晒焦了。两兄弟都想多打粮食，总嫌自己收的粮食少。以前吃草，用不着仓库，现在吃粮食，非得修仓库不可，仓库里没有粮食，他们就会坐立不安；仓库里装得满满的，他们想到的是再修一座仓库；两座仓库都装满了，马上想到修第三座。和其他人一样，他们从没有遇到过荒年，但传说中的饥荒像恶狗一样追着他们的屁股，使他们夜夜做噩梦。同时他们还发现，粮食多了可以卖钱，钱可以买来更多的东西。自从第一次发现了钱的好处，他们就再也不愿离开它了，有了一个想两个，有了两个想三个，有了三个想一百个，有了一百个想一千个，有了一千个想一万个。就像掉进无底洞一样，再多的钱也填不满。马鬃岭和猴岭湾之间有一块平地，名叫山羊坪。两兄弟开荒开到山羊坪，弟弟很狡猾，他围着山羊坪挖了一圈，然后便宣布，山羊坪是他的了，别人不能再来占这块地了。那时候的地，谁开出来就是谁的。哥哥虽然拙笨一些，但力气大，他白天不停晚上不歇，挖到山羊坪一看：是哪个不要脸的，敢这么占地？他跑到山羊坪的中间挖起来。弟弟站在山头上，指着哥哥，说：你眼睛瞎了？你没看见我的包围圈？哥哥说：我眼睛没有瞎，我在看呢，我看你为什么不围着冉姓坝挖一圈，你围着冉姓坝挖一圈，冉姓坝就全都是你的了。弟弟说：好吧，中间算你的，我不要了，但四周是我的。

哥哥说:行。弟弟说:别人挖过的地你能随便乱踩吗?哥哥说:当然不能。弟弟哈哈大笑,他说:那好,你不要踩着我挖好的地出来,你只能永远在这个圆圈里面。哥哥想了想:我怎么出去呢?想不出来,但他答应了。两兄弟一个把包围圈越挖越宽,心想:我看你能长翅膀飞出去!另一个想:挖完了再说,到时候总会想出来办法,说不定给弟弟说说好话,看在他是他亲哥哥的份上,会放他出去的。可地开完了,任他说什么好话,弟弟都不答应。弟弟说:你要我答应可以,除非你不要山羊坪这块地。哥哥说:那我不是白干了吗?别的都可以答应,这事不能答应。弟弟说:好,不答应算了,看你怎么出得来!他坐在地里冥思苦想,终于想出一个办法,他一拍大腿便跳起来,也像上次他弟弟一样,哈哈大笑。他的笑声太大了,不光把自己的眼泪笑出来了,把三只正从他头顶飞过的乌鸦也震掉下来了。他说:地上是你的,地下不是你的,你不准我从你的地上过,我可以从你的地下过嘛。他挥开锄头便开始打隧道。打第一个隧道,还没打到一半就遇到一块大石头。他只好换一个地方,第二次挖到中间了,又遇上了一块石头。他已经三天三夜没睡觉了,但不把隧道打穿,他回不了家。第三次运气好,没遇到石头,挖到大半的时候,他心想:歇会再挖吧,我已经累得肋巴骨都快断了。他躺下没多久就睡着了,正梦见自己端了一碗红烧肉,高兴得要命,这时洞子塌了,把他活埋在地下,那碗红烧肉还一口都没有吃,就连同梦境一起消失了。前几年大炼钢铁,有人还想把当时和哥哥一起埋在地下的大钢锄挖出来,炼成铁水献给国家。几百个人,把山羊坪挖得乱七八糟,操翻了天,可什么也没找到,

不知道是不是已经烂掉了。”

“不过是传说,哪有什么大钢锄。”一个聪明小子说。

“没有大钢锄,那个地名为什么叫锄头岭?”

长甩甩不参与争论,继续说:

“哥哥死了,连同猴岭湾的地都成了弟弟的,但山羊坪那块地他不敢要,他总觉得哥哥没有死,而是藏在地下准备暗算他,好等他过路的时候一把把他拉下去。弟弟那一年收的粮食真是堆积如山,仓库装不下,他买了一个大瓦缸来装粮食,这个大瓦缸大得无边,如果把你们放在里面,我敢保证你们谁也爬不出来;如果用来煮饭,百十来个人敞开肚皮吃也吃不完。那年老鼠太多了,这个弟弟只好把瓦缸吊在房梁上。哪知半夜老鼠把绳子咬断了,大瓦缸落下来正好砸在他的头上,一下就把他砸死了。有人说那个咬绳子的老鼠是他哥哥变的,他来向弟弟报仇。两兄弟都死了,那些地也撂荒了。

“我不相信那个老鼠是哥哥变的。老鼠什么不咬?见样咬样,见到斧头都要咬一口。他哥哥若是会变,为什么不直接变鬼,变鬼多好哇,想怎样收拾弟弟,就怎样收拾好了。

“明抢明斗的事其实并不多,小偷小摸可就太多了。有一个秘方,煎鸡蛋治癞疮,你们知道是怎么来的吗?是一个小偷发明的。那个小偷一头癞疮疤,戴了个狗皮帽,他去落花屯的路上渴了,到路边问一个妇人要水喝。那个妇人正在煎鸡蛋,她好心好意地说:客人你坐吧,我去给你端茶来。小偷见妇人走开,急忙抓了块煎鸡蛋,还没找到地方放,妇人已经回来了,他一急之下揭开帽子,把鸡蛋藏在头

顶上。妇人看见了,便故意留他,叫他喝茶,还请他抽烟。鸡蛋烫得他大汗直冒,他鼓着眼睛拼命忍,鸡蛋里的油淌下来了,妇人故意问他:客人你怎么淌起油汗来了?小偷说:我身上油多,就爱出油汗,刚才走路走急了,走得我浑身发热。妇人说:那你揭开帽子扇扇凉吧。小偷说:不用不用,还是屋子外面凉快,我到屋子外面吹凉风去了。妇人还要留他,他吓得夺门而逃。哪知他头上的癞疮疤被煎鸡蛋一烫,居然长好了。这个秘方就这样传了下来。你们问他们为什么喜欢偷东西,偷,不就是不费力就可以得到自己想要的东西嘛。你偷我的,我偷他的,互相偷,能偷就偷,只要有机会。以前他们吃草的时候,多么体面呐,现在他们学会偷东西了,却比那个时候装得更体面,表面上谁也看不出,可他们自己却知道得非常清楚,他们全都变成小偷了。

“直到出了一桩让所有人都觉得丢脸的事,他们才猛然间醒悟过来。觉得再也不能这样下去了。

“有一个老先人,他最恨两样东西,一是粮食,二是落花屯那些人。他说他宁愿饿死也不吃粮食,他用尽了各种办法,试图种出以前那种能吃的草。他把草种在屋子里,以为这样一来杂草的花就飞不进来,由于见不到太阳,屋子长出来的草像麻线那么细,还是不能吃。最关键的是,他再也找不到以前那种草的种子。凡是落花屯人吃的东西他都不吃,这样一来他只能吃杂草,吃树叶,吃野果。幸好冉姓坝的野果多,要不然他早就饿死了。

“他不吃粮食,他也不准家里人吃,他们只得天天上山去采野果。

他有一个女儿,已经十八岁了,由于天天吃野果,瘦得皮子发亮,能看见里面的骨头。谁敢娶她? 那副模样太吓人了。有一天她上山采野果,不小心从悬崖上掉了下去,被一个落花屯人救了。那个落花屯人把她背回家,别人都不敢看她,说她不是人,是山鬼。他们喂她蜂糖水,她喝了一口,惊问这是什么东西。他们说:你喝吧,不是毒药。她一口气喝了个精光,然后伤心地哭了,说她从没吃过这么好吃的东西。然后他们给她吃各种粮食做的糕点,她慢慢地长胖了,脸上像刚剥开的熟鸡蛋一样细嫩,头发像天天用芭蕉油擦过一样又亮又黑,他们仍叫她山鬼,说只有山鬼才会这么漂亮。山鬼嘛,丑的时候丑得吓死人,好看的时候像仙女一样好看。小孩不敢叫她山鬼,叫她山娘娘。别人给她饭吃,她担忧地说:我爹说粮食做的饭有毒,我不敢吃,可看见了又忍不住,这可怎么办呵? 落花屯那些人听了哈哈大笑,把她的话传出各种可笑说法,比如请人吃饭,便开玩笑说:来哟,来吃毒药喔。没过多久,山娘娘便和救她的那个人成亲了。她说她不敢回家,她不能让父母伤心,如果他们知道她嫁给落花屯的人,会气死的。‘就让他们当我死了吧。’她说。

“冉姓坝这边,她家里人在悬崖边捡了个空篮子,以为她摔死了,她妈伤心地抱着一棵大树,说:女,我可怜的女,如果你真的死了,也显个迹象给你妈看呀,你这生不见人死不见尸,我的心怎么放得下去呀。这时正好一只画眉从她头上飞过,叫了一声,她以为女儿变成鸟了,从此见到鸟就一遍遍祝福,希望所有的鸟都过得好。她爹呢,表面上好像什么事也没有,并不怎么伤心,其实他比她妈还难受,山娘

娘小时候戴过一串白果做的项链，她妈怎么找都找不到。谁也不知道它是被当爹的藏起来了，他好像还有点害臊，只有在没人的地方，他才把它拿出来，一颗一颗地数，边数边说话，就像他的心肝宝贝就在他面前，并且只有七八岁。他想象着她会说些什么话，他便问她什么话，一边问一边自己回答。说了一阵，他便把白果项链贴在脸上，眼泪吧嗒吧嗒地往地上掉，每颗眼泪都砸起一个大坑。

“世上哪有不透风的墙，冉姓坝的人没多久就知道了山娘娘的下落。山娘娘的妈倒很高兴，恨不得马上就飞到落花屯去看她。她爹哈哈哈，他不是笑，他气得哈哈哈。他说：去吧，你去吧，那里有粮食吃，你快去吧，像你那个不要脸的女一样，也去落花屯吃粮食吧。哈哈哈，宁愿和强盗打亲家，不愿和强盗打冤家，你现在满意了，你舒服了，成了冉姓坝第一个和强盗打亲家的人了，快去吧，穿上新衣服，提上家里最贵的东西，去见你的女儿女婿吧。妇人知道这是在说反话，她说：老头子，不管你说什么，我们的女总是我们的心头肉呵。老头子像打雷一样大吼：我没什么心头肉，她早就死了，她早就死了。妇人说：老头子，你怎么骂落花屯的人都行，你不要骂自己的女呀。老头子说：我就要骂，我骂她早点死，我骂她死在我前头。妇人除了哭，什么也不敢说。老头子当着妇人的面，把那串白果做的项链拿出来，妇人开始还很高兴，以为当爹的这么爱女儿，气头一过就好了，谁知他用石头把白果一颗一颗全都砸烂了。妇人难过死了，说要去擦耳岩，她要从擦耳岩跳下去，她不想活了。老头子也不管她。他烧了一大锅水，认认真真洗了个澡，穿了一身干净衣服，然后在头上捆了一

束草。他从家里出来，在每户人家门口都磕一个头，他说：我对不起你们，我让你们丢脸了。村里人见他头上捆了束草，知道他这是来告别的，他告别完后就会去死。只有死人头上才捆一束草，他们都知道这个规矩。走到年纪最大的老先人家，他还没开口便伤心地哭起来，他不是为他女哭，也不是为自己就要死了哭，他哭自己对不起老先人，让他老人家两百多岁了还丢这么大的脸。他说：太老，我不是故意死在你前面的，如果还有别的办法，我也不敢这么做，我真是太不好意思了，你老一定要原谅我呵。

“自从开始吃粮食，能活上一百岁的人已经非常少了，太老两百多岁，是因为他吃了一百多年的草。太老吃上粮食后，身体就弱了，耳朵和眼神都不好使。他没听清跪在面前的人说什么，还以为他是来找他要饭吃，他说：我的饭也不多，你去找别人吧。这话不说还好，说出来更叫人难过。

“走到现在王海洲家那片麻地面前，他不走了，地角上是他家的老坟，他在坟上挖了一个洞，一直挖到坟心，钻进去后再用泥土把洞封起来。谁也不知道他什么时候死的。那年搞土变田，这座坟被掀掉了，掀开时里面什么也没有，连骨头都化成土了。

“出了这件事，每个人脸上都像挨了一记耳光。想起以前吃草的日子，所有的人都失声痛哭。想到吃粮食以来自己的所作所为，没有哪个不羞愧。再这样下去，还是人吗？连畜生都知道，吃饱了就行了，嘴边食用不着去争，可人越是吃饱了越是想方设法把别人的东西据为己有。好了，老先人们觉得不能这样下去了。

“老先人们觉得,让他们沦落到这个地步的主要原因,是那个赶回来报信的瘸子,他走得太慢了。以前大家没说这事,但每个人心里都很明白。”

长甩甩咧了咧嘴,他的嘴讲干了,不禁让人想到,能给他一杯先人们喝过的那种草汁就好了。虽然手边没有榨草汁的工具,但如果有了那种草,总会有办法榨出那种又解渴又特别长力气的草汁来。可以用擂钵舂,也可以用擀面杖在锅盖上擀,要不就用锤子在石板上锤。说到弄吃的,后人似乎一点也不比先人笨,甚至比他们的办法更多,就连一块普通的萝卜,也能弄几十种花样出来,凉拌萝卜丝、萝卜炖排骨、萝卜干炒腊肉、水煮萝卜片、酸萝卜炒鸡杂……长甩甩的女人做的风干萝卜在冉姓坝堪称一绝,萝卜晒干后,撒上盐像洗衣服一样用力搓,搓好后放在糟辣椒里面,浸过八九天就可以吃了,那味道真是特别,有点酸有点甜还有一点点辣,清脆爽口,是最好的下酒菜。萝卜还是最解渴的东西,刚从地里拔出来的萝卜,用镰刀把皮削了,几乎就是一包水,咬一口就会流出清汪汪的水来。不过长甩甩的表情又紧张又严肃,没有要喝水的意思。他是一个过惯了苦日子的老头,对先人们饿了吃草渴了喝草汁的生活从不过多地奢望。他这副样子不仅让人同情,同时也让人对生活一天不如一天感到害怕。

“当时没有人说瘸子大爷的不是,是因为说不出口,打完仗后,瘸子大爷自己觉得对不住大家,一个人跑到深山老林里,再也没回来。现在又过去了这么多年,不能不说一说了。做事得问清根缘,是哪根藤上出的事,就到哪根藤上去摸瓜……”

“咕哇！”一只鹭鸶突然惊叫了一声。夜晚的寂静犹如旋转的羽毛。一声狗叫，旋转的羽毛停在空中，纹丝不动。

长甩甩环顾四周，似乎在问：还说不说呢？一只小飞蛾停在他的烟杆上，合上翅膀，一动不动，像是又多了一个听故事的人。

“有一个老者，专门为大家立条款，叫款爷，恐怕相当于现在的村长吧。他下了一道命令，他说：从今以后，凡是生下来身带残疾的小孩，都要趁他还没长大把他掐死，免得他长大了自己不方便，还会给大家带来麻烦。和其他村子打仗的时候，还有可能给大家带来灭顶之灾。

“执行这个命令的人，名叫硬面。他是冉姓坝第一个生下来就开始吃粮食的人，他妈就是那个跳擦耳岩的女老先人。硬面已经六十多岁了，还只齐那些吃草长大的人的肚脐眼高。那个时候和现在不一样，人要六十多岁才算成年。已经成年的硬面要是和现在的人比起来，他当然也不算矮，恐怕比梁登高还要高——梁登高可是冉姓坝的高汉，站在屋檐下都能摸到挑梁。可那时候好多吃草长大的人都还在世，和他们比起来，硬面就像长在高粱地里的一根狗尾巴草。他是个光棍汉，虽然有和他同样吃粮食长大的姑娘，可这些姑娘的眼睛皮上面窄下面宽，眼睛只能往上翻，她们看不见硬面这样的人，她们宁愿嫁给那些吃草长大的，哪怕比她们大二十几岁甚至五十几岁，就是不愿做硬面的老婆。直到那些吃草长大的人一个一个老去，姑娘们的下眼睛皮才慢慢和上眼睛皮一样宽，她们的眼睛才学会平平地看出去。可这时硬面已经成了一个半大老头，根本就入不了年轻姑

娘的眼，在她们眼里，他和所有的老头老太太一样，根本不懂男女之间的忧愁和快乐。

“硬面自从知道自己的命不好，他就没笑过，那张脸越来越黑，越来越硬，最后变得像钢盔一样，下雨天他要是走在雨里，雨打在他的脸上就会叮叮当当响。他一点也不怕蚊子，一到夏天他就故意让那些蚊子叮他的脸，他喜欢听蚊子在他脸上折断了长嘴后，咿呜咿呜要死死不了要活活不了的哭叫声。

“他恨死了那个瘸子，如果不是他报信报晚了，他这辈子哪里会这么凄凉。所以他做起那件事来，从没心软过，比拍死一只蚊子还轻松。按照规定，只要他认为哪个小孩身带残疾，他就有权力把他弄死，任何人不得反对。

“他把弄死的小孩埋到河滩上，等到涨大水的时候，大水就把它们冲走了，不留一点痕迹。”

长甩甩蓝悠悠的声音在夜空里飘浮着，像洞穴里飞出的蝙蝠，也像山岗上孤独的苍鹰。他唱道：

前生啰，前生，

前生的根根嘛，

这世的因因。

这世的因因嘛，

二世的经经。

他说这是硬面在河边埋小孩的时候唱的。“哪些小孩可以留下来,哪些不能留,除了硬面,谁也不知道。有时候连硬面自己也不知道。

“除了接生婆,第一个来的人就是硬面。用不着你去报信,也不管哪家,只要是生孩子,硬面都要来看一眼。村里的人都知道他是什么人,也知道他有权那样做,所以从没有人拦他,他们对他甚至还蛮客气,留他吃饭,请他吃甜酒汤粑。只有那些生娃儿的婆娘,他要是把她刚生的娃儿抱走了,她们会骂他三天三夜,有些恶的,把盆子里的血水向他泼去,把他淋得像个落汤鸡。他不发火,该做什么做什么。有些女人胆小,一见到他就浑身发抖,喊他‘菩萨’。她们对他又恨又怕。可硬面就是硬面,你喊他什么都没有用。

“刚落地的娃儿,抱走了还好受点。有时候,那些刚生下来的小孩他没抱走,等到一岁或者两岁的时候他才把他们抱走,因为有些残疾要一两岁过后才能看得出来。所以说,到底哪些孩子不能留下来,硬面预先也不一定知道。孩子大了再抱走,这时候不光是那些女人们受不了,连男人们心里也不好受,可他们都知道这是老款爷定下的规矩,他们不能阻拦,而且这个规矩还要一直传下去。

“如果是大一点的孩子,硬面便先通知他们,叫他们下地去干活,把孩子留在家里。这样他们会好受一点。

“硬面年轻的时候,抱走的大多是刚生下的孩子,可随着年纪的增长,抱走的大孩子越来越多了。他好像越来越挑剔了。什么是残疾,到哪种程度才算残疾,没有一定之规,全部由硬面说了算,这就全

看硬面那双眼睛怎么看了。开始几年,他抱走的是明显一眼就看得出畸形的,后面他把嘴歪眼斜的也抱走了,再后来,兔唇啦,缺耳朵啦,或者脸上有几颗麻子啦,也被他抱走了。他不种地,由村里人供给他衣食,没事的时候他便在村子里瞎逛。孩子要是不听话,大人们只要说一句‘不听话哇,不听话叫硬面把你抱去’,他们便不敢调皮了。

“按理说,有了硬面这样的人,冉姓坝不会再有残疾或者畸形的人了。可在硬面的眼里,这样的人不但没减少,反而越来越多了。

“有一天,他把一个叫春春的孩子抱走了。春春已经七岁了,脚好好的,手好好的,脸上也好好的,可以说,这是一个长得不错的乖娃娃。可硬面说他舌头短了一截,因为春春说话结巴。春春的爹叫秦况,秦况不准硬面把春春带走——他是第一个胆敢阻拦硬面的人。他说,春春说话结巴是因为他还小,并不是他舌头短,他长大了自然会改正过来。硬面从不和人讲道理,他已经习惯了,只要他认为是对的就必须去做,秦况的话他根本就听不见。可他已经老了,抢不过秦况,秦况把春春护在身后,硬面抱不走。

“秦况怕硬面抱走儿子,从此以后无论上哪儿,都把儿子带在身边。他还告诉春春,看见硬面马上往爹这儿跑。他说:你不要怕他,你不是残疾,他硬面才残疾,他连笑都不会笑,他才是个大残疾。

“这天,秦况要到落花屯去卖豆种——落花屯种草不行,苞谷呵,谷子呵,豆子呵,倒是种得很好的。他没法带春春去,便叫他妈好生看管。他妈答应了。秦况一走,春春他妈便问他愿不愿去外婆家。

春春高兴得跳起来。他最喜欢去外婆家了。

“到了外婆家，外婆高兴得又是抹眼泪，又是皱着龙眼包子一样的嘴笑个不停，恨不得把小外孙含在嘴里。外婆拿板栗花生葵花籽给他们吃，还吩咐春春的舅舅马上杀鸡。回家的时候，外婆一再叮嘱春春要跟在爹和妈身边，一个人不要乱跑。春春像大人一样点着头，说：我……我……我知道了，外……外……外……婆。

“回家的路上有一个猎人住的草房子，春春的妈喝鸡汤喝多了，这个时候想屙尿，便叫春春在草房子里等她。她有些不放心，可春春已经长大了，当着他的面撒尿不太好。春春说：没……没……没事的，硬……硬……硬面来了我马……马……马上跑。

“他妈撒了尿回来，春春却不见了！

“——冉姓坝的女人现在都不喝鸡汤，就是这样来的，落花屯的人还笑她们舍不得杀鸡吃，其实他们根本不知道她们心疼的不是鸡，她们心疼的是她们的心。春春妈大声叫喊，不见答应，吓坏了，知道春春被硬面抱走了。如果她立即往家跑，完全可以追上硬面，可她没跑多远又倒了回去，她老觉得春春还在草房子里面。女人就是这样，自己不相信自己。连刚刚屙过尿的地方也去看了一遍。如果她有锄头，她还会把那个地方挖下去三尺。回到家，春春他爹秦况正好到家，一听春春妈说的情况，急得他双脚乱跳，忙往河滩跑，他提了把斧头，他顾不了那么多了，哪怕最后被村里人用石头砸死，他也要一斧头劈死硬面，——前辈人立了一个规矩，谁敢动硬面一根毫毛，村里的人就用石头砸死他。可他在河滩没看见硬面，也没找到春春。

“他又跑回村子,去硬面家。硬面家的门关得紧紧的,看来硬面还在家里面。可硬面家的房子是全村最牢实的,先人们修房子的时候已经想到了,像硬面这样的人是最让人恨的,担心有人害他,就把他的家修得像个碉堡一样。门枋是用做棺材的底枋做的,一尺多厚,非常结实。

“秦况忙回家提了一个铜盆,当当当敲起来,只有救火的时候才这样敲,一敲村子里的人就会跑出来。现在比救火还紧急,秦况见村里的人跑出来,一边敲一边说:乡亲们啦,你们得救救我的儿子呀,我儿子根本就没有残疾,可硬面把他抱走了!他马上就要带他去河滩了,你们快帮我救救他呀。

“村里人不知如何是好。秦况又说:我儿子哪里是什么残疾?他硬面才是真正的残疾,这么多年,他从没笑过,连笑都不会笑的人,至少比我儿子残疾得多吧?硬面活了一百六十多岁了,不知已经害死了多少人,他再这样下去,恐怕我们在他眼里也是个残疾了,恐怕要把我们全都弄死他才心甘哪。

“有人小声嘀咕:可这是老祖宗立下的规矩。

“秦况把铜盆一摔,一手叉腰,手向天上一指:乡亲们,我秦况不是要犯上,是他硬面要逼死我们,我们不能让他再这样干下去了!‘说得有道理,’有人回答他说,‘他现在不光不会笑,他的眼睛也有残疾,要不然他不会连真正的残疾也分不清。’那些孩子是兔唇或者有几颗麻子的父母们,平时不敢吭一声,现在他们再也不想忍了,有的放声大哭,有的高喊打死硬面,要为死去的孩子报仇。最后连哑巴

和聋子的父母也忍不住了,他们气愤地说:他们哑他们聋不都是命中带来的?又不是他们自己要这样,为什么就要整死他们?有的说:是呵,要是认真讲起来,恐怕每个人都有这样那样的残疾,只是大小不同罢了,要是把这样的人都打死,那这世上恐怕就不应该有人。

“大家越说越生气,他们高声喊着打死硬面。他们都觉得硬面活的时间太长了,他们早就盼他死了。

“他们去硬面家的路上,看见春春一蹦一跳地走来,大家都很奇怪:春春没有死?秦况高兴得哭起来,他把儿子紧紧抱在怀里,叫大家等一等,先弄清是怎么回事。春春说硬面把他带回家后,用清水照了一阵自己的脸,然后把他放了。秦况突然有些心软,既然硬面放了他儿子,他不想去硬面家了。剩下的人商量了一阵,决定去看看再说,当面问问硬面,他是不是从此以后改变了主意。

“他们到了硬面家,硬面家的大门大大地敞开,像是在欢迎他们。冉姓坝的春天,一到傍晚就麻乎乎的,鬼影乱窜,院子里面到底有什么看不大清楚。他们犹豫不决,是进去好还是不进去好。那时候是不兴点灯的,照亮用松明,松明放在石板上,从灶洞里掏出一颗红火石,一刻不停地用嘴巴吹,直到松明被点燃。松明的烟又黑又浓,把人都熏黑了。他们喊了一阵,硬面没有答应,只听见咕嘎咕嘎的声音。虽然住在一个村子里,但谁也没进过硬面家,他们好奇地往里走。硬面家的院子是三进两院,最里面是天井。他们走到天井坝,全都吓得发抖,硬面站在屋檐下,差不多和屋檐一样高。天啦,是不是吃草的老祖宗活过来了?因为只有吃草的老祖宗才会有这么高,有

人扑通一声便跪了下去。再往上一看，屋檐的挑梁上还有根绳子。他们轰的一下往外跑，边跑边大叫，说：硬面上吊死了，硬面上吊死了。刚才咕嘎咕嘎的声音就是屋檐上的绳子发出来的。

“他们搞错了，其实硬面根本就没死，天色太暗，他们没看清楚，硬面是脚朝上头朝下吊在那儿的。这是硬面的秘密。硬面也盼望自己像父辈那样人高马大，没有草吃，他便每天把自己倒吊在挑梁上，想把自己像拉橡皮筋一样拉长一点。那些人进来的时候，硬面正在思考，怎么样处置他刚刚才发现的一个残疾人。

“很长时间以来，他一直在跟踪小春春，他相信总有机会抱走他。那天他看见春春的妈刚走开，他就从草丛里跳出来，捂住春春的嘴巴跑了。他抱着春春往河滩走，可春春不是一两岁的孩子，他又咬又踢，还一边说他爹教给他的话：我不是残疾，你才是残疾，你连笑都不会笑，你是个大残疾。春春一急，说话反倒不结巴了。硬面没想到春春会说这样的话，这样的话他还是第一次听见，他放下春春，叫他再说一遍。春春害怕地看着硬面，结结巴巴地又说了一遍。路上正好有一个牛脚窝，里面有半窝茶水一样黄泱泱的牛尿，硬面把脸在牛尿上照了照，叫里面那个人笑笑，那个人一咧嘴，就像一个陶土做的黑瓦罐，放在窑膛里烧的时候火力太猛，烧变形了。硬面吓了一跳，以为看错了，回到家，他打了一盆清水，等水静止不动后，又照了一遍。他立即产生两个感觉，一是冉姓坝居然有这么一个如此明显的残疾人都没发现，仿佛自己失职了；第二个感觉是决不徇私枉法，照老规

矩办！

“弄死别人很简单，弄死自己却不那么容易。至于上吊，他想都没想，因为这不合‘规矩’，凡是残疾人，都要到河边去弄死，以便河水把尸骨带走，因为人最先是从水里爬起来的，只有重新回到水里，才好重新投胎变人。用石头砸自己，自己的头梆梆硬不说，砸到最后如果没有力气，也是砸不死的。那些被他处死的孩子，手法很简单，他挟住他们的身体，用大手抓住脑袋，像摘南瓜一样，用力一扭就行了。一百多年，他都用的是这个方法，对自己当然也不能例外。自己怎么才能扭断自己的脖子，这可真难住了他。冉姓坝没有一个能帮自己这个忙，他难过得想掉泪。

“硬面倒吊着，直到天亮才把办法想出来。

“这个办法独一无二，非常周全。硬面日夜不停，搬了一架旧水车架在河边，在岸上分别做了两块夹板，人睡在大夹板上，再把头伸进小夹板，只要水车一转，头动不了，身体则会旋转。硬面爬上去之前没让水车转，他打了一根柱子在河里卡住水车，躺在夹板上后，用力拽柱子上的绳子，柱子刚被拉开，水车就咕咕转起来。

“村子里的人几天后才发现硬面死在河边，是乌鸦给他们引的路。硬面的死相无比惨烈，他们全都哭了，觉得硬面的命太硬了，死了两次才死掉。他们给他立了个庙，封他做天神，可那个庙立起没多久就被烧掉了，谁也不知道是怎么烧掉的，现在连庙基也找不到了。现在一到河边，你就会感觉到冷阴阴的，如果是晚上，还会感到河上

有影子，一跳一跳的。你们知道这是什么吗？这是那些娃娃，他们不想到别的地方去变人，他们还想回到冉姓坝来。有些生不出娃娃的女人，悄悄跑到河里去洗澡，等那些娃娃钻到自己的肚子里来。

“硬面死了，再也没人对身带残疾的娃娃执行死刑了，只要生下来还没有死，那就都是人，是人就应该让他活下去，至于他身上的残疾，那是他的命。只能可怜他，不能嘲笑他。”

长甩甩的声音沙沙响，意犹未尽。

夜晚的时光像凌冰一样凝结在星星上面，好像一切遥远的故事都是在那远不可及的星星上发生的，而我们这些人，只要用脑子里的一点点热量，把那些冰凉的故事一点点化开，自己也就成为宇宙的一部分。

不知来路的夜风，像恐惧的拂尘。大地正在变老，但一部分尚未诞生。死去的小草的根须正在复活，它们不屈的力量足以把沉睡的石头惊醒；嘀嗒落下的露珠没能带走月亮的光辉，但它带走了藏在露珠里的时间。突然之间产生了一种感恩之心，似乎连一片落叶都可以寄予希望。

“时间不早了，我要去歪一歪了。”长甩甩说，“我身上的骨头棒棒已经感到寒意了。”

月亮钻进云里去了，长甩甩钻进黑瓦房的黑影，其他人全都凝神不动，只有小耳朵一跳一跳的。

※　※

附：和本文有关的另一个故事

我故乡的老农们，虽然没什么知识，但他们知道的东西并不少，可以说，他们是一群没有知识但有文化的人。他们的智慧，并不比那些获得过很多文凭的人低多少。但这不是我最想写的。我想写的是：他们为什么是他们。我有一位远房舅舅，年轻的时候好吃懒做，十七岁被抓壮丁，在半路上逃回来了，因此沾沾自喜。以后那些有钱人家被派丁，他便去顶替，觉得自己有逃跑的经验，只要给点小钱就可以了。他的确成功地逃脱了三次，但第四次没逃脱，直接被拉到前线去打仗。第一次他怕得要命，打了两仗他不怎么怕了，一旦对方冲上来，他便缴枪投降，他是投降最快的一个人。打了十几年仗，回来了，是被解放军俘虏后放回来的，半路上他的路费和证件被土匪抢去了，回家后，他便成了无业游民。后面有了人民公社，有了生产队，他成了社员，也和大家一起出工，可他总是偷奸耍滑，磨洋工，糊弄贫下中农地干活，仍然脱不了无业游民的本性。无业游民似乎总是和那些风骚的女人有关系，我小时候就看见他挂着破鞋被游斗过多次。那时候他已经快五十了。后来老了，自己觉得年轻时候干下的荒唐事太多，又没有儿女，很担心死了没人埋。有一年，他便在山坡上打洞，说到时候自己钻进去，不用劳累麻烦别人。洞挖好了，他还没钻进去，放牛娃们觉得好玩，经常藏在里面玩。有一天他病了，爬进洞里躺下来，躺了一天没有死，有些寂寞难耐，像土拨鼠一样趴在洞口东张西望。对面马路边，以前有棵大枫树，砍了好多年了，他此时才

突然觉得少了什么，似乎和他记忆中的冉姓坝有什么区别。也许，他希望自己能死在记忆中的那个冉姓坝。他爬出来，在那棵枫树旁边栽了棵枫树。不知怎么搞的，这一栽还栽起瘾了，凡是以前长过什么大树的地方他就栽一棵什么树，哪怕原先是一棵并不重要的青冈栎，他也栽青冈栎，不栽别的。如果树桩还在，他便栽在树桩旁边，树桩不在了，便栽在原位上。开头几天，有些树的位置他记不得了，可越到后面，这些大树在他的脑子里越来越清晰。他不但能想象出它们当时威风凛凛的身躯，仿佛还能闻见它们身上散发出来的各种气味。他做这事到底有什么意义呢，他自己不知道，别人也不知道，反正无论他做什么，冉姓坝的人都会笑他，说他是个老精怪。栽了三年，他死了。他没能如愿以偿地死在自己掘好的洞里。人快死的时候，一点力气也没有，他只能非常遗憾地死在了自己的床上。

几年来，我写了这群人，也只有写他们，才让我感到得心应手。

2002年3月于贵阳

纯生活

姑父五十一岁那年,仍然是个壮劳力,有一阵感觉到小腿里隐隐作痛。他说这事时不像得病了,而是像终于知道什么人和他开了个玩笑,甚至像一个小小的奖励终于到手。我们以为忍一下就过去了:小病小痛不是常事么?姑父自己也没打算去医院。半年后疼痛加重了,他向村子里掌握偏方的人求助。这些偏方各有来路,有祖传的,有因为什么事感恩传授的,也有机缘巧合无意中得到的。如果病症蒙对了,还真灵。姑父求助的人会泡一种治疗风湿的药酒,是他所有偏方中最灵的一种。但他听了姑父的描述,说姑父得的是耗儿症,与风湿无关。不是腿里钻进去了一只耗子,而是腿里有血瘤,形状大小颜色都像刚下来的耗子。既然叫耗儿症,就用猫来治,一物降一物嘛。在血瘤外面抹上猪油,让猫去舔。

姑父家有一只小猫,这只猫从此过上好日子。舔了半年,猫肥了,“耗儿”还在腿里面,隔着人的血肉,猫对它无可奈何。“耗儿”在里面钻得更凶了,姑父走路都相当困难了。他忍痛烧了一窑砖,卖掉

后去遵义检查。医生说是骨癌,必须截肢,并且不能再拖了,一旦转移到大腿根,就没法截了。如果他早点去,截掉小腿就行了,现在已经转移到膝关节之上了,只能从大腿中间截。

这些话是姑父从遵义回来后说的。当初被说成耗儿症,已经让姑父成了名人。现在又要截肢,更是名声大震。毕竟是一条大腿嘛。卖砖的钱他没全部带去,他是回来取钱的,还要两个表哥去服侍他。那天晚上,姑父家很热闹。先是有点亲戚关系的人来了,然后是近邻。每个人都拿了点东西,一把面条,几十个鸡蛋什么的,他们不是来安慰我姑父的,而是来看稀奇的。姑父呢,并不沮丧,他不厌其烦地讲述就医的经历,上车时间,下车时间,吃什么东西当中饭等等。连医生额头上一颗黑色的痦子都重复了多遍,仿佛必须强调这一点,才能证明他没撒谎。

二十天后,姑父从医院回来了。因为截面还没完全愈合,他必须躺在家里。村里人又去看他,去看他的人远远不如上一次多。这次大家感兴趣的是被锯下来的腿在哪里。是丢在了医院,还是拿回来了?拿回来又如何存放?

过了三个多月,姑父拄着一根棍子出现在村道上,动不动就向别人展示他的断腿,直到别人不再有兴趣为止。

我是姑父的最后一个观众。放寒假了,我去帮表哥表妹们干活。先把砖窑里烧好的尚有余温的熟砖搬出来,再把生砖码进去。姑父不能干活了,表哥表妹得自己挣钱上学。大表哥还有半年就从师范毕业了,最爱和我讨论当教师收入高还是当医生收入高。二表哥早

就辍学在家，用姑父的话说，他和书本有仇，和锄头钉耙倒亲热得不得了。姑父先说了些什么我记不得了，只记得他笑着说：“万娃你不晓得，医生的大汗都锯出来了。是一个老医生，头发都白了。他先用笔在下锯的地方打了个记号，然后在离记号两寸远的地方下刀，把皮反剥过来。不这样做不行的，一家伙锯下去，拿什么东西包啊。把皮剥开，锯断后就有东西包了。”说到这里他挽起剪掉一半的裤腿，像经验丰富的教师展示教具一样。我看到的断腿像糖果枕头，正中间像龙眼包子，皱褶是漂亮的，但让人发麻。好多年后，妻子买了一个这样的小靠枕，我一下子就想起姑父的腿，浑身冒鸡皮疙瘩，没过多久我就让它从家里消失了。

“皮剥开了，还要把肉切开，锯子只用来锯骨头，不用来锯肉。钢锯嘎吱嘎吱的，老半天锯不断。我告诉他：你应该找个木匠来嘛。哈哈哈。”我当时还没开始写作，无法理解姑父的乐观。很多年过去后，我写了一大堆东西，但仍然无法理解，他为什么就那么快乐。

那天晚上，姑父让我和他睡一床。不是他家床少安排不过来，而是他太喜欢我了。我在搬砖时他就在旁边看着我，不时叫我休息一会儿，叫我喝水，叫我吃地瓜。叫我和他睡一床，也是施爱。我心里有一千个不愿意，可还是答应了，因为我从小受的教育是不能拂逆长辈。

姑父没有立即躺下，他在蚊帐顶上摸索了半天，掏出几个黑褐色的柿子，像刚上一年级的小学生一样真诚地说：“专门给你留的，你吃。”他藏在上面的，谁都不知道。这种柿子有股烟味，是黄熟前摘下

来削掉皮熏熟的，很甜。我以前特别喜欢，可多读了几年书后，被卫生啦细菌啦等知识搞得很尴尬。姑父还有更重要的东西要给我，他竖起耳朵听了听，确认其他人已经入睡，或者即便没有睡也听不见他的声音，他才挽起裤腿，让我再看一次赭红色的断腿。他期望我摸摸，我没摸，他自己摸了，半闭着眼睛。“在长肉。”他说。意思是伤口正在愈合。

“要是不锯掉，我活不过五十五。”他说。这不是废话嘛。我也说了一句废话：“是啊，全世界都没有找到治疗癌症的药物。”“其实我得的不是癌。”他说。“医生锯错了?”“没锯错，但不是癌症。”

姑父说，他得的是一种遗传病。他的父亲，同样是腿痛，但以前医疗技术差，没有像他一样截肢，五十二岁就死掉了。他的祖父，死时才四十八岁，同样是从腿痛开始的。

他的曾祖父的曾祖父，到哪一级曾祖父已经说不清了，反正是很久以前吧，曾曾祖父养过一只山魈。古书上说，山魈又叫枭蜚，人面而一足，也就是说只有一条腿。不但脸像人，还能模仿人说话。曾曾祖父非常喜欢它，它的小脸比一个刚出生的婴儿还小，鼻子小，眼睛小，身材也小，小巧玲珑，非常匀称。脸廓外长了一圈白色的绒毛，绒毛后面是黑色的羽毛，这一白一黑，像戴了一顶漂亮的狗头帽。曾曾祖父每次从外面回来，山魈都一跳一跳地迎接他。看见他后，却又不好意思，像少女一样低下头，一跳一跳地回到原处。虽然是野物，但极其害羞。

如果不是因为它太小，他是不可能捉到它的，因为它们的天性之

一便是远离人类,不喜欢和人打照面。山区的人除了远远地见过它们的身影,只在洞穴的干土上见过它们的脚印。曾曾祖父去林子里挖草药。他不是医生,但懂得些土方,挖草药来给家人或者村里人治些小病。曾曾祖父要找一种叫竹黄的东西,这种东西既不是植物,也不是动物。它们长在将要衰败或者已经衰败的竹枝上,像菱角,指头那么大,刚开始是肉质的,慢慢变成木质。烧熟后吞服,治小儿惊风和贫血性头痛。这个土方至今还在用,只是竹黄不容易找到,或者说你不找的时候总能碰到,想找的时候却总是碰不到。

竹林深处有一个山洞,曾曾祖父在洞口看见了小山魈,挂在树杈上,羽毛上有血。被他看见后,它不但羞得急忙藏起小脸,还很恐惧,虽然它刚经历了一场更大的恐惧。据它后来说,它和母亲在洞口玩耍,没提防一只鹰扑下来,母亲为了救它,用身子整个罩住它,老鹰把母亲叼起来后,它从母亲的怀里滚了下来。鹰的利爪深深刺进母亲的身体,血滴在它身上,它吓昏了,醒来才发现卡在树杈上。

曾曾祖父家的人很不喜欢它,说它是个怪物。家里养一个怪物,会招来祸害的,即使不招祸,至少也会被人说道。那些活得本分和正经的人是不会养怪物的。反对最为强烈的是曾曾祖父的母亲和妻子。他父亲已经去世,母亲在唠叨时唉声叹气,说是管不了他了,也不敢管了。妻子则威胁说,要把山魈丢出去。曾曾祖父对这些唠叨和威胁充耳不闻,为了不让猎狗咬到它,他在柱子上给它做了一个窝。只要狗朝柱子上看,他就呵斥狗。它长大了一点,他把它放到地上玩耍,用一块小小的家织布给它做了件披风,更像小女孩了。曾曾

祖母哈哈笑,嗔怪他“硬是想得出来”。他教山魈:“叫她妈,叫她妈。”曾曾祖母虎着脸:“哪个是它妈！我看你是越来越不要脸了。”狗倒没对它行过凶露过齿,大概是把它当成了主人的孩子,没把它当野物。小山魈特别怕狗,看到狗就往旮旯里藏,这时他若是去抱它、安慰它,它就会把脸伏在他怀里呜呜哭。

时间长了,家里人也习惯了,虽然仍把它当怪物,但不再怕它了,从外面回来,没看见它,还不习惯,还会低着头到处寻找。他们叫它“细妹儿”,因为它的声音和长相都像一个发育不全的小女孩。曾曾祖父在别人面前会说漏嘴似的说“我家那个细妹儿”如何如何。

只要不出远门,曾曾祖父都会跟它在一起。他在地里干活,或者上山砍柴都把它带在身边,有空就跟它说话。有一天,山魈突然说出一句话,是曾曾祖父经常挂在嘴边的一句话:“哪个说的哇。”不管别人说什么,曾曾祖父都会反问这句话。他惊喜异常,从此更加细心地教它说话。山魈学会了好多话,声音清晰,要不是看着它,你会以为那真是一个人在说话。但它并不懂这些话的意思。它不但学人说话,还学狗叫,学猫叫,惟妙惟肖。狗和猫被骗过来,却怎么也找不到自己的同类在哪儿。山魈不懂人话的意思,男主人却慢慢听懂了山魈的话,它的“话”在不懂的人听来,就像山区的人突然听到一个外国人说话,和哑巴嘴里冒出来的咕噜声差不多。

几年后,山魈长大了,站在地上只有半人高,但从长相一眼就能看出来,它已经成年了。无论是曾曾祖父,还是他的家里人,都对它有一种自豪感,就像他们家养大了一个孩子。曾曾祖母说到“细妹

儿”的时候,和说到自己的女儿没什么区别,她不像最初那样讨厌它了。“细妹儿”已经学会叫她妈妈,她也乐于答应。老奶奶也一样,别人给她点什么好吃的,她都要分一点给“细妹儿”。他们喜欢听山魈说话,他们说一句什么,山魈往往答非所问,正是因为这样,他们反倒愈加开心。在生活清苦的山区,这样的笑声是稀罕的。他们对它的喜爱使他们对村里人的嘲笑甚至侮辱性说道毫不在乎,村里人提到他们家时,用“喂麻猫那家人”来指称,而不是以前的“沙田湾韦家”。

柱子上的窝一改再改,但最后再也容不下了。曾曾祖父搭了张小床,被子什么的一应俱全。可它一夜也没在上面住,他只好把它的窝吊在房梁上,只有躺在悬空的窝里面,它才觉得安全。

它早就不愿跟曾曾祖父去庄稼地了,他的背篓藏不住它了,只要听见陌生人的声音,它就又羞又惧,恨不得钻到地缝里去。对它来说,除了他的家人,其他人都是陌生的。而这些陌生人偏偏喜欢来看它、逗它。它宁死也不让他们看到它的脸,更不可能说话给他们听。他们见不到它的脸,便胡乱想象,有的说像猫头鹰,有的说像猝子。猝子他们是见过的,猿声人面,看见人时拉长声音啸叫。有人干脆说,它就是一只猝。猝子喜欢吃拐枣。霜降过后,拐枣熟透了,甜味几里外都能闻到。猝子也胆小,忍到午夜才敢往拐枣树上爬,一到冬天就有人守在树下设套,每年都能逮到好几只。

猝子肉细嫩,卖到城里去,或者用来招待贵客,都是极好的。

山魈喜欢跟曾曾祖父到林子里去。森林宽广茂密,无边无际。一到林子里,它就兴奋地拍打着翅膀。它是有翅膀的,但已经不会飞

了,因为害羞而长期生活在洞穴深处,退化了。它单腿独跳,善于在荆棘丛中穿梭。在林子里,它离开他的时间越来越长,好几次,惹得他不高兴,问它干什么去了。不是用人话问的,是用它能听懂的兽语问的,它羞得低下头,过了好一会儿才说:没干什么。

它的表情瞒不过聪明的曾曾祖父,他知道它一定背着他在干什么。下一次,他跟踪它,为了不让它发觉,他戴了一顶插满草叶的荆冠。

他看见了,在一片密不透风的藤竹后面,它正和另外两只山魈嬉戏打闹。那两只山魈显然是雄性,而它,正处于发情期,他看到的和听到的都是完全不同于平时的夸张和做作。曾曾祖父很是不悦。他愤恨了。他嫉妒了。他难受了。他吃醋了。他听见它们正在商量如何完成交配。山魈只有一条腿,这给交配带来意想不到的困难。其中一只山魈说,它找到了一个好地方,那里有三棵分布均匀的苦茶树,它们站在苦茶树中间,身体靠在三棵树上,可以称心如意地交配,林子里再也找不到比那里更好的地方了。

他知道那个地方。他把那三棵指头粗的苦茶树砍掉了,他要给它难堪。到了山魈约定的时间,他把它带进林子,然后装作什么也不知道,像平时一样忙自己的事。它既害羞又激动。他没有跟踪它,到天黑它还没回来。他更加嫉妒,以为它跟那两只山魈走了,过它们的野性生活去了。但第二天,他还是忍不住钻进林子去寻找。走到苦茶树前,他惊呆了。它已经死了,喉咙插进一棵苦茶木的树桩。这树桩是他一刀砍下的,断茬非常锋利。它显然知道这是他砍的,它无法

承受这样的羞辱，自杀了。树桩虽然锋利，要把它插进自己的喉咙，没有一死的决心是不行的。

他非常难过，恨不得把三棵苦茶树连根拔起。这时那两只雄山魈钻出来，它们愤怒地扑向他，奇怪的是它们只攻击他的右腿。他好不容易才挣脱，回到家，没敢说被山魈咬了，只说是被野猪咬了。

被山魈咬伤后，任他用什么药，伤口就是好不了。曾曾祖父痛得受不了，他哀求别人给他把腿砍掉，大家这才知道他被山魈咬了。

这位曾曾祖父有三个儿子，他们长大后，也多次受到山魈袭击，最后的症状也和他们父亲一样。他们中的老二是个瓢匠，善于用白杨或梓木抠挖成各种木瓢。为了不让下一代再遭山魈报复，他搬到了离冉姓坝一百里远的瓢匠沟。传说他有八个儿子，他们无一例外，在不同的时候，全都遭受到山魈的袭击。搬得再远也没用，已经和它们结下世仇了。

讲到这里，姑父微微一笑："我父亲痛得受不了时朝我们喊：给我锯掉吧，给我锯掉吧。我妈眼泪汪汪地说：我的先人，哪个敢给你锯呀。父亲临死前告诉我，这都是得罪了山魈的缘故，我们一代一代人都会死在这条腿上。他没想到，轮到我，我轻轻松松把它锯掉了。哈哈哈哈。"

"你也被山魈咬过？"

"哪里？林子里比兔子和松鼠大的动物都没有了。老先人们被咬的次数太多了，一代一代，成了'养老疾'，后代没有被咬过也会得这种病。"

我一下明白了，刚开始发现病症，他为什么像得了个小小的奖励一样面带微笑，因为这是必然会来到的，他早就等着它，知道这个遗传病后就在悄悄地等着它，现在终于来了，反倒轻松了，放心了。这当然不是什么奖励，它只不过带着一点正气：我说了会来，就会来的，我不说假话。姑父知道自己在迎接什么，反倒没什么好怕的了。

姑父一会儿就睡着了，睡得真香。我却熬了好一阵，只要他剩下的那条腿碰我一下，我就浮想联翩。

二十多年过去了，姑父的乐观没有任何改变。有一阵，大表哥要给他装假肢，他坚决不要。当时有个什么医疗下乡活动，安装假肢比平时便宜。

大表哥已经是老家中学的校长，表嫂是当地医院的医生。他当年和我讨论的问题，已经完美地解决了。我写作获得的虚名传到老家，大表哥的儿子才八岁，对我非常崇拜，我不时买本书寄到他所在的学校，他骄傲得满世界宣扬，并且读得很认真。同样的书，他父亲买给他，却常常被他搞得不见踪影。

我去看他们，被他和姑父紧紧包围。姑父叫他给我倒水，他说："我没空，我要和表叔说话。"全家人哈哈大笑。

有一天，小家伙想方设法避开爷爷，要带我去看一样东西。他把我带到他家阁楼上，指着吊在房梁上的东西说："喏，就是这个。"黑黢黢的，像树根。"这是什么呀？"他得意地说："是爷爷的腿，等他死了，取下来和他一起埋掉。"

我背心倏地凉了一下。他说，爷爷的腿拿回来后，家里人立即抹

了盐，再糊上一层黄泥，吊在这里让煮饭的烟火熏。黄泥开裂脱落，斑驳苍老，很像一段松树。阁楼没有铺楼板，而是铺了两层竹竿，便于烟雾从缝隙之间钻上来，而阁楼下面，正是每天都会冒烟的厨房。别人家的饭灶好多年前就改成有烟囱的了，只有他们家一直沿用架柴冒烟都用一个灶门的老灶。

"你不怕吗？"

"不怕。"

他上楼和下楼都蜷起小腿，单脚跳上跳下。往下跳省力，但技术难度大。因为农村的木梯，梯步是很窄的。他跳上跳下都很轻松，我三步并作两步才能赶上。下到最后一梯时，他像电线上的小鸟一样飞，飞出去一米多远。

我问他为什么喜欢跳，小家伙神秘地（或者说得意地）一笑："山魈看见我只有一条腿，就不会咬我了。"

"林子里不是早就没什么山魈了吗？"

"林子里没有了，它们住到我家来了，它们藏在瓦缝里，藏在楼板下面，藏在柴堆里面，轻易不会出来。我们家的男人都看不见它们，只有女人才看得见。也不是每个女人都看得见，要心好的人才看得见。"

"你妈妈看见过吗？"

"我妈妈没有看见过，我奶奶看见过。有天晚上，奶奶起来收月光。奶奶坐在月光下面，把月光收到身体里去，下辈子再变成女人，她的身体就会像月光一样白。奶奶收月光时看见它们了，它们在磨

盘上玩耍。奶奶没有惊动它们,也没有叫我们起来看。如果她叫了,她就永远看不见它们了。其实它们知道奶奶坐在那儿,如果是男人,它们早就藏起来了,因为它们对男人的气味特别敏感。我家有位曾曾祖爷爷,不知道他做过什么事情,反正深深地伤害了它们,它们活着就是为了找他的后代报仇。”

他这么一说,我的小腿也痒痒的。我问:“就没有办法和它们和解,难道?”

“办法是有的,我不知道该不该告诉你。”

“我不会告诉别人的。”

小家伙严肃地看了看我,他说,从得罪山魈的曾曾祖父的儿子开始,就必须娶一条腿的姑娘为妻,要娶九代这样的媳妇,山魈才会原谅他们,他们的腿才会和其他人一样,直到老都是一对儿,不用中途锯掉。曾曾祖父的儿子、孙子都这样做了。直到第八代,有一位曾祖父没遵循这个规则,擅自娶了个双腿齐全的姑娘。他不是故意的,是他记错了,以为自己已经是第十代了,其实他还是第八代。可从他开始,下面的几代都没学他,结果他们的腿还是全都一到时候就生病。

“我不能像他们那样,我长大后,我会娶个一条腿的姑娘做媳妇。这样我的下一代就不用担心了。”

“那你现在用不着单腿走路呀,反正你今后要娶那样的媳妇。”

“它们不知道呀,再说,即使知道了也不一定相信,它们必须看到了,我确实那样做了,它们才会相信。”

“你真勇敢。”

“嘿嘿。”

小家伙不好意思地点了点头。

我私下问大表哥,山魈的故事是谁想出来的。大表哥笑了笑,提起右脚,抹下袜子,我看见皮带扣扣在小腿上的假肢,心里不禁叫了一声:天啦。“去年,”他说,“我去进修一年,趁这个机会把它截掉了。发现得早,所以从踝关节上面截掉就可以了,比我父亲幸运多了。”

“一点也看不出来。”

“截得越短越看不出来。不过不能跑,一跑就露馅了。”

“你没让家里人知道?”

“除了你表嫂,别人都不知道。要不是和她睡一床,说不定她也不知道。哈哈哈哈……我告诉她,一定不能让儿子知道,他还小。”

“他似乎并不害怕。”

“不能让他害怕,他要是从现在就开始害怕,那一辈子就完了。儿子太爱看你买的书了,他语文不错,数学有点问题,你给他寄本数学方面的书吧。”

“没问题。”

回到云城后,我在第一时间买了本《趣味数学》寄了回去。

2008 年 9 月于贵阳

大　哥

我的书房在二楼。除了吃饭时间，我总是待在书房。当我沉浸在大师们的著作里时，身心像沐浴在春光里一样幸福。但是，只要楼下传来一声："马明河，电话！"幸福感刹那间烟消云散。这时我就像那些在医院等着拿化验单的人，既害怕情况很糟糕，同时又盼着是个好结果。

"哪里打来的？"

"外国！"没有一个外国人会给我打电话，这是在讽刺我流连书海，冷落了家人。

只要不是老家打来的，恐慌的情绪不一会儿就可以峰回路转。如果是老家打来的，我的腮帮子就会发僵，后背和前胸一阵阵发凉。脸上挂着准备就义的无畏表情，其实每道皱纹里都刻着担惊受怕。

我给妻子说过好多次，叫我接电话时不要一惊一乍的。她说："温柔了你能听见吗？我已经叫你好几声了。"

我不知道她是不是故意的，因为她老怀疑我看书是假，逃避做家

务才是真,借机折磨我一下心里才平衡。

最近两年,我特别怕老家打来的电话,我怕他们说:你大哥疯了;你大哥喝农药了;你大哥把乡政府炸掉了;你大哥杀人了。

大哥从没给我打过电话,要么是大姐夫打来的,要么是二姐夫打来的,要么是侄儿双全打来的。有几次,是当村支书的李朝发打来的,他是我小学同学。他们打电话给我,都和大哥有关,要么替自己辩解,说他们对大哥的关心够多了,他们已经做到仁至义尽了;要么就是情况非常紧急,大哥在村街上晕过去了;要么叫我无论如何抽时间回去一下,看怎么把大哥的问题彻底解决。有几次是为了告诉我,大哥准备找他们借钱,他要去贿赂某个他自以为非常重要的人,问我怎么办,借还是不借。

他们的语气时而委屈,时而无奈,时而沉重,时而懊悔。我还听出这样一种意思,一种不便说穿的处世哲学:我衷心希望走火入魔的大哥平安无事,如果做不到这点的话,那就让我平安无事吧。为此我有些许不屑:大哥再怎么着,也是我们大哥,怎么能放任不管?

但是,如果不是远远地离开老家,离开可以直接尽责任的场景,我能否和他们不同?

有一点我们是一样的:担心大哥出事,出大事。

我们之所以如此不安,是因为大哥认为政府欠了他三万块钱,他非要把这三万块钱要到手不可。我们告诉他,没有这事,没有哪一级政府欠他的钱,他已经得到了他该得的。他一声不吭。我们劝他不要再去找政府了,好好想一下搬家后到底要干什么。刚开始还管点

用，就像给浑身疼痛的人吃止痛药，暂时不痛了，但病魔并未驱除，过不了多久又会旧病复发。到后来，连暂时止痛也不行，他不再相信我们，认为我们之所以劝他，是因为我们怕麻烦，甚至怀疑我们得了政府的好处。

我们希望一劳永逸地把他的病彻底治好，但我们又都知道这是不可能的，因为大哥病得不轻。

有一次他在坡上耕地，还没耕完放下犁就走了，去找政府要钱。结果犁被人家扛走了，牛也丢了。大嫂找到那个偷犁的人，不敢说他偷，而是问他是否顺便把它扛走了。这人立即顺竿爬，把大嫂数落了一顿："多么好的一张犁呀，你看看，放在那里风吹日晒的，弃贤不顾的，这像话吗？我要不拿回来，早就被雨淋烂了！"

牛呢？顺着脚印可以找到它的去向，却无法找到它实在的身躯，因为脚印到马路上就消失了。马路上全是沙子，一辆载重卡车都难留下痕迹，何况是一头刚获得自由的牛。

老家全是山地，机械化工具是使不上的，种地非得用牛。我和大姐夫凑了两千块钱，给大哥重新买了头牛，告诉他这牛不能再丢了，再丢我们可不管了。

我们觉得政府真不欠他的，可为了打消他不切实际的念头，有时候只好顺着他的意骂骂政府，骂骂乡里面那些皮笑肉不笑的工作人员。这时候大哥满脸受用的样子，甚至还带着几分稚气，就像和人打架打输了的孩子，看着别人为他撑腰出气，心里全是欢喜。

我们劝他的方法不一定对，有时好言抚慰，有时威胁恐吓，有时

讽刺讥笑。我们说他:年纪这么大了,儿大女成人了,争那几万块钱干什么,家里又不是过不去。威胁的时候警告他:小心政府把你当钉子户,一旦被列为钉子户,你就等着挨收拾吧你!妨碍和阻拦重点工程就是犯罪,你知道吗?讽刺的时候说:你不想想你是什么人,一根筷子能撬动大门枋?简直是开国际玩笑。就算你委屈你难过,比起全县全乡那么多大事要事,你这点事算个屁,连屁也算不上。

大姐夫是小学校长,和乡政府的人熟,他说这事乡政府根本管不了,因为不关乡政府的事,他们只是执行者,并没有处事权。而最关键的,大哥要这钱是没有根据的,即使在县里面能找熟人,也不可能满足大哥的无理要求。大哥听了这话,就像一直和他同仇敌忾的革命队伍里出了叛徒,那个气呀,犹如寒风席卷了美丽的村庄,举目四望找不到一个亲人。

二姐夫和大哥一样也是农民,说话就像扛竹竿进巷子不会转弯。大哥前几年还觉得二姐夫率性耿直,在亲戚当中他俩关系最好。但最近他觉得二姐夫也不行,说二姐夫是个“闷农”,傻里傻气的,缺心眼,除了有身蛮力什么也没有。这是因为大哥向二姐夫借钱,准备到北京告状。二姐夫问他一个人去还是和谁去。大哥说一个人去。二姐夫说:“北京恁球远,你要是走岔了哪个来找你呀?”大哥说:“要不你陪我去?”二姐夫说:“栽了苞谷栽烤烟,栽了烤烟接着就栽红苕,等这事那事忙完,烤烟又该上炕了,我们哪有空?”大哥说他不会走岔的,又不是不识字,他可以边走边问。二姐夫说:“花那么多钱去告状有啥必要?又告球不翻,还不如在家好好睡球你的觉。”大哥受辱一

般，决绝地说：“好，老二，我再也不会找你借钱了，你忘了我为你做的事了。”

大哥一桩桩一件件，像铁面无私的统计员一样，把他帮二姐夫做的事全部抖落出来了。连二姐夫还没和我们成亲戚之前，他帮他说过几句无关紧要的好话他也记得。

我们都感觉他快要疯了，他那个顽固的脑袋就要爆炸了。

其实，这是祖祖辈辈都没有遇到过的好事。十年前，省水电开发公司决定在我老家修一座大型水电站。这个消息早在十年前就传开了，长江水利委员会的专家在二三十年代就搞过勘查。但直到上世纪九十年代初工程正式开工，传说才变成事实。

从得到可靠消息那天起，大哥的脑子就像河边的水车一样，咕嘎咕嘎地转个不停。他所在的村子一百多户人家，有一半要搬迁。对搬迁户，国家要给移民安置费，也就是村里人说的搬家费。土地、房子、山林、果树，都要折算成款项赔给他们。这些财产当中，只有土地和山林的面积是不变的，到时候用皮尺丈量就知道了。房子就不同了，有人拼命把房子加大，在老房子外面再加两排柱子就可以多出几十平方米，有人甚至干脆分家，让分出去的人再造一幢房子。

大哥比别人聪明，他不扩房子，扩房子要花本钱。他在地里栽树，他怕别人学他，悄悄栽在玉米地中间，心想等玉米熟了，树已经活了，别人要学，也只有等来年了。他带着大嫂和双全忙了一个夏天，在思娘洞后面的山上钻来钻去寻找树苗。夏天不是植树季节，一般树不容易成活，他决定栽最容易成活的苦丁茶。每天栽一百多棵，大

哥暗想，哪怕一棵只赔五块钱，一百棵就是五百，一千棵就是五千，一万棵就是五万。十万棵呢？哈，十万棵是不可能的。苦丁茶是一种小叶女贞树，常绿乔木，采茶不是一叶一叶地掐，是连枝带叶捋下来，用蒸气撩几下烘干即可，有清热解暑利尿的功效，还能减肥。以前不大值钱，全是野生的。现在城里的胖子越来越多，苦丁茶的行市渐渐看涨，家种的也多了起来。

那个夏天，是大哥这辈子最快乐的夏天。无论干什么他都笑眯眯的。割草的时候割破了指头，他将伤口放嘴里吮吸，吮完后吐掉带血的口水，皱着眉头看看镰刀，看看草看看指头，然后继续割草，脸上仍然笑眯眯的。看见别人家修房子，忙得热火朝天，他笑眯眯地看着听着，不支持也不反对的样子。看见水牛在池塘里滚水，他笑眯眯的；看见蚂蚁搬家，他笑眯眯的；看见蛇从草丛里突然窜出来，吓了他一跳，但转眼仍旧笑眯眯的。

可秋天传出一条消息，说移民办理赔的时候，果树不足三米高是不算数的，茶树不到一米高也不算数。大哥栽的全是七八寸高的小苗，要长到一米高，还早得很呐！

大哥脸上的笑容没有了，动不动就在家里大发雷霆。有时候突然大吼一声，脸盆都震得嗡嗡响，有一次甚至把瓦片震得哗啦响。他也知道光发脾气没有用，得赶紧弥补。收完稻谷，他带着大嫂和双全上山挖苦丁茶，一米以上的通通挖来栽在没种小季的旱地里，本来稻田他也想栽，但大嫂和双全坚决反对，怕到时候不算数。大哥说："怎么不算数，田土是我的，我想栽什么就栽什么。"亲戚劝也劝不住，当

时他比较信任大姐夫。大姐夫说:“稻田里不要忙,先把旱地栽完,如果还来得及,再往稻田里栽。”大姐夫知道他的脾气,与其反劝他,不如顺着他的毛去挠,使缓兵计:山上的苦丁茶虽然多,但树高一米以上又好挖的少之又少,不像栽小树苗那么省事,旱地他都栽不完,哪有时间往稻田里栽。

大嫂和双全挖了几天,心里有苦不敢吭声。苦丁茶大多长在石缝里,小树苗轻轻一拔就起来了,擀面杖那么粗的拔不动,又没地方下锄,挖了三天,手打起血泡,才挖得七八棵。

大哥整天怒气冲冲的,说大嫂和双全笨得像牛一样。他的确比他们聪明,他像穿山甲,满山坡乱拱,能拔起来的拔,好挖的才挖,拔不起来又挖不动的马上丢开到其他地方找,不像那两个“笨猪”,找到了一棵,不管长在什么地方,非要把它挖起来不可。

大哥说,儿子笨,是因为他妈笨;他妈笨,是因为当初那个可恶的媒婆。订婚时父母征求过他的意见,母亲问:明忠,你看要得不?大哥说要得的。媒婆介绍的姑娘他看见过的,模样不错,性情也温和,现在想来想去,只能怪自己当时瞎了眼。

正如大姐夫所料,栽到第二年开春,大哥也没能把旱地栽完。而这时村里人看见大哥这么做,恍然大悟地醒过来,原来栽树比修房子更赚钱。这样一来,山上的苦丁茶不到一个月就被挖了个精光。虽然他们知道栽在地里也值不了几个钱,但他们的耐心和勤劳使他们不能放过任何一棵,长在岩缝里的也被无坚不摧地抠起来了。没过多久,有人发现这种树可以扦插,用生根粉浸泡后成活率比连根带叶

挖回来的还高。这样一来,别人地里的苦丁茶轻轻松松就和大哥的一样多了。

大哥闷闷不乐,就像村里人骗了他一样。直到有一天晚上,一个新的想法撞上脑门,他才高兴起来。

他决定修整房子,但他的修法不一样,别人是增加两排柱子扩大面积。他不,他用砖从屋檐下砌起来,木瓦房的屋檐和板壁之间有一米五宽的空位,砖砌起来后把板壁拆掉,增加的面积比立三排柱子还多。这真是一个绝妙的主意,亲戚都劝他不要这样做,怕到时候不按照他的想法丈量。大哥悠然自得地说:“这不是我的想法嘛,我住的就是这样的房子嘛。”劝多了,他起疑心了:“哼,亲戚?都是些没安好心的人,活怕你多得几个,不晓得嫉妒心哪来那么强。”

他不光心眼多,手艺也做得不错,泥工木工,看一眼就能自己做。砌房子,他自己当师傅,大嫂和双全给他打下手。别人都在耙田插秧了,他还在家里砌房子。大嫂急了,自己驾起牛去耙田,双全心疼母亲,放下灰浆抢过犁铧和母亲一起干。母子俩白天顶着日头,晚上点着马灯,累得骨头都快散架了,才把几亩水田插满,这时别人的秧苗都已经转青了。

大哥不但没有丝毫内疚,还对老婆儿子的做法不以为然。他说:“两个笨人,根本掂不出轻重,种地干什么?房子增加一个平方就能买下一亩地打下的粮食。”

没人帮他,他拿出愚公移山的精神,虽然进度慢多了,但每天砖墙都在增长。直到水稻抱穗,他才把房子糊弄完。

房子刚弄完,"移民"调查就开始了。大哥和村里人一样,历来怕官,在他眼里,凡是在机关单位工作的人都是官,甚至连在供销社畜牲站良种场工作的人都是官。移民办的人当然也是官。大哥怕和他们打交道,却又想得到他们的关照。得知移民办的人即将进村,他决定硬着头皮去把他们请到家里来,笔在他们手里,一千八百棵树写成一千八百五十棵有什么不行的?三十四亩写成四十三亩有什么不可的,皮尺稍微松一松,一丈八就可以量成一丈九。这里头可以钻的空子太大了。他把这个想法告诉大姐夫,大姐夫说恐怕没那么容易。大哥说,管他行不行,试一盘总比不试好。

大哥和大姐夫合计了一番,认为移民办的人下来,替他们安排吃住问题比直接送礼强。大姐夫主动借了五百块钱给大哥,让他去买好烟好酒。

他们只知道移民办的人就要来了,但具体哪天哪个时候来并不知道。大哥叫大姐夫去乡里打听。大姐夫去了一个学生家,学生的父亲是乡里面的人大主任。主任说,移民办不归乡里管,他们是直接从县里面派下来的,他们的行踪乡里面的人也不掌握。

大哥决定守株待兔,去半道上拦截。怕村人看出他的用心,他拿了把镰刀在路边割草,刚割了几把,发现这办法不好,这不是他的地,割草人家要说的,他忙改成在那儿挖中药,他认得的药材不多,更不知道它们有什么用途,便把看上去有些特别的草都挖起来。挖起来拿回去又没什么用,一边挖一边悄悄往地里丢。挖一阵中药,他还掏出手巾用溪沟里的水把脸洗得干干净净,头发梳得顺顺溜溜。得给

人家一个整洁讲卫生的形象嘛，脏兮兮的谁愿住你家呀。衣服是一件洗得发白的中山装，大嫂劝他穿新衣服，他不要，他说干净的旧衣服反倒让人顺眼。为了保持衣服的整洁，挖草药的时候他很小心，动作很别扭，任何人看了都会发笑，他自己却一本正经，认为自己做得非常好。

大哥恭候了三天，移民办的人终于来了。

乡长带着那些人，正愁怎么给他们安排食宿，看见大哥，也不多想，问他家能不能住人。大哥心花怒放，喜得每根汗毛都在发抖，嘴里却要谦虚一番，说："住没有问题，就是吃的差了一点，粗茶淡饭，怕他们不习惯。"

乡长说："他们是来工作的，不是来吃稀奇的，要吃稀奇，人家什么没吃过呀？就住你家吧，菜洗干净点就行了。"这是一位副乡长，大哥以前不喜欢他，有一次他来检查科技种田推广情况，和他争论过几句。现在大哥感激不尽，差一点就说出来了：乡长你大人不计小人过，那次是我错了，你千万不要往心里去哈。

移民办的人刚进屋，大哥便悄悄叫大嫂杀鸡，他自己则拿出好烟请他们抽，陪他们说话。他已经计划好了，明天去买几条鱼来放养在水缸里，哪天打山匠谭广书打了野兔，也要买一只。总之要让工作队的人住得舒服吃得舒服，要他们感觉到宾至如归，要让他们对马明忠另眼相看，把他当亲人。

这些人住了一个月，走的时候给大哥家生活费，大哥说什么也不要，还说了一大堆客气话，说住在他家就是看得起他，没有什么好招

待的，有不周到的地方还请多多包涵，今后有机会一定要来玩。

大哥只上过小学，但他和这些上过中专大学的人说话时，就像他每天都在秉烛夜读，满肚子书面语。招待呀、包涵呀、玩呀，这些词梨树坪人是不用的，如果因为场合需要非说不可，也会像做了件不合身份的事一样感到害臊的。

移民办的工作人员很受感动："还是农民好啊，多么质朴啊。"

几个月过后，又来了一个工作队，不是上次那些人，上次是来做摸底调查的，这次来是要一家一户进行测量登记，登记耕地和山林面积，清点果树，丈量房屋和宅基地。和上次不一样，大哥没能把他们接到家里来，他们不住村里，有专车，每天工作结束后回乡里住。

这事让他郁闷得很，看见太阳，他觉得它从来没有按他的意愿出来过；看见山坡，他觉得那是鬼头鬼脑的地方；看见稻田，他第一次发现稻田里有股令人作呕的臭味；看见一条在田坝里奔跑的狗，他总想捡块石头打破它的脑袋。他最讨厌的是村里的人，觉得他们正背着他干什么勾当。并非只是没把工作队的人接到家里来就气成这样，最主要的是他们带来的坏消息，他们说，两年内移栽的果树茶树通通不算，一年内扩建的房子也通通不算。两个通通，捅到了大哥的痛处。茶树栽下还不到两年，房子扩建也不到一年。不像其他人，扩修的房子已经两年多了，虽然他们栽的茶树也不算，但房子赚了，大哥计划那么周密，结果竹篮打水一场空。

大哥寄希望于村里人的善良之心（或者不如说贪婪之心）：如果大家不说，工作队的人怎么知道他的房子是什么时候扩建的？他联

络了好几个人,要大家分头做工作,要大家团结一致,把茶树说成是两年前栽的,房子嘛,通通是一年前扩建的。这些人也答应了,但回到家里,大哥总是放心不下,觉得没有一个人靠得住。因为他看出来了,他们答应是答应了,但眼光躲躲闪闪,一看就知道动起真格来吃不住劲,早晚要背叛他。大哥恨不能抠下他们的眼珠子,把猪眼睛给他们装进去。在他看来,猪虽然是猪,但眼睛从没畏缩过,总是那么坚定,那么稳重,哪怕见到杀猪刀,它们也只当那是块发亮的大白菜帮子!

他在家里发表了简短的施政演说,听众只有老婆和儿子:“如果大家都能听我指挥,没有做不到的事情,又不是叫他们出钱,钱不是从他们的腰包里拿出来,钱是国家的,难道他们会心疼?你们说是不是?”

他的意思是大家应该凑钱向工作队的人行贿。

当然不可能会有人听他的,村里人一直觉得他比谁都狡猾,真有什么好处,他的算盘东算西算可以把别人算成光身子。

其实工作队通过前一次的调查报告,已经知道建房子和栽茶树的时间,但在大哥的眼里,这完全是村里人的过错。上次那个工作队来调查的时候,像走亲戚一样,随便问问,走走看看,当时谁也不知道这有什么要紧,问什么说什么,全都告诉人家了。包括每家人的亲戚情况,子女是正在上学,还是在外打工,或者已经出嫁成家立业,他们早就搞得一清二楚。但大哥不相信这个说法,他说上次那些人住在他家就没问这些,他认定是大家互相不服气,没存好心,生怕人家多

得二文,于是告密,结果大家一起倒霉。活该!他想,农民就是农民,素质这么低,就该受穷,人家城里那些人,换着花样搞国家的钱,谁也不揭谁的短,人家活得多快活呵。

他说这话是有“根据”的,当时省交通厅被抓了几十个人,上至厅长下至工程监理人员,全省沸沸扬扬,别人为揪出这么多腐败分子而拍手称快,我大哥却把他们和村里人比较,认为乡下人就是没法跟城里人比,你看人家就晓得一窝子弄钱,梨树坪人,哼,是槽中无食猪拱猪。

工作队来丈量房子那天,大哥一副无所谓的样子,心里却紧张得要命。他又是敬烟又是端茶。茶他们喝,烟也照抽不误,但他们在别人家已经抽过了喝过了,对大哥的烟和茶不在意也不在乎。大哥看出这一点,心凉了半截。看他们拉皮尺的样子,似乎是在按他砌的墙在量,但他们不时又抬头看房顶,像是在看哪里是屋檐。拉皮尺的是两个中年人,刚开始皮尺没拉紧,松垮垮的,记录的是个年轻人,看样子他才是领导。大哥暗暗祈祷他们就这么量,哪知年轻人突然吼了一声:“拉紧呀!”大哥被吓了一跳,就像吼他一样。

量完后,大哥问他的房子有多大面积,年轻人冷漠地说:“还没计算,要回去算了才知道。”

大哥像在梦中吃汤圆,吃是吃了,可一个也没有落到肚子里去。工作队回去后,大哥就开始猪不是狗不是,一会儿觉得他们也许会高抬贵手,给自己把屋檐下的面积算进去,一会儿又沮丧地想自己和他们无亲无戚,哪会照顾你这些农二哥。

他很想去找找第一个工作队的人,请他们给第二个工作队的人说说,暗示暗示,在登记的时候“政策放宽一点”。

但大姐夫告诉他,第一个工作队已经解散了,他们是由几个部门临时抽调上来的人组成的,调查工作结束后回原单位上班去了。所以你没法找他们,找到了也没用。

与此同时,各种传说又像野草一样疯长,有的说各家赔多少已经算出来了,有的甚至说已经在开始领钱了,大哥急得裤裆都大了,因为他几天几夜睡不着觉,人瘦得走形,平时合身的衣服都显大。

只要看见两三个人站在哪里说话,他就拔腿跑过去,看他们是不是在说领钱的事情。村里人都知道他厉害,怕他又烦他,见他走来便散开。这样一来他对谣言更是信以为真,以为他们真的在背着他搞钱。

移民搬迁还牵涉村里的公有财产,公路、水库、水渠、碾坊,看他们神头神脑的样子,他认定那就是在瞒着自己搞名堂。以前觉得他们不知道什么叫团结一致才能打胜仗,现在他们可真是太团结了,他们像嗡嗡嗡抱成一团的苍蝇,自己则像单打独斗的麻雀,既委屈又难受,觉得自己成了被欺凌和被侮辱的对象了。

在家里,他整天怒气冲冲,对所有的事都吹毛求疵,动不动就说依得他的脾气如何如何,仿佛自己平时有多么温和宽厚。

大嫂去思娘洞背柴火,半路上拐弯找村里的亲戚打听了,亲戚说根本就没这回事。但大哥沉浸在自己的委屈和愤怒中,委屈和愤怒到了自我陶醉的地步。他以闻所未闻的疯狂去臆想,去揣测,觉得世

界上没有一个人靠得住。

大嫂劝他不要胡思乱想,该发的钱会发的,哪会单独瞒着他一家人。别人说这话,他再不服气也最多不过默不作声,但大嫂说这话,她就要为此受苦了。因为他在家里是不能被顶撞的,她这是火上浇油,是往自己脖子上套刑具。

大哥听完大嫂的话,一跃而起,火冒三丈,在一种恶意的、难以抑制的快感带动下,把所有难听的话像泼脏水一样向大嫂泼过去。

他说:“人家说我这样那样,我懒得理他们。我自己心中有数嘛。可现在连自己家头的人都这么说我,好像我是那种无根无据喜欢无理取闹的人,好像我是个疯子是个球绰绰,是个人见人恨的臭死蛆!气死我了,真是气死我了。马明忠呀马明忠,你这是为了什么啊?嗯,为了自己吃好点穿好点?你都四十八了,再过十年就五十八了,五十八就是进六十的人了,……你还能吃多少穿多少?照你这身体,活七十岁就不错了。”他凄惨地笑了一下:“你哪能活到七十岁哟,还没到那一天就被他们气死了!”他终于为自己的愤恨找到了发泄对象,不把最伤人的话说出来就不痛快:“不晓得前世作了什么孽,害得这么多人膈应我。我说的真话她听不进,别人说的×话她相信忙了,不晓得和她前世有仇还是这世有冤!”

大嫂可怜巴巴地说:“算哩马明忠,算哩,我说一句话就把你气成这样,我的老先人,我再也不说哩,都是我的错,都是我这张×嘴惹的祸!”大嫂说着打了自己两耳光。

大嫂痛不欲生的样子让大哥舒服了一点,但大哥在狂怒之下拒

绝做任何让步,他说:“少跟我来这一套,自己安的什么心自己晓得,自从知道移民搬迁那天起,嗨哟,欢喜得姓啥子都不晓得了,就像要请你去住紫禁城似的。你以为搬家真那么好,告诉你,搬到街前市口,等把搬迁费三花两花搞光了,只能去讨饭!”

他不知道他已经跑题了,但他没有回头,而是越跑越远,仿佛真正委屈的是他:“去吧去吧,哪里好到哪里去吧,梨树坪再孬再穷也是我活了几十年的地方,我哪里也不去,我什么也不要,你们通通搬走吧,我一个人死在梨树坪算了。”

说到这里,大哥像孩子一样号啕大哭,肝肠寸断,身心化作齑粉,一个蛮不讲理的人顿时变得比婴儿还要孱弱可怜。

这些事,是我回老家过春节的时候知道的。到家后,大姐夫二姐夫还有其他亲戚都说大哥太不讲道理了,他们再也不想劝了,随他吧。但我在外面工作,我去说说也许多少有点效果。

我去了,大哥正在浇蜡烛。梨树坪风俗,除夕夜的灯,元宵节的火,除夕夜灯要一直点到天亮,元宵节要把家里的火烧得旺旺的。为了省钱,蜡烛是自己用竹筒浇注的。

“大哥?”我叫了一声。

“啊,明河,你回来了。”

看上去没什么变化,除了略微有些显老,一年不见,我不是也老了一岁吗?脸上挂着笑,额头紧绷绷的,仍然是我那个精明的大哥。他的手很巧,浇出来的蜡烛匀称没有气泡。但我在他家房子四周转了一圈后就看出问题了。农具随便摆放,缺角缺齿,锈迹斑斑;菜园

里杂草丛生,要拨开草才能看见菜苗;院子边上的橘子树没有修剪,叶子卷曲苍老;牛棚里的牛瘦壳叮当,脖子上的毛挂满了虱子。这种光景以前是看不见的,只有在那些懒惰成性、脑子又不灵光的人家里才能见到。

大嫂的变化更加出乎我的预料,头发乱蓬蓬的,脸上像蒙了层灰色的薄膜。她拿碗去给我舀蜂糖,却撬了一块猪油出来,当她发现自己的失误时,嘿嘿地笑,说自己真是昏头了。我看在眼里,不禁一阵心酸。我早就不喜欢吃糖了,凡是甜东西都不喜欢,但大嫂端给我的蜂糖水我没敢拒绝。

晚上,我让大嫂先睡,我要和大哥说会话。我能说的也是大姐夫二姐夫说过的,循循善诱,辨明利与害,希望大哥回到现实中来。

大哥一声不吭,我说完了,也说累了,再也找不到话说了,我俩默默地坐了一阵。他问:"睡吧?"我说:"好的,睡吧。"

我以为他终于听进去一点了,哪知我上床时,他问我认不认识某某某。我很惊讶,因为某某某是副市长,我所在那个城市的人也只有一部分人知道他的名字,但农民十有八九不会知道,尤其是偏远地方的农民。我说我不认识。大哥不无遗憾地说:"移民的事归他管。"

没过多久,第三个工作队又下来了,不是前两次那些人。他们在村委会的砖墙上公布了上次测量的结果,并且宣布政策,凡是怀疑搞错了的,都可以申请复查,条件是复查后的结果是最终结果,不能一查再查。凡是认可的,都可以到工作队去签字,签完字即可领取第一笔搬迁费。村里人把这个布告看了好几遍,刚刚看完回去,不一会儿

又来了。他们不光反复看自己的,还认真研究别人的,看是不是有出入。

大哥看的次数最多,夜里都上床睡觉了,突然想起什么,打起手电筒又去看一遍,看一遍要一个多小时,像科学家一样,不放过每一个数字,他越看越觉得别人都沾光了,而自己吃亏了。

布告是用毛笔写的,字写得不好,比梨树坪的农民好不了多少。大哥第一眼就没什么好印象,什么国家工作队,水平这么低。

大哥自己把房子量了好几遍,都比布告上的面积宽,但如果以前后的檐柱为界测量,他又占了大便宜。据大姐夫后来的推测,拉皮尺的人只注意到前檐柱,没有注意到后檐柱,大概因为他一直撅着屁股往后退,没抬头看屋檐,量到檐柱下的砖墙上去了。

但当时大家都不明白,大哥自己也不明白。

大哥只知道自己“平白无故”地少了二十多平方米,他横想竖想都觉得不对头,第一个跳起来要求重新测量,按照他砌的砖墙量。亲戚都替他着急,说:“万一人家按照前后檐柱的位置量,只有越量越少的,还是不要再量为好。”村里的房子都是按檐柱为界测量的。大哥说:“我的房子明明和他们不一样,哪能按檐柱的位置量?”

工作队说可以复查,实际上他们就怕有人带头复查,怕一旦查起来没完没了,全部重新来一遍,不但工作量大,上级也会怪罪他们无能。他们拿定主意杀鸡给猴看。

这些人熟知农民的疑心病最重,因为他们自己也是农民出身,并且长期从事农村工作。他们暗中观察,按兵不动,准备看看情况

再说。

他们的估计完全正确，村里人都在想，自己是不是得少了，但又不敢出头。他们见我大哥嚷得凶，都暗暗高兴。有人甚至居心叵测地鼓励他，为他打气，叫他再量一遍。

工作队的队长叫大哥先写申请和保证，他写了，还盖了农民最认可的手印。红色的手印容易让人想到这和血有关，充满了以命相赌的古老暗示。

房子量了，认认真真量，按照规矩量，结果毫无悬念，比公布的数据又少了二十多平方米。

大哥不服气，工作队把文件给他看，上面白纸黑字：木瓦房的面积以檐柱为界计算，砖房以墙基为界。大哥像无赖一样狡辩，说他的房子不是木瓦房，而是砖房。

“你最好把瓦揭了，把柱子拆了，把板壁取下烧火烤，”一个工作队员打趣道，“这样你的房子就是砖房了。”

这个玩笑逗得紧张而又胆小的乡亲哑然失笑。大哥想了想，不紧不慢地说：

“该拆的时候会拆的，拆房子又不办酒，用不着通知三亲六戚。”

他的话又逗笑了很多人。但和我们家沾亲带故的人都装作没听见，因为大哥的话似有所指。

其他人看见这个结果，哪敢鸡蛋碰石头，全都在赔偿合同上签了字。

大哥还想用个什么办法把结果变回来，变成上次的结果也好。

可工作队第二天就走了，大家都签字了，他们的工作已经圆满结束了。

从这以后，大哥就说政府欠他三万块钱，是哪一级政府欠的他不知道，反正是政府。这三万就是檐柱和屋檐之间的面积。

工作队撤走后，我打电话劝过大哥，叫他不要再折腾了，安心搞好生产，有空出去看看，看搬到哪儿比较好，搬好了远远不止三万块钱，土地和房子都在涨价，这是明摆着的，早搬早好。可大哥固执地说："我是不会向任何人认输的，该我的钱我就得要回来。"

"你不要劝我，你什么也不懂。"他说。

我上小学时，大哥已经成了家里的主要劳动力。他不爱到学校来。因为家里无力负担他的学费，他小学毕业就辍学了。但卖粮的时候，他会和村里的小伙子一起来。他喜欢打乒乓球，有一次和学校新来的体育老师打，体育老师开始没把他放在眼里，哪知他根本不是我大哥的对手。大哥发的旋转球他一个也接不住。体育老师年轻气盛，很不服气，约他下次再来。大哥说："下次你把学校老师全部召集起来，打得过我我给他一块腊肉，打不过给我捡球就可以了。"那次盛况在乡村难得一见，全村人都来了。学校的老师并没认真准备。村里人涌到学校后，校长被激怒了，因为正在上课，村里人把脸贴在窗户上，好奇认真地看着教室里面，学生见自己的家人在外面，也坐不住。课没办法再上，校长只好宣布放假。比赛规则改了一下，如果大哥输了，他不必送腊肉，但必须一个人把操场打扫干净，因为有人把马牵来了，操场上到处是马屎。体育老师第一个出场，第一个认输。

他前次输过，这次再输并不觉得丢面子。他笑嘻嘻地为下一位选手捡球。大哥没有为难他。轮到校长捡球时，大哥左一板右一板，看见校长在左边，他往右边扣杀，校长在右边，他往左边扣杀。扣杀时嘴里得意地喊着"捡球吧"，对手一个也接不住，乒乓球飞得又高又远，校长累得满头大汗。

他当时有多么自豪，我对他就有多么崇拜。在他没去为移民款动心思前，我在好多人面前提到过这次比赛。现在我才知道，比赛的结果颠倒过来就好了，让他从那时起学会认输，也许现在就没有这么麻烦了。

不过也未必，因为他曾经和我提到过那次比赛，他说他就是要要弄一下他们。那么，因为自己辍学，就恨起所有的老师来了？辍学的原因和他们毫无关系呀。

如果不辍学，一直往上读，大学毕业了分到某个单位上，混个一官半职，情形又将是怎样的呢？有一次大姐夫开玩笑说，大哥若是有个官当呀，一定是个大贪官。可惜不能实验，如果能实验的话，我一定要把大哥拿来试验一番。给他顶官帽，看他会发生些什么事。

我给大哥打电话时，顺便叫大嫂接了个电话，希望她注意自己的身体，地里的活能干多少算多少，双全又打工去了，她要是病倒了，这个家就完了。大嫂说："明河，我要是病倒了能把他留在家的话，我宁愿天天生病。"我不知道如何回答，因为即使她病倒了，也未必能让大哥待在家里面，他已经着魔了。我埋怨双全，不应该去打工嘛，帮帮大嫂也好嘛。大嫂说，双全是她叫他去的，他在家里和大哥搞不到一

起，大哥很霸道，动不动就骂双全。“我怕他把双全逼疯，所以才叫他去打工。”大嫂说。

他，我的大哥，当初管教起我来比父亲还严厉。我离开老家之前，他对我说得最多的是“不许”这个词及其同义词，不许这样，不许那样。他的工具，锯子、锛子、刨子，我是动都不能动的。他把我当成无能之辈，给我削过陀螺，给我做过木轮车，做过木手枪。这些东西都做得非常好，有的像工艺品一样精美，但我老想用他的工具做这样那样。他不知道，他是在制作一件东西，而我是在玩，是在享受制作的过程。我只能悄悄进行，可不是弄伤手就是弄坏工具，很少有完工后才被发现的。一旦发现，他会用最粗暴的口气命令我把工具放回去。他对双全说的“不”和“不许”更多，让人想不通的是，双全的身高超过他后，他喜欢用一种轻蔑的语气和他说话。他不但把儿子当成对手，还喜欢在比赛之前打乱对手的方寸。这是那些年纪大、经验多但体力下降的拳击手的惯用伎俩。

有一种可能，他对别人说的“不许”太多了，所以极不喜欢别人对他说不许。说不定，这个词由于他说得太多已经被他神圣化了。要知道，他永远不会明白其中的道理，但正是因为不明白其中的道理，他才更容易把它神圣化。

我不想陷入分析和解释当中，因为对我大哥而言，任何分析和解释都没有意义。

大哥把家当成临时客栈，他心里装着的只有“政府”，在家不会住上三天，他的心就会被“政府”抓走。有时候找乡政府，有时候找县政

府。他威胁说，不给钱他就要告他们。一告第一个工作队住在他家，吃了那么多天没给生活费；二告工作队的人给他把房子的面积量少了；三告村委会私分公款。没有一项站得住脚：生活费是他自己拒绝的，房屋面积是他自己要求重量的。村委会有没有私分公款他并不知道，但他认为一定有，因为他们是村委。

在告状的同时，他又想贿赂他们，第一次去县城，他就买了两瓶茅台。那是他第一次主动打电话给我，他问我怎么鉴别茅台酒的真假。我问送给谁，他说谁给他办事他就送给谁。我劝他不要花这个冤枉钱："收你两瓶茅台就要给你办三万块钱的事，这可能吗？不可能的，回家吧。"话说了一箩筐，他答应了。可放下电话，他立即把茅台买下了。

在这之前，他从没到县城去过，也不知道那些修电站的人所在的单位应该怎么称呼，在客店住宿的时候他打听了，老板说应该找县水电局。

他第二天去县水电局问了，人家说他们只管县里面的小电站，这个大型水电站是省管工程，和他们不沾边。再问应该找谁，人家已经不耐烦了，叫他到电站工程指挥部去问问。

大哥背了个棕色的人造革皮包，里面除了两瓶酒，还有一块揩汗水的大手巾。他怕瓶子歪了酒漏出来，便时刻小心翼翼地用一只手扶着，像包着一筐鸡蛋，他不知道真正的茅台即使把瓶子倒转也漏不出来。

他穿的是一件浅蓝色衬衫，扣子一直扣到脖子根，一看就知道是

乡下来的,但他神色怪异,走进电站工程指挥部时,里面的人吓了一跳,以为他抱的是炸药包。他们忙叫他坐,还给他倒水,有事慢慢说。他很感动,把告工作队吃住不给钱这事免了,只说后面两件事。说完了,指挥部的人非常遗憾地告诉他,他们不管这事,他们只负责工程施工,至于搬迁安置,那是政府的事情。

大哥到县政府门口被门卫拦下了,门卫叫他登记,登记完问他干什么,他说他是来告状的。门卫说,告状去法院,法院不在这个大院里头。大哥说他找移民搬迁办公室,门卫说里面没有这个办公室。大哥说:“那我找县长。”门卫火了,说:“县长是你随便找的吗?你是什么人?一会儿说找这个,一会儿说找那个,到底搞什么名堂?要是早几年,我会把你当特务送到公安局去。”大哥说:“我的确不知道应该找哪个,我是梨树坪的,你肯定听说过,那里要修一个大电站,国家要我们搬迁,但他们把我房子的面积量小了,我来叫他们去给我重新量过。”门卫说:“这事不归县里面管,归省里面管,你去省里面找人解决吧。”大哥说:“求你放我进去,我好好打听一下,到底归哪里管,打听清楚了我好直接去找他们。”门卫不理他,点了支烟,眼睛看着别处。大哥往里走,门卫说:“你进去干什么,我已经给你讲清楚了,这事不归县里面管,你要敢往里面闯,我就打电话叫人把你抓起来!”

大哥在街上逛了一天,碰到什么人,觉得样子不太凶的就上前打听,心想总有一个人知道这事归谁管,他觉得年纪大的人态度好一些,便主要向老年人打听。

但没有一个能告诉他正确答案,有的说归民政局,有的说归供电

局，有的说归移民局，还有的说归建设局。都是瞎猜。有的人很干脆，说不知道。有的人却既热心又好奇，打破砂锅问到底，等大哥把前因后果讲完了，这才帮他分析，说你这事应该如何如何，听起来很有道理，实际上是胡说八道。大哥嘴巴说干了，脑子也说糊涂了，但他很有收获似的觉得离目标越来越近了。

在旅店住一晚上要花十五块钱，住了两天，他不想住了。花一千多块钱买茅台酒他舍得，因为那是用来“办事”的，不得不买，花十五块住店他舍不得，他想找家再便宜点的，哪怕便宜一块钱，心里也好受些。钱不是树叶子，可以随便在地上捡，得个钱更不容易，节省一个是一个嘛。连找了三家，没有比十五更便宜的，他泄气地坐在街道的拐角处，盘算着是不是可以一分钱不花，找个屋檐缩成一团挨到天亮。

街上的行人不多，但也不少，他们三三两两的，有的走过来，有的走过去，就像这是他们的义务，生活在这个城市里，不这么走来走去，就显不出城市的繁荣。他们看见大哥，眼梢一晃而过，心想那人不是叫花子就是神经病，不是神经病就是无家可归的邋遢子。大哥不像那些落难的文化人，在这种情况下只会愁眉苦脸地埋着头胡思乱想，他没这毛病，心里虽然在盘算，头并没有低下来，而是好奇地望着漂亮的霓虹灯，一副傻头傻脑近乎挑衅的架势。当然不是挑衅，而是陌生感抓住了他。

老家的农民都知道，在城市里东张西望是不会有好果子吃的。可大哥忘记了这个教训。

那天晚上,大哥在街上冥思苦想,明天应该去县委大院还是去水电局,或者干脆去市里面一趟。这时一个小媳妇抱着孩子走过来,问大哥知不知道哪里有厕所。她叫大哥"叔",忸怩为难的样子。大哥说不知道。小媳妇请大哥给她抱一下孩子,她去找厕所:"叔,我实在是撑不住啦。"大哥把包放在地上用双脚夹住,接过孩子后便原地坐下去,仍然把包夹得紧紧的。大哥很少抱孩子,他自己的儿子双全小时候都没抱过几次,他不会说亲昵的话也不会做亲热的表示。小媳妇没走多大一会孩子就哭开了,大哥不知道怎么办,他叫他不要哭,妈妈一会就回来了。他不出声还好,一出声,孩子发现自己在一个陌生人的怀里,哭得更厉害了。大哥说:"哎呀,你哭啥子嘛,我又不是坏人。"他发现自己这是对牛弹琴,他无法和孩子交流,因为孩子只有几个月大。大哥站起来,全身一抖一抖的,孩子都喜欢抖,孩子果然不哭了,但他的暂停时间只有短短一分钟,大哥说:"这就对了嘛。"话音刚落,孩子又哭开了。大哥不满地说:"这不依那也不依,你到底要啥子嘛。"他沿着他的包转圈儿,一边转一边埋怨小媳妇去了就不回来:"什么尿这么长,半夜三更的,找啥厕所嘛,随便在哪个墙角屙了不就行了。"说着话,孩子不哭了,大哥于是无话找话说:"你来城里干啥子?这么小就到城里来了,长大了还得了,怕是全世界都不够你跑哦。"

这时一个穿保安制服的人走过来,大哥以为是警察,心里莫名其妙地有些害怕。保安问他抱的是谁的孩子,大哥说不知道。

保安冷笑一声:"不知道?不会是偷来的吧?"

大哥没有听出这句话的含义。他看见有好几个人围了过来，保安故意大声说："我观察他好久了，那么大年纪还抱着这么小的娃儿，十有八九是人贩子！"

大哥吓了一跳，他知道一旦把他当人贩子抓起来，那就麻烦了。大哥稍微迟疑，保安吼叫起来：

"走，跟我到派出所去！"

大哥忙说："你不要吼，娃儿不是我捡的也不是我偷的，是人家叫我帮忙，她上厕所去了，一会就回来，她回来就清楚了。"

保安以一种戏弄的口气说："不要狡辩了，人家和你素不相识，会放心把娃儿交给你？你说她去屙尿，到哪里屙尿去了？这么久还没回来。"

围观的人开始还事不关己的样子，甚至看在大哥老实愁苦的脸上，对他有几分同情，但听了保安的话，他们纷纷改口帮保安说话，开始秉公直言。

"人贩子太坏了，什么伤天害理的事都做得出来。"

"送到派出所去！"

大哥又气又害怕，面色苍白地叫道："你们不要冤枉好人，我马明忠行得端坐得正，我是梨树坪来的，我是来要移民款的，政府欠了我三万块钱，他们以为农民什么都不懂，就可以欺哄乱来，我不是那么好哄的，他们不给我就是不行！"

只要说到移民问题上，大哥就理直气壮起来。

"大家都晓得嘛，移民款是给移民的，可有些人黑起良心往自己

包包里装！嚯，还以为我们是农民，啥子都不懂。他们运气不好，碰上一个懂行的人了。我要他们‘懂’到底！”

撒尿的小媳妇终于回来了。大哥埋怨她去了这么久，害得他差点当了“人贩子”。小媳妇抱歉地说她找了好半天才找到厕所。

小媳妇接过孩子道了声谢就走了。大哥还在继续申诉他的移民款，他表明心迹地说，政府是好的，他是相信政府的，但有些当官的太不像话了，连移民款都敢私吞。说到自己的委屈，就像天下的苦让他一个人吃完了：“说起来上万，好像多得很，其实有好多点呀？再说，这是移民几辈人的成绩啊，土地种善熟了，房子也住热乎了，重新搬个地方是重新理个窝呀，样样都是生疏的，大凡小事都要重新起头，那几个钱当紧用还能办点事，不当紧用什么事也办不了。不晓得的还以为我们得了一大笔钱，一夜之间发大财了，嫉妒得不得了。你以为我们愿意搬，愿意要这钱？如果不是为了国家的大工程，再给二十万我们也不愿搬！”大哥发现听的人越来越少，这才想起自己的包，转身去找，包已经没影了。

大哥惊问谁看见他的包了，有人说被那个保安拿走了。大哥说：“公安也抢人？”一个人冷笑道：“哪是什么公安啊，他是保安，说不定连保安也不是，他和那个女的是一伙的，女人是扎媒子的，假装让你抱娃儿，其实是为了提你的包。”大哥气愤地说：“你也是，看见了也不说一声。”这人说：“我哪敢说？刚才围观的好几个人都他们一伙的，我说了还不被他们捶扁。”

大哥可以把所有人都当成坏人，但对那个小媳妇他始终不相信，

相貌那么老实,声音那么动听,看上去那么胆小。

大哥不甘心,在街边捡了一块砖,往"保安"消失的方向追去。他向自己发誓,只要追上那个贼,一砖拍上去,拍死他狗日的。有人劝他别追了,小心人家有同伙,在黑巷子里收拾他。大哥追了半里路,停了下来,他不是怕死,而是根本不知道贼逃跑的方向。他抱着那块砖在一个地下通道里睡了一觉。第二天,他把砖抱回了梨树坪,就像参加砖头杯着魔比赛抱回来的奖杯。

大姐夫和我说起这事的时候,我们一点也不恨那个贼,甚至还有点感激他,我们以为他这么教育我们的大哥一下,大哥再也不敢到县城去了。

但我们只猜对了一半,大哥的确不去县城了,他天天去乡政府。

在此之前,大哥已经无数次找过乡政府,乡政府那些人看在我和大姐夫的面子上,不赶他,也不理他,无论他说什么,他们都当没听见,该干什么干什么。李朝发告诉我,不接他的话没事,谁要是主动接他的话,那就是自投罗网。有一次李朝发说他:"大哥,真的不关乡一级政府的事呢,你找他们没用的。"大哥出人意料地说:"不关他们的事关哪个的事?上一级政府是下一级政府的爹,下一级政府是上一级政府的儿,他们是一家子,既然是一家子,我找他们的儿和找他们爹是一样的。"

他蛮横的想象力越来越丰富。茅台酒的事他不说没人知道,可他把这事算在乡政府的头上,说他们早还他三万块钱,他就不会到县里面去,不去县里面,他哪里会碰到什么贼娃子。他甚至把跑来跑去

花掉的车旅费，因此耽误掉的农田里的损失，全都算到了乡政府的头上。他说：“我马明忠是一个宽宏大量的人，如果他们把那三万块钱给我，其他一笔勾销，我不要了；如果他们仍然‘执迷不悟’，那就不是三万，而是十万八万！”这些话，我不知道他在那些干部面前是怎么说的，对我说的时候那可是相当的理直气壮。

我想，这些话刚开始出现在他脑子里时，他多少还有点犹豫，可一旦说出来，就有一种经过深思熟虑的刹不住车似的真实。

我在老家的时候，发现任何一个农民在任何一级干部面前，都是畏畏缩缩的，声音在喉咙里打转。说起来，大家都是人，普普通通的人，可一想到自己穿着满是泥土的衣服在人家眼里不知是个什么样子，便觉得没法和人家搭话，也没有可以利用的话题。

现在不缴公粮了。我上大学前，和大哥去缴过几次，粮站的人抓起一把粮食，轻蔑地把它漏到箩筐里，如果没什么问题，就敲一下桌子，我和大哥就感激不已地把粮袋搬到磅秤上，就像我们把公粮交上去，还要感谢他的恩典。为了得到这样的恩典，每次我们都把粮食晒了又晒，用风车扬了又扬。有些人挑来的粮食因为没干透或者秕壳太多，在被一顿呵斥后，还得赔着笑脸去借晒席或者风车。那时候大哥是多么软弱和勤快，干起活来像造桥虫一样不知疲倦，他对那些没把粮食晒干就来缴的人嗤之以鼻，觉得他们愚蠢透顶，他的不屑与骄傲我至今记忆犹新。

他什么时候起不再怕他们了呢？或许，心里仍然是怕的，但为了三万块钱，他不得不硬着头皮？他现在是一个彻头彻尾的刁民——

我和大姐夫都是这么想的。

乡政府没人理他,他想到省城来,叫我带他去见省长。我告诉他除了在电视上,省长本人我没亲眼见过,省长住在哪里,电话号码是多少,我一概不知。他有些不高兴,好像我说的是假话。要说没见过省长的确是在说假话,因为好几次开会我们都在一个会场,只不过他在上面,我在下面,我知道他是谁,他不知道我是谁。

村里人陆续搬走了,他们如数拿到政府的补偿,每家都有一张明白卡,补了多少钱,补了哪些东西的钱,全都写在上面。这个明白卡我亲眼见过,我被有关部门如此煞费苦心而感动,同时也为自己有那样一个大哥而惭愧。

电站开始蓄水了。原本平静的山谷变成一片汪洋。宽阔的水面让人浩叹。

别人早就搬走了,就大哥一家赖在那儿。水位越来越高,再不搬有关部门将采取强制手段。大哥说他就不搬,他们要枪毙他也行,要把他投进监狱也行,反正就是不搬。

我特地回去看了看,苦口婆心地和大哥说了一车皮话,他最后同意大嫂和双全先搬,他们可以把他们名下的搬迁费领走,但他的那一份不能动,政府不把三万块钱补上,他哪儿也不去,也不去领钱。

房子拆了,大嫂一个人搬到县城去了。所有的行头用具霉头烂渣都搬走了,大嫂给大哥留下一床烂被子、一罐猪油、一袋盐、一个搪瓷缸子,还有那头我和大姐夫买的牛。位于县城客车站后面的房子是大姐夫相中买下的,大哥从没去看过。他不知道自己的新家在哪

儿。大姐夫说，这套房子如果三年前买，至少便宜五万。

搬家那天，东西是汽车运走的，装得满满当当，连驾驶室也塞满了。大嫂是步行着离开的，到镇上去坐客车。大哥抹了两把眼泪，拄着一根枇杷拐杖，像失败的复国者一样敲打着地面，说："我不走，我就不走！"

大哥在地里搭了一个窝棚，用大搪瓷缸子煨饭，煨到半熟的时候拨几根野菜放在饭里一起煨，煨熟后放一点猪油，一点盐。吃罢这样的饭，他仍然往返于乡政府。不管什么人，只要是在乡里工作的，他都要凑上去申诉一番。当然不会有谁理他，有段时间他发现食堂那个大师傅愿意听他申诉，他顿时找到知音一般，直至有一天大师傅也听烦了，不耐烦地说："让开让开，你没见我正忙吗？"大哥才悻悻地走开，重新去找那些根本不理他的人。

我和大姐夫二姐夫商量，由我出钱，请乡政府某个人转交给大哥，就说上面被他纠缠不过，同意了，把这三万块钱拿去后再也不许闹了。大姐夫二姐夫强烈反对，他们说："三万到手了，他又想出别的花招去要，你怎么办？这是个无底洞，永远填不满的。"

其实我觉得这个方法也许能行。不过我没敢坚持的原因并不是担心它是个无底洞，而是我拿三万出来并不是一件容易的事情。我的收入除了房贷、儿子的学费和全家人的生活费，已经所剩无几。还有一点可以肯定，这事妻子是不会同意的，如果我一意孤行，极有可能是我噩梦生活的开始。

或者说，我已经开始做噩梦了。这个想法产生后自己没去做，虽

然事实上真的不一定可行，但是从此背上了内疚的心理负担。只要能拯救大哥，我应该不惜任何牺牲，哪怕付出家庭破裂的代价。可如果我伤害了妻子和儿子，我又如何拯救他们？我说："神啊，请你救救我吧。"神不耐烦地说："今天我休息！"

我开始懂得，人办不到的事，神也办不到。

又过了一年，大哥仍然住那个窝棚里，四周已经荒无人烟。春节前我和大姐夫再次去劝他，叫他回家过年。

我所熟悉的梨树坪已经没入水底，只有几座山露出半个山头。我曾多次写过的女儿塘也被淹掉了。还没淹掉的地方也完全变样了，非常荒凉，地里杂树丛生，荆棘横行。大路被野草盖住了，如果不是从小在这里生活，根本就不知道路在哪儿。

女儿塘是一口大水塘，因为绿得像女儿的眼睛，所以叫女儿塘。女儿塘的水淌出来，形成一条小溪，溪水很小，遇到平缓的地段，水面上有一层灰白色的薄膜，蛛网似的，水因此显得有些脏，脏得忘记了流动。多少有点坡度，水一下变薄了，不但清澈透明，而且速度极快。沿着这条小溪下去，有一个盆地似的窝凼，窝凼里有一架碾坊，靠一股泉水做动力。这泉是间歇泉，每过半小时大水涌出来一次，一次持续五十来分钟。碾一槽米需要涌两次水，而且谷子还不能太多，一百四十斤，上下不超过五斤，太少了碾子碾坏碾槽，太多了两轮下来碾不熟。碾一槽两个小时左右。梨树坪人记时间，不用小时和分钟，而是用"半槽米的时间""一槽米的时间""三槽米的时间"等等代替。间歇泉有两个洞，一个干洞，一个水洞。干洞从不淌水，但有一个特

别之处，只要你趴在洞口，大喊三声“娘！娘！娘啊”，洞子里就有水涌出来，不多，半桶左右，再喊再涌。喊声越大，涌出来的水越多。这个洞叫思娘洞。小时候我特别喜欢去思娘洞玩。有一次我和舅舅的儿子比赛，看谁喊出来的水多，把嗓子都快喊破了。表弟突发奇想，说：“喊妈行不行呢？”我说：“试试呀。”他大喊三声，水涌出来了。我喊了三声：“喂！喂！喂！”水同样涌出来了。我们为这个新发现哈哈大笑，原来不一定要喊娘，只要声音大，喊什么都行。表弟喊：“鸡巴！鸡巴！鸡巴！”我趴下去喊：“杂种！杂种！杂种！”我们不再比谁喊出的水多，而是比谁喊的花样多。正当我们得意忘形的时候，大哥来了，看他脸色，我知道自己做了错事，他铁青着脸给了我两耳光。表弟见状，先哇哇大哭起来。

大哥怎么教育我的，我已经忘了。我现在常常想起这件事，但我不知道为什么会想起这件事。思娘洞已没入水下，离水面八十米。想到再也不能趴在那儿喊娘了，心里有种很不痛快的失落感。

我以为大哥已经变成一个野人，或者一个衣衫褴褛的疯子。可是没有，他既不是野人，也不是疯子，他搬出草墩叫我们坐，还说要煮饭给我们吃。

我和大姐夫劝他回家：“就要过年了，大嫂在县城，你一个人在这荒山野岭像什么话。双全大了，要不要给他娶媳妇，这些正事应该好好商量。”

大哥不高兴大姐夫把这里说成荒山野岭。他说：“回什么家，我这不是在家里吗？”

说到家，我和大姐夫感受是不同的。我抑制不住心头的沧桑感，房子拆掉了，但老屋基我是熟悉的，大到阶檐下的滴水石，小到石阶上的一条缝，没有一个地方不是刻在我的记忆里。我半夜里往滴水石上撒过尿，捉过蜻蜓逗引石缝里的黄蚂蚁。

大姐夫没在这儿住过，是感受不到这些的。在这一点上我同情大哥。

我问大哥还记不记得竹林里那棵棕树。他问哪一棵，我说就是我偷棕被他揍了一顿那棵。他嘿嘿笑，说早就砍了。

那是上小学的时候，有位同学买了一颗水果糖，没有包装纸，售货员用筷子把糖放在他的手心，他没把糖立即放进嘴里，而是把它倒腾到另一只手，把手板心舔干净了再倒腾回来。见我们几个眼巴巴地看着他，他先抿了一口，然后吐出来，给另外一个同学抿，这个同学抿一口再转下一个，一颗糖从七八个孩子的嘴里进进出出，越变越小。第三次轮到我时，只剩一小块了，又小又滑，差点掉在地上，我忙用舌头卷起它往口腔深处送，哪知送得太深了，我本想把它吐出来，可它一下从喉咙滑了下去。七八双眼睛看着我，愤怒又鄙夷，不满又不解。八个人的快乐被我一个人独吞了，我尴尬地说我不是故意的，是糖太滑了。他们不听我解释，要我赔，我一分钱也没有，拿什么赔？想来想去，我决定偷棕去卖。偷棕的时候被大哥发现了，他当时已经成大人了，长兄如父，他代替父亲揍了我一顿，家里的油盐酱醋全靠卖棕的钱买，他揍我是应该的。

说到过去，我和大哥的共同语言还真不少，不时嘿嘿笑，好多事

都忘记了，但一提就想起来，仿佛就在昨天。大姐夫见我和我大哥越扯越远，不耐烦起来。他说："大哥，你不早点把你名下的搬迁费领回来，等工程结束了，相关的办公室撤销了，到时候你找谁呀。"

回到现实中，大哥的表情和语气就变了，他说，政府欠他不是三万，而是上百万。他是这样计算的：六岁那年，他在供销社卖棕，本来是一级，采购员给他定成三级；同一年，村里修公路，砍了我们家一棵板栗树，这棵树每年结板栗两百斤以上，还砍了一棵柏树，十一棵松树，三棵枫树；同一年，他上小学一年级，因做错一道数学题，被老师撕掉一个本子……说起这些，他两眼放光，记得非常精确，不差分毫。从六岁说到五十岁，说到他住进窝棚为止，他得意扬扬地问我和大姐夫："是不是足够一百万？"

"还不算精神损失费，算上精神损失费，那就是两百万。他们欠我的太多了！"

我说："你说这些没用，叫政府赔你一百万，怎么可能?!"

"我没有要一百万，我只要三万。"

再说什么都是多余的了，我和大姐夫喝了大哥用搪瓷缸子熬的苦丁茶，趁天黑忙着往镇上赶。晚上下雪了，直到正月初五，我回到省城，纷纷扬扬的大雪才停歇下来。大哥会不会冻死呀？窝棚是用旧砖烂瓦搭就的，挡不住风。

没几天，我悬着的心放下来了，大哥没有死，正月初八乡里正式上班，大哥准时出现在乡干部们面前。是我的同学李朝发告诉我的。李朝发说，我大哥请他买玉米种，他准备把老屋基周围的土全都种上

玉米。

这样也好。我想。

李朝发说，再过两年，等二期工程竣工了，我家的老屋基就要泡到水里了，所有的山头也将浸在水中。到那时候，大哥的窝棚就没地方可搭了。

“到时候他只能立一根竹竿，像猴子一样爬在竹竿上。”李朝发说。

我不无浪漫地想，也许到时候大哥会驾着一条船出没风波里，在他曾经放过牛砍过柴、现在变成岛屿的山头上种点什么。当我意识到这是知识分子避重就轻、总能找到台阶下的坏毛病时，不禁讨厌起自己来。

两个月后的一天，二姐夫打电话来，说有一个远房亲戚家的小儿子找到大哥，声称自己和移民局的关系非同一般，只要大哥给他一点活动经费，他保证把大哥的三万块钱要回来。大哥瞒着大嫂把牛卖了，卖得一千九百块。那个人拿到钱就消失了。大哥左盼右盼，去远房亲戚家打听，亲戚告诉他，他们早就和那个坏种断绝关系了，因为他到处招摇撞骗，已经骗了不少人了。大哥报了案，但骗子早就远走高飞了。

又一天，大嫂在电话里哭着说，大哥被乡里的保安打了，打得头破血流。但说起来，又是大哥没有道理，是他自讨苦吃。保安去商店买烟，大哥也在那儿，他居然骂人家狗腿子，说他是乡政府的狗腿子。保安一身蛮力又整天无所事事，正愁没地方发泄，大哥自己撞上了。

大嫂的委屈已经转为埋怨,埋怨大哥这不好那不好。我听得心烦,把听筒放在一边,让她一个人呱叽。她呱叽完后,我打电话问大姐夫,大哥伤得重不重。大姐夫说,伤得不轻,但大哥暗地里高兴得很,既然是乡政府的人打了他,他更来劲也更有理由地和他们一斗到底了。

据说,他头上包着纱布,大摇大摆地走进乡政府,问还有谁想打他,他送上门来让他打。他整小时整小时地站在一楼的公告栏前,认真研究公告栏里的每一句话,一旦发现哪句话有问题,他就开心地大喊大叫,嘲笑写公告的人没水平。

每次接到这样的电话,晚上都会做噩梦。醒来时,我老想起一句歌词,歌名和歌唱者我记不得了,但我记得里面的一句:“大哥,大哥,你好吗?”每当想起这一句,我的鼻子都发酸,眼泪都想滚出来。我的确害怕老家打来的电话,但如果真有什么悲剧发生,我也无可奈何。这种无可奈何像慢性病,死不了人,但你不知道自己在迎接什么。小时候,当某个男孩的脸上出现粉刺,奶奶就叫他仰望星空,一旦看到一颗流星坠落,奶奶赶紧用衣襟擦他脸上的粉刺,说这样一擦粉刺就会像流星一样消失。可现在,没有人来告诉我们,应该望着哪儿,怎样才能擦掉心头恼人的疙瘩。

2010 年 8 月于贵阳

树上的眼睛

我有一个与众不同的舅舅。老家的人偶尔来贵阳,或者在什么地方与他们不期而遇,只要提起我的舅舅,他们都会哈哈大笑。

舅舅七十岁了,从我母亲嫁给我父亲那时开始,他就等着我们一个个出生,然后给我们当舅舅。也就是说,他以前并没什么特别之处。一九七六年,他的双腿在水库工地上被压断了,成了一个矮别人一截的小老头。从那以后他哪里也没去过,整天坐在屋檐下编筐编篋编筛子斗箕,凡是用竹子编得出来的,日常生活用得着的东西,他都编。每到赶场天,表哥何国良把他编好的东西挑到香溪去卖。

虽然编了几十年,舅舅的手艺一直没什么长进,编出来的东西笨蛮。笨蛮的优点是结实耐用。三十多年来,这些粗笨的篾器进入家家户户,成了他们生活中必不可少的行头用具。我想,乡亲们的审美水平因此止步不前,舅舅是难辞其咎的,因为耳濡目染嘛。好在乡亲们历来对好看呀美呀什么的嗤之以鼻,认为有实际的用处才是最高境界。

舅舅名声大噪之前,村里人常常看到他编的篾器,很少看到他本人。因为失去双腿后,他的活动范围最远不会超过五十米。一般来说以屋檐为界,特殊情况下达到院子以外。三十岁以下的人有的一次也没见过。如果因为什么事去他家,看着他时,出于礼貌,不去看他的腿,也不丈量他的身高,可他看着你时,总是用一种不服气的眼神丈量着你的身高。

舅舅走路靠两张板凳。双肘支撑在板凳上,身体向前荡一下,挺直身体,移动板凳,再荡一下, 每荡一下就是一步。当他用只剩下一半的大腿立在地上时,如果你正好在他身边,你的大腿的相同部位会有一种痒酥酥的害怕的感觉。

他身上的每件东西都很特别,但没人想要这些:短柱似的大腿上穿着他自己编织的草鞋,是用精心挑选的糯谷草编的,刚做好的时候像两个圆圆的金黄大饼。手肘上绑着磨得发亮的橡胶,这是开小四轮的冉良坤送给他的。除此之外,他还有一张总是怒气冲冲的脸。

对一个哪里也去不了的人,他的怒气是很容易理解的。但要正确理解却又是很难的,天天和他在一起的人不可能不遭受折磨。我去看他,他当然不生气,但因为平时常生气,脸上的扭曲日渐严重,即便他没生气,你也会误以为他对你有意见。有时候,他看着你,脸上露出一副奇怪的表情。像要把谁大骂一顿似的,就像他虽然脾气暴躁,但由于心里纷乱,使他没法把想到的事向别人说出来。看上那么两三分钟,扰乱心绪的东西终于被压了下去,他到屋子外面转一圈再回来,怒气并未完全消失,却多了一层不解与狐疑。

换一个地方，也许可以给他买辆轮椅。可是在冉姓坝不行，至少对舅舅来说不行，他家在一面山坡上。院子很小，正对面有一片茂盛的竹林，竹林外面是一条弯弯曲曲的小路，小路上有青石垒砌的台阶，或者被雨水冲刷出来的浅沟。小路穿过稻田，走上一条乡村公路，乡村公路蜿蜒至镇上，镇上的沥青路可以到达北京上海以至更远的地方。但是，对舅舅而言，他只能是屋檐下的一个小黑点。这个小黑点抬起头，只能看见一块形状不规则的天空。即使有轮椅，他的活动范围也不会超出院子。

我特地给他买了一副望远镜，让他不时到竹林边去，往马路上看看，往村子里看看，消消气，多活几年。我以为看远一点，知道的事多一点，他的脾气说不定会小一些，这样不光对他自己的身体好，对家里人也大有好处。

给他送望远镜去那天，我把他背到竹林外面的小路上。当他从望远镜里看到马路上一条被嗅觉引领时而小跑时而停下的黑狗时，他脸上的笑容天真得像一个十足的大傻瓜。通过望远镜，能够清楚地看到狗嘴流出的哈喇子，和云钩似的尾巴上的绒毛。拿开望远镜，他用肉眼看了看，发现它居然是自家的狗，他像受到善意的愚弄似的开心不已：

“它天天在我身边转来转去，我从来没有看得这么清楚过，它的尾巴上有个痦子，嘿，狗也长痦子。”

其实不是痦子，是被什么毒虫叮咬后留下的红疙瘩。

接下来我们还看见在地里锄草的春梅和她大姐。春梅是个胖姑

娘。她们一边干活一边说话，我们可以清楚地看见她们的嘴一动一动的，却不知道她们在说什么。不过这比听见说什么还好玩。

看走在马路上的人也很有意思，凭眼睛看，每个人走路的样子差别并不大。但是用望远镜一看，区别就出来的。有人走路一跳一跳的，就像腿上装了弹簧。有人走路根本不看路，满脸心事，任凭双脚把他往前面带，踩到石子或者牛粪了，离双脚最远的脑袋首先反应过来，但脑袋之下的身体想停止已经来不及了，这时那副表情不是懊恼，而是傻里傻气，有如梦里醒来。有人走路脚后跟先着地，舅舅叫这种人"大马瘫"，这种人的脚板往往比较宽，身上的力气大，但行动迟缓，走路时喜欢东张西望。那些脚尖先着地的人则正好相反，舅舅叫他们"机灵鬼"。舅舅不喜欢"大马瘫"，喜欢"机灵鬼"。我和他相反，总觉得人越机灵，越爱占小便宜。我们没搞争论，因为兴趣很快就转移到下一个观察目标上去了。

这天晚上，舅舅的笑容把全家人都传染了。连对他早就厌烦透顶的表嫂也忍不住说："我以为早就不会笑了哩，要是天天都像这样子，我煮的饭都要香些。"

我对大表哥说，让他在小路上看一阵后换个地方，不能叫他老在一个地方看。大表哥说，没问题，只要他高兴，就是爬到树上去看都行。

大表哥不过是打一个比方，可舅舅却听进去了。我离开老家后没多久，我妈就打电话给我，说我舅舅现在天天上树。

"他自己爬上去的？"

“不是，是你大表哥把他吊上去的。”

舅舅专门编了一只大箩筐，用上等的棕丝纺了一根长绳子，然后钻床底下把几十年前从水库工地拿回来的一个滑轮找出来。他家竹林旁边有一棵高大的板栗树。每天大表哥下地之前，把舅舅装在箩筐里，用绳子和滑轮把他吊到树丫上去，回家吃饭时再把他放下来。我妈说，舅舅现在心情好得很，下雨天不上树，仍编筐，编的筐也比以前好看些了。

我有几分得意，觉得自己做了一件既实在又简单的事情，能够让一个心情压抑的人快乐起来，应该比造七级浮屠更有功德吧。

几个月后应本地一所大学邀请去讲课，讲“文学与传媒”，不是一个讲座，而是正儿八经的课程。我没上过大学，现在却要去大学当老师，觉得这事意义重大。生活中凡是有重大的事我都要回老家看看父母，这次也不例外。

还没进村，我就听到了舅舅的笑话。一位在林业站当所长的同学告诉我的。他说，有一次，我舅舅在树上看见有两个人偷情，他用喇叭朝他们喊：“对面山坡上的，苞谷林里那两个，我看见你们了，你们那是在干啥子，笑人呀不。”两个人忙蹲下去。可玉米只有筷子那么高，什么也遮不住。舅舅说：“蹲下去我也看得见。”两个人急切地想找个藏身之处。舅舅说：“不要藏了，各自回家吧，你们哪样都没有做，我可以证明。”

他什么时候有个喇叭呀？回到家才知道，是他侄儿给他的。他侄儿在城里收荒货，骑着一辆三轮车，手持喇叭，走到某幢居民楼下

面,也不管人家是在吃饭还是睡觉,扯起嗓门就喊"有废书废报啤酒瓶的拿来卖!"前不久改行卖水果去了,把喇叭带回来给了他大伯。

这就是说,自从他有了望远镜和喇叭,冉姓坝人就没什么秘密了。他把他们的秘密全抖落出来了。

那天梁书家的顺手摘了别人的一个瓜,舅舅看见了,他说:"噫,你家菜园里没有啊?一个瓜都要偷人家的。"梁书家的把瓜藏在衣服下面,舅舅说:"那么大一个瓜,藏得住呀?"梁书家的把瓜丢进草丛,不敢要了。但舅舅仍然不放过她:"有你这样糟蹋圣贤的吗?摘下来又丢了,又不是河沟里的鹅石宝(鹅卵石),那是一个瓜呀。"梁书家的被逼急了,望着舅舅的方向破口大骂。她的话舅舅一句也听不见,舅舅说:"你在给梁书念经吗?要念回家去当着他的面念呀,隔山隔水的他哪里听得见。"

诸如此类小偷小摸的事,全都逃不过舅舅的望远镜和小喇叭,他成了乡村道德的评判者和监督者,凡是他看不惯的事都要说,也敢说。

他有时也会回头看看院子里的狗,看看院子里的鸡。看见狗撒欢,他说它:"高兴啥子哇你?你又不是乡长,天天都有人舔你的肥捧你的骚,不晓得有啥子好高兴的!"看见母鸡从鸡窝里出来,咯答咯答地叫,他斥责它下的蛋太小,不应该"个大个大"地自夸。母鸡不叫了,躲到看不见的地方找虫虫去了。他回过头继续批评狗:"你呀,光晓得吃饭,连个麻雀蛋都生不出来。"

我去舅舅家时,天色已晚,路过一片玉米地,听见玉米叶被锄头

碰得哗啦响。心想,农村人和城里人区别太大了。在城里,即便是吃低保的,这么晚了也不至于还要干活,尤其是这么累的活。我上中学时,从学校一回来就帮父母干活,夜里栽过烟苗,犁过稻田。新栽的烟苗由于须根被拨断了,加上手掌的温度,栽下去后处于半枯萎状态,白天栽容易被太阳晒死。夜里铧田则是为了抢山水,在大雨停歇前不把田犁好,大雨一过,树林里没水流出来,弄不好插不成秧,耽误一季收成。

生活在这种地方,那就必须得这么干,这是自然而然的事情,所以并不觉得累。但有时会有一点点懊恼:一辈子都在干这些,怎么永远也干不完呢?有时还会有一种模糊的忧伤:我们真的是这些土地的主人吗?为什么过得这么难呀?不过,在某些时候,心头又会涌起对锄头的爱,对和自己一起干活的人的爱,对玉米叶沙沙作响的爱,觉得别人也这样活着,自己当然也应该这样活着。于是,心里的石头落了地。这时锄头便像长了眼睛一样,在密密蓬蓬的植株里左冲右突,野草皈心伏法地倒下,玉米像不堪娇羞的小女孩一样,浑身战栗,保证自己一定好好生长。

“还看得见吗?小心挖到脚趾头!”

我故意大声说。回到老家,用他们熟悉的戏谑语气和他们打招呼是他们最喜欢的,他们会觉得你没有忘本。

锄头停下了,但没有出声。

我用手电晃了一下,虽然只晃了一下,但我认出来了,正是那个在玉米地里和情人幽会被舅舅搅黄的小媳妇。我的尴尬真是无法形

容,即使绕地球一圈回来,也仍然会觉得尴尬。我不知道,我为什么会这么尴尬。

我想说“对不起,不知道是你”,但这样说显然不对,我的本意是不知道是个女的,而不是另有所指。但一旦开口,似乎总是另有所指。我说:

“这地是你家的呀,我不知道是你家的。”

我的声音变了,从冉姓坝的声音一下变成某种办公室的声音。除了有点虚伪,还有几分冷漠。好像有点儿怕她。我觉得自己真是莫名其妙。

“是田表叔呀。表叔你回来了?”

她倒没半丝尴尬。

“这么晚了,还不回家?”

“还没薅完哩,薅完这点就回家!”

她爽朗地说。

我一时不知道说什么好,或者还有什么好说的,走了两步,并没有想到马上离开,但她的锄头已经哗哗响起来,我解脱般地加快了步伐。

舅舅家已经吃过饭了。我一到,表嫂忙又去煮饭。在冉姓坝,招待贵宾就是煮饭给你吃,不管你吃过与否。

舅舅和大表哥在看电视,大表哥才四十岁,老相已经刻在脸上了。可他的眼睛一盯到电视上就像十多岁的孩子一样满脸傻乎乎的,把电视里的一切都当成真事,从不怀疑。这方面舅舅和他差不

多，但他看电视不像儿子那么认真，看不了多大一会就会把头勾到胸前，不时抬头看一眼，迷迷糊糊的，直到关机才彻底清醒过来。我进屋后，刚开始他们都很兴奋，但没过多久就恢复了常态，难为情地保持着某种庄重，还有几分木讷。大表哥以素有的顺从听我和舅舅讲话，不时瞟一眼厨房，就像担心表嫂忙不过来，但他一次也没有起身去帮忙。

“你什么时候回来的？我怎么没有看见你？”舅舅问，仿佛我从他的望远镜里悄然潜回而他居然没看见，他有些不甘。

“三点半，同学开车送我回来的。”我老老实实地回答。

“是哪个同学？”舅舅认真地问。

直到我把这个同学的老家在哪儿，父亲叫什么名字，老婆在哪里上班等等全都回答清楚，舅舅才继续问下一个问题。

我想知道他对上树以来的生活有何看法甚至总结，虽然他不甚明了什么叫“看法”，更不会以用什么总结去安排下一步的生活。因为我在办公室待惯了，这两个词不但成了常用词，有时还是关键词。我把话题往这方面引，每当他应该交出他的看法或总结时，他只用半句话或者一两个字就把我打发了。

问他为什么看人家送块腊肉给村长也要说——这不是人之常情吗？

“好耍。”他说。

有人埋怨被看得干什么都不自由，总觉得背后有双眼睛，颇为难受。

他说:“我才不管。”

我说:“除了看人,还可以看看树呀鸟呀,尤其是鹰,鹰不但抓小鸡,还在空中扑别的鸟。”他说:“没看头。”

表嫂把饭菜摆上桌,我只吃了半碗,大表哥和舅舅则吃了两碗,就像他们的肚子随时有空隙,只要有饭就能填进去。并且速度极快,吃菜的声音很响。

吃完后,舅舅一边和我说话一边打盹,一会儿打盹,一会儿醒来,每次醒来都能接上中断的话。我叫他去睡,他说他的瞌睡又没来。我知道他是为了留下来陪我,以为这是对在外工作的人应有的尊重。

我问大表哥最近怎么样,他叹了口气,说:

“地里的,屋里的,一年四季都是那些活,没什么区别。”他用软弱、暗淡的眼光看了一眼轻声打鼾的父亲,红着脸说:“你不晓得……以前他们有事都要叫我的,现在不叫我了,叫得少了。”

“他们”指的是村里人。

“为啥不叫你?”

“还不是爹,他把好多人得罪了。该管的管,不该管的也管。”

他的意思是,以前别人家的活干不过来就来叫他,他话不多,脾气又好。这在其他人的眼里并不是一件好事,可舅舅得罪的人太多了,他们不再叫他了,他有些失落。

“有人来找他,和他吵架吗?”

大表哥笑了一下:“哪个敢找他! 他们知道他的脾气,不安逸的事只和我说,不会和他说。”他摇了摇头:“早晓得他那么爱管闲事,我

当初就不应该让他上树。”

“可他待在家里也不行呀。他现在的心情不是比以前好多了吗?”

“这倒也是。”大表哥同意道,“不该管的不要管就好了。”

“他哪里分得清哪些该管,哪些不该管。换成你,恐怕也分不清吧。”

“可他越管越宽了。”大表哥不紧不慢地表示同意。

“要是下雨天上不了树,他对哪个都看不惯,就像那雨是我们叫它下的,是我们这些人不准他到树上去。这是天家的事呀,先人。硬是烦得很。”大表嫂对我说。看得出,她对公公的不满远不止这些。

“人老了嘛。”大表哥嘟囔道,“活一年是一年。”

“放心,他会长命百岁的,一到树上就眉开眼笑的,高兴得很,说不定我们都死了他都还在树上。”大表嫂阴阳怪气地说。

大表哥逆来顺受地看了老婆一眼,叹了口气,想说什么,但什么也没说。

“以前还编个筐卖点钱找零花,现在筐也不编了。要说哪个心头安逸,那是不可能的。家务事那么多,腿不行么,手没有问题嘛。一天拿起个喇叭管别人的闲事,吼饿了比干活的人还吃得多!”

我假装什么也没听见,但脸上的不悦已经藏不住了,她也太放肆了。

“摊上这样的老人,我们对他算好的啰,吃的穿的,从没瞒过他。沙田湾那家,你晓得不哇,那个老太婆,已经老之不堪了,爱抽叶子

烟,爱喝酒。叶子烟是她自己种的,老了,锄头举起来拐几个弯才挖下去,锄板不往土里钻。土挖得浅,又没力挑粪淋,长得死瘪瘪的。就这点烟,儿子还和她抢着抽。那个挨刀的,又懒又馋。他要是在街上打点酒,还没到家就喝完了,一滴也不给老娘。还是姑娘心疼娘,十天半月的打一斤送去,叫老娘喝两口后藏起来。枕头底下,门旮旯,灰堆里都藏过,可哪里藏得住呀,每次都被那个挨刀的找到了。"

这时舅舅突然醒来,大声问:"藏啥子呀藏不住?"

他把我们都吓了一跳。

"啥子也没藏,我在给表弟摆龙门阵。"大表嫂笑着说。

舅舅保持着尊严,不紧不慢地吩咐:"等我死了,你们不要把我埋到地里,你们把我挂到树上,这样竹儿回来的时候我就可以看见。"

大表哥和大表嫂愣了一下,随即眼圈红了。竹儿是大表哥的女儿,几年前跟一个能说会道、收集民间歌谣的人走了,至今杳无音信。

隔日早晨,我离开了冉姓坝。太阳还没起来,薄雾在山涧飘荡。公鸡嘹亮的叫声在村舍里如同与老友道别。公鸡叫的是"各个各喔的各哥喔哟",我听着像是在问"什么时候回家来哟"。

我穿过田野到公路上去等车,脚下深沉的土地发出的深重气味让我接连打了几个喷嚏。我无论到了哪里也牵挂着的这个地方,似乎总是在痛苦与烦扰的边缘徘徊,被某种焦虑催促得步履蹒跚。我从不觉得这里有多么美,但这里的一切总是让我心疼。每次回来都觉得索然寡味,一旦离开却又朝思暮想。

几个月后的一天,我正在上课,手机震得我大腿麻酥酥的,我毫

不犹豫地把它掐掉，不一会儿又震起来，我连掐五次也没掐掉，只好到教室外面去接，居然是大表哥打来的。他带着哭腔说舅舅惹祸了，镇政府准备把他告上法庭，我如果不去帮他，恐怕舅舅就要坐牢了。

下课后，我往老家打了几个电话，把事情的来龙去脉搞清楚了。

并不复杂。镇政府搞招商引资，引来一个餐饮娱乐项目。投资方看中了银鱼水库，山上树木葱郁，山下碧波荡漾，离公路又近。香溪镇是辣椒集散地，从第一个红辣椒出来那天开始，上万商贩蜂拥而来。香溪镇本来就是个大镇。两年前一个叫纸房的地方因为开采金矿，把山沟里的人全都迁到镇上来了，每家一笔不菲的搬家费，那些年轻人也是敢花钱的主。在离香溪仅两公里的地方搞一个集吃喝玩乐于一体的山庄，应该是一个不错的选择。

工程还没动工，水库下面先立了一块巨大的牌子。画面气势恢宏，湖光山色的前面坐着两个帅气的男士，一位身着运动服，脖子上挂着毛巾，看样子刚打完球回来。桌子上摆着网球拍。另一个年纪稍大，身披浴巾，煞有介事地指着画面之外的某个地方。在离他们不远的地方，三位身着薄纱笑容可掬的姑娘托着盘子，盘子里是诱人的玉液琼浆和颜色鲜艳的水果。她们的乳头清晰可见，也像两粒熟透的水果。远景一半是水一半是山，水边，举止优雅的男女在别墅似的建筑物下面漫步。画面左边压在云彩上有四个飞翔的大字：银鱼山庄。

舅舅离广告牌不算近，可通过望远镜看，画布上因分辨率低出现的布纹格子也能看见。他以为是放电影，电影队已经二十多年没有

下乡了,他很激动。用喇叭叫大家早点吃晚饭,吃好了扛板凳去银鱼水库占位置看电影。他对那三个几乎什么也没穿似的女子不大习惯,但他完全能够正确理解,虽然我不知道他到底是如何理解的。

大表哥解释了好几次,舅舅才相信那不是放电影。几天后,挖掘机、推土机开到大坝下面,为破土动工做准备,据说一旦上马,将有十倍的机械和车辆开进来。

舅舅很不喜欢这事,他立即用喇叭和望远镜进行抗议。他的抗议辞倒没什么特别的,无非是“哪个敢在银鱼水库挖一锄就是挖他自己的祖坟”“修水库的时候你们抬过一筐泥吗?打过一次夯吗?现在说修山庄就修山庄,哪个给你们的权力呀?”“反正我没有双脚都活了几十年了,早就活够了,你们要在银鱼水库埋人就先埋我吧,我冉广贵不要这条老命了”如此之类的昏天漫骂和夸大其词的警告。如果没有喇叭,即使站在推土机前面骂出这些话人家也可以不理他,用上喇叭就不一样了,喇叭把他的声音扩大十倍,他的声音传出去又被山坡挡回来,在村子上空回荡。加上他有的是时间,只要看见推土机旁边有人他就骂,管他是镇里来的干部还是看他稀奇的村民。

冉姓坝人把开口说话叫开腔,但舅舅宁愿把它理解成开枪。“别人不开枪我不能不开枪!”他理直气壮地说。

舅舅的腿就是修银鱼水库的时候断掉的。那年公社书记发动全公社的人在银鱼洞下面修水库,书记说要吃白米饭就得拼命。自古以来,冉姓坝除了洼地里有几丘冷水田,四面山坡都是玉米地。他们不叫玉米,玉米二字太洋气了。他们叫它“苞喔”。地里只出苞喔,那

就只能吃苞喔。那些饭量大的人，就叫他苞喔口袋。不常吃的人，偶尔吃一顿还觉得好吃。上甑前用柔软滋润的大米饭打底，蒸熟后拌一下，吃起来又香又软。一年四季吃苞喔饭可是另外一回事。里面一粒米也没有，玉米面一见风就变硬，吃进嘴里满口钻，要用舌头把它团到牙齿底下才能咀嚼，嚼起来像嚼沙子。嚼得太阳穴发烫，终于嚼软了，使劲咽下时眼睛鼓凸，眼珠子都要被挤出来似的，眼眶里涌出泪花，喉咙像被什么东西毛糙地刮了一下，一团坚硬的苞谷饭这才踏实地落到肚子里去。玉米少有新鲜的，收回来就架在炕架上，烘干后再移到楼笆上面储存，不管什么颜色的玉米全都被熏成黑黄黑黄的苞喔，吃起来有股呛人的烟味儿。

公社书记又矮又胖，走起路来像在打滚。他干劲十足，吃住在工地上，以一块门板当床，用装水泥的纸袋当被子。他有一个铁哨子，见到不合心意的事就把铁哨子吹到刺耳得让你头皮发麻。天不见亮就催工干活，干到伸手不见五指才收工。谁在路上掉了一块土，或者没把挑土的箢箕装满，他悄悄走上去，突然把哨子一吹，把人吓得双脚直跳。谁敢骂他，他就不用挂在胸前的公章给他盖“泥巴票”，没有“泥巴票”生产队的会计就不给他计工分。

舅舅对此毫无怨言。

有一次县长来了，站在山坡上讲话：“贫下中农同志们，帝国主义亡我之心不死，坦桑尼亚、阿尔巴尼亚才是我们的好兄弟，我们要和全世界无产阶级团结起来，为解放全人类而共同奋斗！今冬明春，我们大干快干抓革命促生产……”为了听领导讲话而歇憩的农民坐在

扁担上或者背篓上，若有所思地卷着叶子烟，懒心无肠地说着家长里短。等他们重新背上泥巴，怎么也不可能把背篓里的黄土和解放全人类联系起来，不知道这和坦桑尼亚或者阿尔巴尼亚有什么关系。你吃你的苞喔饭，你帮他们干什么，说不定你在这里辛辛苦苦地干活，人家正挖空心思整治你呢。

但舅舅能正确理解这些话，不为解放全人类也得这么干，要不然吃了那么多苞喔饭干什么？吃了可以不干活么？他认为，活着的奥义就是吃苞喔饭和白米饭，其他都是扯淡。

舅舅是拖碾子的。这是最苦的话，工分高。所谓的碾子，是一个巨大的圆柱状水泥礅，用它来把泥土轧平压实。十六个身强力壮的大汉拖着它碾过来碾过去，拖一天下来，放下绳子时有种身轻如燕之感，走起路来却像在戏台上一样矫揉造作，双脚太有力，而身体太轻了。最吃力的是起步，十六个人一起使劲都不行，还得有几个好劳力搭把手。只要连续滚动起来，每个人的肩上就会轻松许多。但每天起步的次数太多了，拖过去拖过来需要调头就不说了，单是陷进松软的泥土里的次数就不计其数。新铺的土压实了，压光滑了，拖起来并不难，他们可以像开玩笑一样拖着它飞跑。每到这时候他们会哈哈大笑，那些背着土的人也会跟着笑。还没笑够，新的泥土又铺了上去，吃不完的苦头又来了。

舅舅拉纤的位置相当于辕马，和另外三个人在最后一排。起步的时候，双脚一前一后挪开半步，身体弯如犁辕，头顶着前面一排纤夫的屁股，猛地一使劲，大碾子找到熟路似的，不快不慢地滚起来，这

时他们才打开撅成一团的屁股,认命似的一步一点头拖着碾子前进。大碾子压平了松土,也压平了他们脚印。

那天大碾子被一块石头顶住了,增加了八个人也没能把它拖翻过去。指挥长又叫来八个人,三十二个人拉紧绳子,喊了一声“嗨左”,大碾子一下子滚了过来,肩上的绳子突然一松,舅舅摔倒在地上,碾子把他的双脚压扁了。送到医院,医生把他的双脚切掉了。

副镇长带来的投资人听了舅舅的喊叫,拍屁股走了。副镇长如果做成这桩事就是最大的政绩,下次换届选举,说不定就会当镇长,他的愤怒可想而知。

从舅舅第一天阻止这事开始,村里人就争得不可开交。一派叫道:这个老者有神经病!山庄建好了,村里人打个零工,卖点小菜,或者借势做点生意,多好的事情呀!另一派则不肯苟同:不要想那些好事,这么多年来,镇里村里,好事落到过你我的头上吗?还不是那些和他们沾亲带故的人才能沾光。水库一旦被挖垮了,污染了,满坝的稻田哪来水灌溉?他干不好了撤走了事,我们可是坐地户,祖祖辈辈都在这里呀!

投资人不投资了,村民的争论失去了意义。但怒不可遏的副镇长扬言要舅舅承担一切后果。舅舅呢,以胜利者的姿态对副镇长说:“随你,我连命都可以不要,还怕坐牢么?”

我想哪至于判刑坐牢,舅舅的做法够不上犯罪,法律上讲不通的。我叫大表哥放心,副镇长不过是吓唬人而已,真要告上法庭,我一定会回来的。我向在老家工作的同学打听了一下,他们说镇里的

干部确实很讨厌我舅舅，但起诉一事，镇里的领导在会上的确说过，暂时还没什么具体动作，究竟怎么处理，他们也不知道。

在接下来的时间里，大表哥没再打电话来，这证实了我的判断，我放心了。

再次回到老家见到舅舅，已经是半年后的事了。我特地选了个阳光灿烂的下午去他家，想知道他会不会在树上看见我。

可直到走进院子，我才发现他不在树上，并且也没像以前那样在屋檐下编筐。我心里有种不祥的预感：是不是生病了？

进屋后，我悬着的心才落下来。他在厢房掰玉米。横拿着玉米棒子，往钉了块胶鞋底的木板上用力一搓，玉米粒哗啦地落下来。屋子里一边是玉米粒，一边是玉米棒子，中间没用任何东西隔开，就让它们混在一起。我进去后，他移动两条板凳走到椅子前，一歪屁股坐到板凳上，再抓住扶手爬到椅子上去，要给我倒水。我忙说自己来。

“村子里不是有脱粒机吗？怎么不用那个？”

“用不着。”

“是不是大表哥舍不得钱呀？听说脱粒机租一天三十。”

“不是钱的问题。”他说。

“这么多，好久才搓得完呀？”

“搓不了好久，反正我又没别的事。”

“我听说，现在连副镇长都怕你了，都不敢到冉姓坝来了，你真厉害呀。”我以为这个玩笑可以让他高兴，没料到他看了我一眼：

“怕我？怕我就不到处挖坟了。”说着生气把玉米棒子向下一擦，划拉下一大把玉米。

这时在辣椒厂打工的表哥表嫂回来了。辣椒厂是重庆一个食品厂的分厂,正在搞基建,冉姓坝好多人都在那里做工。

大表哥还是老样子,慢吞吞的。表嫂则抑制不住兴奋,因为辣椒厂建好后她可以去当工人,往玻璃瓶里灌装各种油辣椒。

从大表哥的话中得知,舅舅已经不上树了。我问是不是副镇长或者什么人不准他上,或者是村里别的人甚至家里人不准他上,他说都不是,是他自己不想看也不想吼了。

"怎么了?"我略为不安地去问舅舅,"为什么不到树上去了?"

"上去干什么呀?"他反问我,继续掰他的玉米,我在屋子外面和大表哥说的话被他听见了,他说:"没什么好看的,看得我眼睛胀!"积聚在心头的不快使他激动起来,但随即以一种自暴自弃的语气嘟囔着:"看树,树早就被砍了……看山,山早就变样了……看人,早就不是以前那些人了……幸好我死也死得了……竹儿回来,怕也找不到路了……"他的眼泪滚出来了。

我尽力安慰他,应该往宽处想,这些年变化大,说明社会进步快,村里人有钱了,生活质量提高了,是好事嘛。

"我晓得是好事,可就是忍不住,心头怪怪的。"他说。

从舅舅家出来,我看见有人正在测量地形。听说,在舅舅家对面,要建一座水泥厂,这个厂以前在市里面,看中了冉姓坝储量丰富的石灰岩和黏土岩,还有别的什么,决定搬到乡下来。还说,有一个中药制药厂,也正在商谈当中。

2008 年 2 月于贵阳

水电报

一

楚米河之上,有团林、冯家湾、尖山坪、牛鸣塘、苦竹坝十余个村落。再往上几十里,是三县交界的燕毛顶。燕毛顶路径崎岖,三面绝壁。岭北悬崖上有瀑布垂下,在山谷里日夜轰鸣,崖壁上刻了五个字:清泉石上流。说这是楚米来的一个读书人,看了悬崖飞瀑后题写镌刻的。燕毛顶以前是无人区,山林土地都没有主人。光绪十年,有四川綦江人寻找丹砂至此,以为这是世外桃源,把三亲六戚全都迁来,前后迁了三百户。他们在燕毛顶开荒种地,自成一体。可惜好景不长。民国九年,顶上遭受严重虫灾,庄稼绝收,树木死亡,水井干涸,加上土匪骚扰,顶上人纷纷外迁,燕毛顶又成了无人区。直到十年后,才有杨姓、梁姓、王姓等三户人家迁入。因为地广人稀,抓兵派款派不到他们头上。这样悠闲地过了几年,迁入的人家逐渐增多。他们再次自成一体,整修山门,组建自卫队,抵制派款,抵制抽壮丁,

不出夫差，拒交厘金，不入户籍。不入户籍，就不是这个国家的人。

因为高度自治，他们日渐富裕。县境交界处土匪猖獗，有一股势力强大的土匪想抢下燕毛顶做营寨，四次攻山，四次被击退。自卫队毫发未损，土匪死了十余人并伤及大半，从此再也不敢骚扰了。一九四五年抗战胜利，国人欢呼雀跃，其他乡镇庆祝抗战胜利时没有邀请他们，因为他们既不在户籍上，也没上缴过税款，“不知道他们是哪个国的”。燕毛顶有种被抛弃的感觉，既惭愧又失落。第二年春天，由燕毛顶出钱，团林出房屋，从楚米请来先生，在团林的楚米河边设学馆。学馆和私塾不同，私塾只教儒书，学馆增设算术。学馆开张后只来了七个学生，有三个是燕毛顶的，有两个是团林的，剩下两个分别是冯家湾和苦竹坝的。他们都是上过私塾的学童，小的十二岁，大的十五岁。在地里刨食的人对读书没什么兴趣，说读书读不饱，要吃饭才吃得饱，读过几年私塾会写名字会简单记账就行了。

梁大匀是被他父亲梁丙安押送到团林学馆的。梁丙安是燕毛顶自卫队队长，他曾送梁大匀到山下读过私塾，别的孩子三天能背一篇课文，他三天只能背个题目，气得梁丙安把书丢进茅坑：“他娘的永远是个生毛货，笨猪脑壳！”但时间一长，又不甘心，他把儿子带进堂屋，敞开堂屋大门，把一根长扁担横绑在儿子双臂上，再用黄荆条追着抽打。梁大匀跑到大门口，上身一歪，长扁担顺着大门钻出去。梁丙安打儿子相当于智力测验，打完后再次把儿子交给先生，对先生说：“我还说他笨，他不笨呀，我在堂屋打他他都晓得逃生，先生你给我好好教，不好好学只管打，打死了不要你负责。”梁大匀上了几年私塾，总

算将“大学之道，在明明德，在亲民，在止于至善”背了下来。到了十四岁，先生说：“我再也不能教你了，我能教的都教完了，你要么去上新学，要么回家耕读。事稼穑，丰五谷，这点文化也是够的。”梁大匀给先生磕了三个响头，欢蹦乱跳回到燕毛顶，他宁愿上山砍柴或者耕地耙田，他和书呀笔呀纸呀有仇，看到它们就心烦。没想到才高兴一个月，父亲又叫他到团林入学，他连连说：“气死我了，气死我了。”跑到山上躲了两天，饿得头昏眼花才拱出来。梁丙安之所以逼他读书，是因为他知道读书的重要性。燕毛顶土匪攻不上来，但抗税和抵制编户入籍并非易事。前不久县长亲自带督察长和行政课长到燕毛顶，加委梁丙安为燕毛顶剿匪大队长，负责燕毛顶一带安宁，保护山下过往客商安全。梁丙安不想答应，这顶帽子对他、对燕毛顶意义不大，反倒是有了这顶帽子，就得服人家管。县长一眼看出他的心思，答应和他签订文书，燕毛顶仍然可以不出夫差、不入户籍，一切照旧。县长是个白面书生，说话文绉绉，手无缚鸡之力，但梁丙安觉得这人有股气势，他在言谈之间，会让你总是处于下风。梁丙安的苦心和苦恼，梁大匀不懂，即使懂也觉得不关他的事。在前去团林的路上，他满脑子都是对父亲的怨恨。迫于父亲的权威，他不敢大喊大叫，只敢小声嘀咕：“没见过这种人，逼人家读书！”

梁丙安和儿子告别时叮嘱道：“给我好好学，学好了我抬轿子来接你，”不好好学中途跑回来，我用棍棒接你。梁大匀不点头也不摇头，梁丙安厉声问：“听见了吗？”梁大匀不耐烦地说：“晓得了。”梁丙安对先生说的话，和几年前说给私塾先生的一样：“他不笨，先生你给

我好好教，他不好好学你尽管打，打死了不要你负责。”但这次他碰了个软钉子。先生说：“我从不打人。”梁丙安想辩驳一句“不打怎么行，黄荆棍下出好人呐”，看到先生和县长一样，也有深不可测的眼神，他没把这话说出来。

二

梁大匀来到团林后，和桑家政成了同班同学。几十年后，梁大匀想不起和桑家政见面时的情景，他的长相、他的声音都记不得了，让他记住的一些往事，都是后来在他脑海里慢慢烙下的。桑家政正好相反。梁大匀因为脑溢血半边瘫痪躺在床上后，他还能清楚地记得梁大匀当年的逸闻趣事。和梁大匀的女人朱惜粮讲这些趣事时，觉得越讲越清晰，都过去六十年了，他居然一下就能想起梁大匀当时的长相和口头禅。他告诉朱惜粮，梁大匀的口头禅是“这个舅子龟”，遇到懊恼的事，稀奇的事，他都会来上这么一句。梁大匀中风后，说话能力丧失了，他不能证实这些事的真实性，不过朱惜粮信以为真，反正这些事情，真假与否并不重要。

桑家政说，一九四六年三月，他们的老师去湄潭县看演出。这场演出是浙大为了感谢湄潭县社会各界的支持专门准备的。浙江大学因抗战西迁，在湄潭一住就是八年，抗战胜利了，他们要迁回去了。相邻几县的教育界人士应邀出席。团林学馆的老师回来后说他永世

不忘的是马思聪的小提琴演奏，琴声太美了，回来这么多天，仍然感到余音绕梁。团林学馆这位老师本不在邀请之列，他说他是膝盖头洗得干净，意思是运气特别好。他那天正好去找江问渔①教授，想搞清楚《中国先哲人性论》中几个没读懂的问题。江问渔回答清楚后，问他想不想看文艺演出。他欣然前往，回来后逢人便说，他的耳朵享福了。梁大匀不知道小提琴是什么东西，他问老师："小提琴有几个眼眼？"老师痛心疾首地大声感叹："有几个眼眼？你居然问有几个眼眼？你以为那是乡下呜哇呜哇的唢呐呀？"其他人也没见过小提琴，但因为琴这个字，他们已经联想到胡琴和琵琶，绝不可能把它和唢呐联系起来。老师把小提琴画给他们看，他们明白后，更加觉得梁大匀可笑。"小提琴有几个眼眼"这句话成了一时的笑谈和俚语。六十多年后，桑家政当着朱惜粮，把梁大匀又笑了一次："大匀，小提琴有几个眼眼，还记得不啊？"

梁大匀虽然不能说话，有时也会咿咿呀呀，驱赶着僵硬的舌头，仿佛在争辩，也仿佛叫屋子里的人闭嘴，他早已听烦了，听累了。这时桑家政就等梁大匀平静下来后，闲扯两句告辞。当年，梁大匀最看不惯桑家政的聪明和装模作样，只要有机会就要作弄他一下。桑家政学什么都快，学珠算时，梁大匀三归、四归还没记清楚，桑家政已经背完八归七除、九归八除了。只有在楚米河里玩耍，在学馆后面的山坡上打闹，桑家政才不是梁大匀的对手。

---

① 江问渔(1885—1961)：名恒源，字问渔，又号蕴愚。生于江苏灌云县，著名的职业教育家。

几十年过去了，河流和山坡都有所改变，但和人的改变比起来，它们的变化太小了。梁大匀七十岁后住在冯家湾，从被父亲押到团林学馆那天起，他在任何一个地方都没有连续住上十年。一九九〇年从畜牧兽医站退休后，他把家安在畜牧兽医站，两年后畜牧兽医站撤销了，他搬进楚米粮站。没料到才过五年，粮站改成粮油公司，地盘和房产被置换给楚米产业园区，梁大匀只好再搬。梁大匀这次搬到燕毛顶，燕毛顶是他老家，心想自己再也不用搬了，可以死在这里了。但偏偏有人出难题或者开玩笑似的，非要他再次搬家。二〇〇三年，有人看中燕毛顶的独立环境，扬言要将燕毛顶打造成贵州甚至中国的无公害蔬菜基地。燕毛顶原住民搬迁时获得相当可观的补贴，山下村民辛苦五十年的收入也不一定有那么多。燕毛顶四十一户村民在别人的羡慕与嫉妒中搬到了楚米、团林、吉水。梁大匀就近搬到冯家湾。有人劝他搬到楚米，他笑着说："让他们先去，我赶后再来。"

当初劝他搬到楚米的人就有桑家政。桑家政说："你搬到楚米，我有事找你也方便得多嘛。"梁大匀说："你找我干什么？你可以不来找我呀。"桑家政悻悻道："你一辈子都在和我扯，和我不合心。"梁大匀说："我不是和你扯，我是叫你好好过几年，七十三、八十四，阎王不叫自己去，你操那么多心干什么。"桑家政说："要去我也要把水电报的事情搞清楚了再去。"梁大匀说："搞得清楚个啥子，都这么多年了，早就被大水冲了，我早都不当回事了。"桑家政说："你可以不当回事，我不行。"

桑家政每次往返于冯家湾与楚米镇，骑的是一辆噪音极大、速度很慢的老式嘉陵摩托。桑家政身材高大，骑在嘉陵摩托车上，就像一个大人骑着一个玩具。在马路边干活的人看见，就知道那是在楚米河挖“水电报”的桑部长。

三

楚米镇最初是一条小街。小街中线是两村分界，北边石爬村，南边烂坝子村。分界线上原先有一块界碑。当年石爬村和烂坝子村争地打架，每次打架必有死伤。界碑今天移过来，明天移过去，还不时被推倒砸烂。传说明成化年间，知县来楚米解决争端，在界碑下砌一间小石屋，把一个行乞至此的叫花子关在里面。叫花子不再是叫花子，被尊为路神。界碑有路神保护，再也没有人敢搬动，地界也不争了。

一九九六年街道改造，将泥土路改成水泥路，铺水泥前把街面铲平，铺大石做路基，界碑处的土被运走，有人说亲眼看了，没见到骸骨也没见到棺材什么的。但这并未消除大家对路神的畏怯。水泥地铺好后，原界碑处有一块与众不同的痕迹，晴天是湿的，雨天是干的，天气越晴朗，湿度越明显，雨越大干得越厉害，痕迹有半张桌面那么大，形状有几分像狮子。

桑原是在楚米镇出生的。他早就定居别处，但他觉得自己是楚

米人，不是别处人。一九八三年，桑原考上警校。父亲桑家政叫他补习一年考大学，他没答应，只要能考上学离开楚米，甭管警校农校商校粮校他都去。一九八四年，小公社改称乡，大公社改叫镇，大队改叫村，生产队叫村民组。桑家政在这一年被提拔为吉水县武装部副部长，时年五十二岁。第三年，桑原的母亲因学校超编退养，办完手续后到县城和父亲一起生活。桑原的弟弟桑树在这一年走后门得了个工作，也到了吉水。桑原回家探亲时只能到吉水，他不大习惯，他高考时在吉水住过三天，在此之前没到县城去过，他总感觉县城这个家是临时的，是陌生的，他常在梦里看见自己无家可归。

桑原的破碎感远没有就此结束。一九九二年，父亲退休了，退休后一个人回到楚米。他声称不需要任何人和他一起回去，因为他回去有事情要做。桑原回吉水，父亲不在家，他感觉这个家很不完整。他到楚米去看望父亲，又觉得这儿根本不能称为家。没回到楚米时，心想一定要陪父亲在楚米住几天，可是来到父亲的屋子里，他觉得一天也住不下去。父亲的房子在楚米河边，打开门就能看见闪着波光的河水。桑原很喜欢这条河，这条河曾给他带来无数欢乐和浪漫的遐想。但父亲屋子里乱七八糟的东西让他感到痛苦：被老鼠啃过的红苕，已经发芽了；掉了一半扣子的衣服挂在柱子上，脏兮兮的；裹满黄胶泥的大皮鞋，硬邦邦干翘翘的；还有透风的板壁，可疑的水瓮，凡此等等。

桑原多次劝父亲不要骑这辆嘉陵，七十多岁了，骑这种摩托太危险了。但桑家政觉得这辆摩托很方便，他不会开车，其他摩托又太

重，不方便在河边的小路推上推下。桑原叫桑树不时去看看。桑树说：“我不敢去，我和他在一起说不上三句话就会呛起来。”桑原说：“爸爸确实固执，但他一个人，出了事我们都不晓得。”桑树说：“你放心吧，我已经叮嘱过楚米镇的弟兄了，叫他们有事就给我打电话，我把你的电话也给他们了。”

桑原想到自己四十七了，再过三年就要被称作年过半百的人了，要尽量少发火。前不久他带人去抓毒贩，无意中撞见一个吸毒者，竟然是自己从前的手下，他把他带回来，做完笔录后放掉了。有小道消息说，他将为此承担责任，队长可能当不成了。他假装没听见，但做不到无所谓。就像刚检查出有病，自认为不要紧的人，一举一动其实都不自然。他认为自己没有错。念头涌上来时，他一下想到楚米那块已经消失的界碑，他不知道两者之间有什么联系，反正一下就想到了。

父亲买嘉陵摩托时，也就桑原现在这个年纪，嘉陵摩托是当时吉水县最高档最气派的交通工具。大多数人用的还是自行车。在黔北这样的山区，遇到又长又陡的盘山公路，自行车推着走还不如扛着走，下坡人骑车，上坡车骑人。现在不同了，没人骑自行车了，年轻人骑着大摩托轰隆而上，呼啸而下，都是不怕死的乡村骑士。桑原担心车况路况，担心父亲的身体吃不消。嘉陵摩托走在坑洼路上像在跳舞，骑上几十公里屁股被震得麻痛麻痛的，下车后像孕妇那样迈步。

楚米镇的领导从没给桑原打过电话，桑原心想，这是因为自己离得远，有什么事他们都和桑树说清楚了，除非有什么大事。

桑原主动给楚米的杨镇长打过一次电话，没料到才聊几句，杨镇

长就抱怨起来。他请桑原劝劝老爷子,不要住在河边了,住在河边很危险。楚米河上游正在修公路,修公路的土石方大多直接倒进河里,河水有时会被拦住,但河水壅塞到一定程度,又会冲开渣土,浩浩荡荡向下游奔去,因此没有下雨也有可能发大水,并且大水何时来没个准。他们去劝过老人家了,但他很固执,说自己不怕死。还没听完,桑原已经不高兴起来,楚米河一旦遭到破坏,就再也不是他心目中的楚米河了。他很快镇定下来说:“把土石方倒在河里,对河流破坏太大了,就没有别的办法了吗?”杨镇长说:“办法当然有啊,但所有的办法都要有资金才行,上面拨给我们的钱只能这样修。”桑原知道乡镇干部很难当,也知道他们的狡黠,闲扯两句就挂了电话。

桑家政在楚米最先是租了一间房子,住了两年后,突然发现河边的榨油房空着,一下就喜欢上了,非买下来不可。榨油房离楚米老街三公里,确实比住在镇上方便得多。父亲一个人住在楚米,母亲为此骂过哭过。买榨油房,母亲和弟弟坚决反对,不给钱。但桑原支持他,父亲一说他就同意了,因为他也喜欢榨油房。

榨油房的斜对面是楚米中学。从老街到学校有石拱桥,但距离远。从榨油房下面过河没有桥,只有跳蹬,距离近一半。榨油房修了一道河堤,由河水转动水车,水车转动石碾,石碾碾压油菜籽。油菜籽要碾碎后才能榨油。跳蹬与河堤平行,从河堤上翻滚下去的大水飞溅着水花,在跳蹬之间发出轰隆巨响。水从宽阔的河面涌来,突然之间钻进那么多窄门,仿佛在惊恐和伤心之中很不满意,于是在反抗中轰隆而出。要胆大并走惯的人才敢从这里轻松过河,跳蹬顶面只

有三寸宽，脚底一半悬空，常年飞溅的水花让跳蹬长满了滑滑的青苔，有人走到中间既不敢往前，也不敢后退，不敢哭也不敢叫唤，想爬过去不行，想蹲下去也不行，唯有等人过来牵手并鼓励才能摆脱窘境。

桑原上中学时，榨油房还在榨菜籽油。两块木榨像两块棺材盖子，油饼箍好放进去，三个大汉荡秋千似的荡着一根原木，把三尺长的楔子打进木榨，生生把亮闪闪的菜油挤出来。菜籽油的香味飘荡在楚米河上空，桑原每次路过都要大口大口地吞吃香味。榨油房的柱子和板壁浸透了油，黑乎乎油腻腻的，桑原心想蘸馒头吃一定很好。有一次咽着口水悄悄刮下一撮油腻，躲到没人的地方，兴奋地拍进嘴里，没料到闻着很香，吃起来却是苦的，像吃沥青，害得他到河边漱了好一阵口。桑原喜欢走跳蹬，从开始胆战心惊到后来健步如飞，除了闻菜油的香味，他还把这当成引起女性注目的表演。楚米街上穿裙子的姑娘都不敢走跳蹬，走了会被父母咒骂。要问为什么，得到一句又硬又莫名其妙的回答："鱼的眼睛会瞎！"穿裙子的妇女从跳蹬上过去，会被当成骚女人。别人对骚女人嗤之以鼻，桑原却有所期待，期待什么却又模糊。他在单位单身宿舍第一次检阅性能力时，终于明白自己期待的是什么，心想楚米河真是魅力十足啊。

榨油房的产权属于粮油公司，父亲买下它只花了两千块。桑原支持父亲，不是图便宜，而是觉得这是一种纪念。同时也不无期待，今后这一带拆迁，只会赚不会赔。

父亲在榨油房住下后，桑原去看过多次。虽然没想象的那么好，但也没有桑树说的那么糟。不好的是父亲屋子里的脏和乱，还有两

岸越来越多的房子。好处是它靠河最近，坐在屋子里也能看见河上的风光。父亲买房时不要他出钱，他用平时积攒起来的零花钱就行了，只要他站在他这一边，他需要大儿子舆论上的支持。桑原说钱他出，话他自然也要说。弟弟桑树说榨油房一钱不值时，桑原很不客气就顶了回去："爸爸这么大年纪了，就让他玩吧，人老了也和小孩一样，小孩买个玩具还要几百几千呢。"桑原是哥，当哥的一言九鼎，桑家政像得到满足的小孩一样激动，他深情地对桑原说："如果病了没人管死在里面，那也没什么，死在这里比死在医院强得多。"桑原后来才明白，父亲喜欢的不是榨油房，而是如果他死之前找不到水电报，他希望死后能埋在河边，死了也要和水电报在同一条河上。

桑原给父亲打电话，说到修公路给榨油房带来的危险，桑家政不以为然，他对桑原说：

"你不要听他们的，他们不懂，楚米河的洪水我见得多了，五三年、七七年那么大的洪水都没把榨油房冲倒，现在这点水算不了什么。渣土挡起来那点水，到不了楚米就没气势了，你叫他们放心好了。我现在只有在榨油房才睡得着，睡在别的地方，只听见时间呜呜叫，耳朵里嗡嗡响，眼睛闭痛了也睡不着。"

桑原说："可你住在这里给镇里面的干部添麻烦了，他们担心你的安全是对的，这是他们的职责，也是为你好。我理解你为什么要住在那里，因为那是住在河岸上，你只有住在河岸上才踏实，住在河岸上你会觉得离水电报近一些。"

桑家政说："这个我没想过。我觉得以前的找法不对，以前只注

意梁大匀说的大树和竹林。大树和竹林是变化的，这么多年过去了，当时的大树和竹林有可能被砍掉，现在看到的树和竹子有可能是后来长出来的。大树和竹林可以变，楚米河不会变，我要从头找起，一个点挨一个点找上去，越笨的办法越科学。”

桑原说：“我要是有时间，就来和你一起找。你一个人，要找到什么时候？”

桑家政说：“找到什么时候算什么时候，只要还活着，我就要找下去。”

桑原并不当重点地劝解道：“能不能把榨油房往高处挪一下？我找人来搬，费用我出。”

桑家政固执地说：“不用搬，我有办法。”

桑原问：“你有什么办法？”

桑家政说：“什么办法你不用管，反正我有办法。”

桑原说：“那你注意安全。爸爸，你把手机充好电，有事好找你，没事和你说说话也好嘛。”

桑家政像听话的孩子一样回答道：“要得嘛。”

四

水电报是一个传说。说制造水电报的人，是楚米河上游一个毕业于黄埔军校的人，一九四四年回到家乡，为了号召家乡人民抗击日

军进犯,他特别制作了几百块水电报。水电报的内容相当于抗日檄文,他把它刻写在木板上,刷上桐油,然后沿河放下。他相信,看到水电报的乡亲一定会和他一样,对侵略者给予严厉的打击,把庄稼地当成侵略者的坟场。当时日军已打到广西,企图拿下云贵,以便把已经占领的南洋诸岛连成一片,然后一气拿下整个中国。木板上除了抗日檄文,背面还画了一个符咒,捡到它的人要么把它拿回家,然后用敌人的血来解开咒语,要么把它埋在河边,假装什么也不晓得。如果看见了不管,咒语会起作用,“不死也要脱一层皮”。

一九四四年十一月下旬,日军占领了广西柳州,月底分兵进犯黔南,十二月初占领黔南重镇独山县城。继而占领荔波、三都、丹寨三县。水电报正是在这个时候漂流而下的。但一九四四年的日军已是强弩之末,入侵黔南仅十余天就不得不撤回广西。这样一来,捡到水电报的人只好把它埋在岸上。一九八〇年兴起的传说与财富有关。说那位制作水电报的军人,在台湾做了大官,他托人带话回来,愿意用每块一万元的价格,收购当年的水电报。一万元不是人民币,是台币。当时没人知道一万台币价值多少,反正觉得一万不少,一个中学老师的工资一个月才四十七块钱哩。但是整个楚米河流域,上过黄埔军校的只有一个人,这个人解放初期带了一个团回老家打游击,只打了三个月就被消灭了。传说被重新丰富。说制作水电报的军人早死掉了,但他的后人在台湾当了大老板,为了纪念他父亲,他决定出钱收购父亲制作的水电报。本来很多环节都经不起推敲,但在财富的引诱下,所有环节都在不知不觉中顺从着人们渴求暴富的心理。

不过,同时又为以此种方式获得财富感到害羞。他们在河边挖掘时,是以挖野菜、挖草药为名。这股风吹了大半年,没有一个人挖到。渐渐地,挖的人少了,时间一长,河边奇形怪状的土坑也被抚平了。

十几年过去了,桑家政再到河边寻找水电报,跟风的人很少。他们已经知道,一万台币不算大钱,手气好的话,也就几圈麻将的事。刚开始,舆论对桑家政有几分不满:他当过武装部副部长,有可能知道水电报埋在哪儿,几十公里的河岸,他至少知道个大概;同时,还有可能知道买主也就是台湾大老板在哪里,水电报找到后如何交易。于是有人说,他有退休工资,老婆有退休工资,两个儿子也有工作,还不满足,还来挖水电报,真是贪得无厌。

桑家政一挖就是十多年,还买房子住在楚米河挖,舆论终于转向:要么远不止值那点钱,要么另有秘密。桑家政不在镇上行走,镇上的人下乡时见到他,有心停下来向他问个究竟。他说不是为了钱,等他挖到大家就知道了。这样一来,别人看见他骑着嘉陵摩托一纵一跃行驶在乡间公路上,就会产生模糊的嫉妒和忧伤。

桑原接到桑树电话这天,他的上司告诉他,有人写匿名信,将他释放吸毒人员的事告到市局去了。桑原说:“是啊,我是释放了他,但为这事告我也太没良心了,不过随便,领导想怎么处理就怎么处理吧。”

他去了乡下。他看中了一块石碾,想把它搬回家来。石碾是用来碾稻谷的。除了喜欢石碾上的扇形石纹,还因为以前楚米榨油房也有一块。当时并不觉得它有什么好,后来它消失了。在郊区居然

看见，桑原一下就喜欢上了。不过，去把它搬回来，除了喜欢，也是为了让石碾的重量压住自己的不快。那位吸毒下属四年前被辞退，桑原当时还是副队长。下属的毒瘾是卧底时染上的，为了不让毒贩怀疑，他也跟着吸。他卧底七年，七年中破获十一桩大案，得到过公安部的表彰。但他已经染上毒瘾。回到单位后，先是通过内部安排强制戒毒，戒了几个月以为没问题了，但他一走到街上，就知道哪里能买到毒品。即便到了陌生城市，他也能一眼就认出毒贩们留在墙上的记号，他们有一套完全属于自己的符号系统，无论怎样变化，熟悉这种符号的人都能一下认出来。把他们放到月球上住十年八年，他们下来后照样一眼就能找到。这种符号混迹于野广告之间，它们的吸引力和毒品本身一样强大。这位有功之臣知道自己完蛋了，主动到戒毒所戒过两次，出来后都以失败告终。被单位辞退后，他多次上访、求情，上访信到了上级的上级直至公安部，一层层转批下来，都是同样一句话：请原单位妥善解决。这和他出入戒毒所再复吸有惊人的相似之处：怀着希望进去，出来后一败涂地。他告诉桑原，单位补贴的钱早就花光了，去年开了个服装店，无论生意好坏，他都没心思："要是你以前抓住我，我会不好意思，现在我没有这种感觉了。"桑原摸了三百块钱给他，他毫不客气，几乎是一把抢了过去，他的眼神和表情都表明，这些钱他一会儿就会换成毒品。桑原感到无可奈何，也感到难过。桑原说："你还是去戒毒所吧，你自己去，我就不送你去了。"他说："好吧，我去。"桑原知道他不会去，以前他会去的，现在他不会去了。他已经很瘦了，眼珠都快掉出来，别人无法断定他还能活

多久，但肯定不会长命百岁。桑原当时闪过一个念头，这个人将来死了，也许骨灰都要比正常人少很多。卧底时，他的打扮像个小流氓，脚指甲涂得红艳艳的，一只耳朵上戴着茶杯盖那么大一个耳环，极具表演天分。现在，他像个失魂落魄久治不愈的绝症患者，自己不抱希望，也不相信别人能给他希望。

“一个人最终留下来的，不过是铅笔头那么大一撮磷和做一颗大钉子的铁。说到底，这点磷和铁也不是你的，它们来源于大地，最终得归还给大地。”

正是这句话，让他做出放人的决定。这句话写在台历上，是他在一个叫胡杨林的社区聊天时，一个网名叫美灵的同行告诉他的。这位前缉毒警对桑原说，如果你以前抓住我，我会不好意思。其实桑原看见他的刹那间，首先感到尴尬的是他自己。这天晚上他到天亮也没睡着，想到这位同事的处境，想到人生的无常，被一种不轻也不重的情绪折磨着。

他本想去楚米一趟，看看榨油房是不是像镇长说的那样危险。镇长说，老爷子打了十几根铆桩，把房子拴在这些铆桩上，还在房子前面的河岸上挂了三个牛铃铛监测大水。镇长忍不住揶揄：“他老人家太有才了。”桑原觉得，如果这几天去请假，领导会认为他是故意的。嘴上说领导怎么处理都行，但他并不想给他们留下耍小脾气的印象。

石碾在郊县一个景区，三十七公里，桑原到那儿时，最后一抹夕阳从山坳间暗下去，仿佛顾不上人间的惆怅。谈好价钱，天已经黑

了。桑原倒好车,等把钱装进衣兜、认真扣上扣子的中年农民找几个人来帮忙,他咧嘴失笑的样子让桑原感到难过,觉得不应该讲价,应该多给两百。这时桑原的电话响了,是桑树。

“哥,你在哪里?”

桑树的声音就像他被欺负了,叫桑原去帮他打架。但桑树第二句话一出来,桑原的腿一下就软了。

“爸出事了。”

桑树说:“今天下大雨,榨油房被冲走了,爸爸下落不明。”桑原说:“今天没下雨呀。”桑树说:“楚米一带从早上七点一直下到下午三点,雨量比以往任何一次都大。修公路倒在河里的渣土被冲开后,楚米河变成了一条大河,最高的浪头扑到老街上来,把街边的台球桌都卷走了。大水来得猛,去得也快,一个小时就消下去了,现在河堤下面的跳蹬都快露出来了。”

“你打爸爸的电话了吗?”

“打过了,不在服务区。”

听到石碾砸在车厢板上的声音,桑原责怪自己,都这时候了,还搬这个东西干什么?他告诉桑树,他马上赶回去。搬石碾的村民见桑原脸色难堪,以为他在懊恼在后悔,在他们眼里,这毕竟是一块废弃的石头,却要了他八百块钱。

坐进车里,桑原深呼吸了三次才启动钥匙。开出两公里后,终于冷静下来,把车停靠在路边,先向上司请假,给副手说明情况。最后一个电话打给妻子,妻子是中学语文老师,最近迷恋于用黄豆绿豆黑

豆白豆红豆做豆浆、熬五行粥，看哪几种豆豆养颜效果好，对其他事毫无兴趣。桑原没告诉她父亲失踪，也没说去哪里，她也没追问。打完这些电话后，他检查了一下车况，然后朝最近的高速公路收费站驶去。他想到了花圈、火化、哭丧等等不吉利的事情，在上高速公路之前，他摇下车窗吐了口唾沫，把不吉的想法吐出去。

五

桑家政对桑原说过水电报的来龙去脉。他挖水电报不是为了发财，也不是好奇，而是为了给梁大匀正名。

梁大匀被父亲带到学馆交给先生后，又带他到离学馆三里路的村子里去认亲，学馆不提供食宿，未来的几年，他只能在亲戚家搭伙。梁大匀的亲戚家与桑家政家隔着一片竹林。梁大匀趁父亲和亲戚喝酒，一个人跑到竹林里，从裤腰带上摘下自制短刀，选中一根竹子投掷过去。投中了赞声“哈”，投偏了埋怨一声“日”。在“哈”和“日”中，竹竿布满了密密麻麻的叮口。斑竹又硬又滑，飞刀没有一次稳稳扎在上面，他不气馁，非常有耐心地练习着。

桑家政从竹林另一边钻过来，远远地看着梁大匀练习飞刀，他的第一印象是这个野孩子有点凶悍。梁大匀发现他后，转身走了几步，将飞刀朝一棵杉树飘去。杉树能吃住刀子，梁大匀的飞刀闪着白光，稳稳地扎在杉树上，百发百中。桑家政既害怕又佩服，同时还有嫉妒

和不屑。他没料到，几天后，他们成了同学。

在团林学馆三年，梁大匀除了练习飞刀，还练习自创的飞檐走壁，对先生所教，无论新学旧学一概不感兴趣。学馆旁边丈余高的土坎，是他练习飞檐走壁的场所。土壁上有锄头撬挖时留下的漂亮堑步。他后退七八米，借助瞬间爆发的力量，脚尖抠住二指宽的堑步，在土壁上轻盈地画一个圆弧后又落下来。每天上百次练习，直至有一天他一跃而上，站到了土坎上面。

桑家政告诉桑原："在团林学馆上学那几年，什么事都清清楚楚，仿佛就在昨天。可后来发生的事情，我越想越觉得糊涂，时间是乱的，事情也是乱的。"

桑原心想，这是因为年纪，年纪越大，越能记住年轻时的事情，对成年以后的事反倒记不住。他觉得说出来会伤害父亲，伤害一个上了年纪的人。

"是不是因为当时太乱，头绪太多？"桑原以给父亲找台阶下的孝心问道，"剿匪，征粮，土改，还有什么？是不是还有镇反，清洗不纯分子，优抚什么的？一桩接一桩，几桩交织在一起。"

桑家政没有回答，他试着勘破弥漫在心头的乱史，从头说起：

"从一九四八年开始，打仗的谣言就像蝗虫一样四处乱飞，一会到了眼前，一会又飞得远远的。到一九四九年更严重了。我爹有一天种小麦，种到一半赌气跑回来，说不种了，种出来还不知道是谁的呢。但第二天天不见亮他就催我们下地，我才说了一句'你不是说种出来不知道是谁的吗？'他顺手操起一根棍子就把我痛打了一顿。那

一顿打得真惨，血把裤子都粘在肉上了。团林学馆的国文老师说：‘管他哪个坐朝廷，我教我的书，他杀他的猪。’农历十月二十八，国文老师听说县长和县署人员跑了，他也在这天悄悄溜掉了，连学馆拖欠的钱粮也不要了。”

桑家政早已原谅父亲，对国文老师的嘲笑却未减少。桑家政说：

“我不知道梁大匀是什么时候跑的，反正最后半年他三天打鱼两天晒网，经常逃学。只记得有一天他回来了，走到平时练习飞刀的斑竹林，叭地甩手一枪，把一根竹子打折了。村里人想搞清楚到底是枪声，还是鞭炮声，他没等大家赶到，纵步跃上学馆后面的土坎，跑了。后来才知道他参加了武工队。

“我刚参加工作时，在县民政科当科员。当时好多单位都叫科，后来才升格为局。一九五一年七月成立县武装部，政治股需要一个有点文化的人，我从民政科调到了武装部。万万没想到，我遇到的第一件事，就是审查梁大匀的案子。他的案子不算最主要的工作，当时最主要的工作是‘三反’，‘三反’搞了八个月，‘五反’又开始了。审查梁大匀只有平时抽时间进行。”

桑原问：“梁大匀是反革命？他参加的武工队是反革命组织？”

桑家政说：“梁大匀不是反革命，武工队不是反革命组织。审查他，是因为他说不清楚武工队的队长是怎么死的。

“一九五〇年，武工队与以前的民众自卫队起义人员合并，成立县大队。几个月后县大队撤销，部分人员编入公安局，剩下的充实到各区治安大队。楚米治安大队的队长名叫杨扭强，以前是武工队的

队长。第二年四月，杨扭强奉命去重庆学习，学习还没结束就回来了，回来后和梁大匀去牛逢湾。但只有梁大匀一个人回来，杨扭强死了，他们去牛逢湾接收的两百斤银锭也不见了。”

“两百斤？哪来那么多？”

“牛逢湾前面有一个地方叫银厂坝，银厂坝不产银子，但自古以来，那里的人特别喜欢打造银器。明朝初年，大将傅友德平定云贵叛乱，灭了大理国。叛乱被平定了，敌对情绪并没消失。朱元璋命令这支军队就地驻防，永镇边陲。这些军士把家小从老家带出来，再也没回去过。他们是从富庶地区迁徙来的，在偏僻的山间盆地定居下来后，发现朝廷统一的货币用处不大，大家都是拓荒者，以物易物比买来卖去更方便，于是把积攒下来的银币投入熔炉，把它们锤碾成银饰戴在身上。几百年过去了，这种习惯一点没变。他们本来是苏北一带的人，不知道的还以为他们是当地土著。”

桑原说：“银厂坝我知道。”

桑家政说：“那个毕业于黄埔军校的上校旅长，就是银厂坝的人。旅长的副官姓黄，多次到过银厂坝。一九四九年冬月二十一，旅长的副官来到银厂坝，说旅长已经到台湾去了，现在派他来接父老乡亲去台湾，家产能换成银子的都换成银子带走，不能换的就丢掉。因为他是旅长的副官，银厂坝的人都听他的，不但贱卖所有家产，还把所有银子熔炼成银锭以便携带。腊月初一，他们提前一个月过年，这天拜完菩萨，祭过祖坟，趁着夜色出发了。他们乘坐的是竹筏，为了互相照应，十多架竹筏连在一起，说是漂到乌江再换大船。竹筏漂到绿塘

峡，被横在河上的绳子拦住了，大绳不止一根，长短不一，竹筏是慢慢被拦住的。峡谷里伸手不见五指，没有人知道竹筏停了下来，也没有人知道几只小船正在靠近。离峡谷最近的人家也有七八里，因此没有人听见枪声。事情发生在午夜，峡谷里没有一个目击者。老老少少一百多号人，有的被打死了，有的掉到水里淹死了。只有几个运气好、水性又好的人潜入水中，往下游顺水泅渡了好一阵，才活着爬到岸上。

“幸存者跑到楚米报案，杨扭强立即带武工队赶往出事地点，并通知所有卡点注意盘查。这时已经天亮了，不时有尸体从水上漂来。武工队四百多人，差不多有一个营的兵力。他们在牛逢湾追上副官的人马，双方交了一阵火，副官和他的手下全是美式武器，但武工队人多，对地形更熟悉。武工队死了十几个人，副官的手下死了四个，他们缩到一个山洞里，武工队奈何不得。杨扭强派人借来迫击炮，往山洞连开两炮，总共只有两发炮弹，都打歪了。副官害怕了，爬出山洞往银厂坝方向逃窜。武工队紧追不舍，追到银厂坝，把他们全部干掉了。”

“银子呢？”

“刚开始没人知道银子不银子，银厂坝那几个幸存下来的人不说出来，恐怕永远也不会有人知道。区公所派民工沿河打捞尸体，以便就地掩埋，那几个哭爹喊娘叫破嗓子的人，也和民工一起捞尸体，捞起来就搜身，看银子还在不在。捞了三天，捞上来的尸体都被仔细搜查了一遍，一块银子也没找到。他们这才说，他们被旅长的副官骗

了。每个当家人都是揣着银子上的竹筏，多的上千两，少的也有二三百两。灭掉副官后，杨扭强带人在牛逢湾和银厂坝搜查了好几天，也没找到。是真没找到，还是找到了故意不说，这是个谜。腊月十九，黔北十几个县都解放了。后来武工队裁员，成立楚米区治安队，杨扭强仍然是队长。杨扭强这人脾气大，胆子也大。原先打算等他去重庆学习回来，不让他当治安队队长，凡是摸枪的职务都不让他当，准备让他当农林科科长。他中途回来没人知道，梁大匀汇报后还没人相信，打电话到重庆了解，才知道是杨扭强真的逃学了。杨扭强原先是保警队队长，四九年六月的一天，他和兄弟杨扭高把石径乡的乡长杀了，起因是杨扭强敬他酒他不喝，杨扭强认为乡长看不起他，第二天把乡长和乡长的保镖都杀了。他躲了三个月，四十九军八二五团团长练可白是吉水人，九月份回来招兵，杨扭强化名李明强去参军，因为会操练队伍，当了个营长。这年十月初，杨扭强听从地下组织的安排搞武装暴动，把人和枪分离出来，以'大青山游击队'为旗号，杨扭强任司令，在凤冈、思南、德江三个县，把政府军打得顾得了头顾不了尾。地下组织成立城关、楚米支部，同时在各乡成立武工队，杨扭强将人马带回楚米，成立楚米武工队，自任队长，楚米武工队就是这么来的。"

"这个武工队有点复杂。"桑原说。

桑家政说："这个人要是不死，在一次又一次的运动中，不是他整死人，就是人家整死他。"

六

桑原看到高速公路旁的巨幅广告:我们是真心的。是本地一个商厦的招商广告。这句广告让桑原一下内疚起来:这么多年来,父亲都在认真讲述,但没有一个人认真听,包括他最欣赏的儿子桑原。桑原在石径公社前进大队上小学那几年,桑家政多次带他去团林养猪场看望梁大匀。养猪场是团林供销社的,是社会主义的养猪场。梁大匀穿了件蓝色大褂,这件大褂是供销社发的劳保用品,使他和生产队的饲养员一下区别开来。生产队的饲养员只能穿自己的补疤衣服,并且没人叫他们饲养员,而是叫他们喂猪的。饲养员这个名称不仅多了几分文气,而且供销社是公社的,他还是拿工资的人,比生产队喂猪拿工分的人要高贵得多。至少在农民的眼里,他是高贵的,尽管在公社干部的眼里,他和农民没什么区别。这一点还连带影响了猪圈里的猪。供销社养猪场的猪能吃上公社食堂的潲水,生产队养猪场的猪只能吃清水煮野菜。农民家里的潲水留给自己养的猪吃,对集体主义的猪爱莫能助。体制的厉害,农民也感受到了。生产队的社员忍不住感慨,当猪也要当公社的猪啊。

桑原也喜欢公社的猪,他每次去,梁大匀都要从猪圈捉一只公猪仔,把睾蛋劁下来,用菜叶包好烧给他吃。确实香,但肉太少了,桑原总是感到意犹未尽,暗想什么时候吃个二十副,吃个心满意足才好。这只劁给桑原解馋的公猪仔是梁大匀有意留下的,劁晚了,体瘦毛

长。梁大匀说，再不去势，它就要祸害猪场的母猪了。祸害的含义，桑原听懂了，夹着双腿不敢动，直至那股势力隐退，才松下身体，貌似什么也没发生。梁大匀经常把小猪仔装在蓝色大褂的口袋里。这是刚生下来、抢不到母猪乳头的小猪，梁大匀把它们拣出来单独喂养。等它们有竞争力了再放回猪群。小猪仔的嘴筒子搭在口袋上，眼睛眯缝着，不停地哼哼叽叽。梁大匀的女人名叫朱惜粮，她把定量糖票买来的白糖化成糖水给小猪吃。这个耐性十足的女人给小猪喂糖水时满脸慈爱，轻声责备小猪把奶嘴咬坏了，这种橡胶奶嘴连楚米都没有卖的，要请人从遵义带回来。

桑原听人说，朱惜粮以前是大户人家的小姐，原先的夫家是楚米镇的地主老财，楚米河两岸的土地有一半是他家的，镇上榨油房和粮店也是他家的。一九五〇年八月搞反霸斗争，老地主被枪毙，财产被没收，朱惜粮的男人、老地主的独生子既怕又想不通，在一天夜里上吊死了。当时叫“死得好”，后来叫“自绝于人民”。这不是为了说着好玩，而是赋予政治色彩后具有毋庸置疑的合理性。几年后，梁大匀不顾闲言碎语，把朱惜粮娶了过来，不准别人再叫她地主婆。这中间有怎样的惊心动魄，桑原并不清楚。父辈们的一生，个人的惊心动魄和历次运动紧密相关，没有经历过这些运动的人，永远不可能真正了解和理解。就像梁大匀大褂口袋里的猪不可能理解生产队猪栏里的猪。

别人怕梁大匀，桑原一点也不怕。有一次为供销社烘烤蚕茧，火太大，蚕茧烤出油了，油滴在火上引燃烘架，烘架引燃烘房，梁大匀在

救火时脸被烧伤，半边脸烧烂了，还瞎了一只眼睛，不认识他的人猛然看见这张脸，都会被吓一跳。而朱惜粮是如此漂亮，她的面容、她的声音、她的步态，不但让人感到欣悦，还会让你面呈谦和，好像她的长相能在别人心里分泌出一种甜蜜的成分。

梁大匀和桑家政说话、喝茶，出其不意掏出劁猪刀，飞刀将板壁上爬行的苍蝇切成两半。桑原用一片断锯做了一把短刀，偷偷练了几个月，能勉强把刀扎在板壁上，没有准头，想扎哪儿，偏偏扎不准哪儿。桑家政见他练飞刀就呵斥，嘴上说不能破坏公物，心里其实对掷飞刀很轻视。梁大匀飞刀掷得那么好，这辈子过得这么惨，他不希望儿子的人生像梁大匀那样糟糕。

桑原当时以为，父亲带他去见梁大匀，是因为他们是同学，是朋友，直到最近两年，他才知道，父亲找梁大匀是为了叫梁大匀寻找证据，证明他确实清白。但他不是以审讯的口气，而是以摆谈的方式，他们的交谈因此掺杂着日常生活，像两个有矛盾但始终骨肉相连的兄弟。梁大匀对寻找证据早就烦透了，他宁愿被冤枉，也不愿没完没了地被纠缠。

事情的经过，桑家政已经向桑原讲过至少三次，零星半点提到的次数就更多了。每次讲述，他都要强调，这是梁大匀说的。意思是在没找到水电报和银子之前，梁大匀的话只能作为参考，还不能作为结论。

七

梁大匀说，一九五一年四月，他在楚米治安队执勤。治安队院子里有一棵樱桃树，樱桃红透了，但谁也不敢去摘。院子是一个大地主家的，被治安队征用了。几个月前，那个自绝于人民的人就是在樱桃树上自行了断的。上吊前，他用斧头砍肚子，不知是下手太轻，还是用错了工具，倒在地上十余个小时断不了气。治安队的人听不得他要死不活的哼叫声，朝他家吼了一阵："不要叫了，要死好好死嘛，叫什么叫？"那天晚上，他吊在樱桃树上，终于遂了大家的愿，顺带也遂了自己的愿。是谁帮他吊上去的呢，凭他自己不大可能，很多人都怀疑是那个漂亮女人。这个问题没人深究，倒是治安队的人，不时仍旧听见绵绵不绝的哼叫声，总觉得那人死了还在跟他们作对，这更加坚固了他们对"地富反坏右"的看法：你不打他他不倒，倒了也阴魂不散。

梁大匀每次陈述，都要提到樱桃树，提到小地主的死。在他，不提就不知道如何开头，在审讯者这边，越来越觉得他同情阶级敌人，是非不分。后来他坚决把朱惜粮娶来做老婆，这种印象完全落在实处，这辈子永不翻身，即便是心软的人，也觉得他是自找的。他能用烧伤变形的脸和烧瞎的眼睛镇住闲言碎语，但镇不住一次次运动的冲击。

红透的樱桃没人敢摘，梁大匀也不敢，平常好像雷公的饭都敢

吃,对一个吊死在树上的男人,却是心存畏惧的。

有天傍晚,杨扭强站在樱桃树下向梁大匀招手,梁大匀被吓得头皮发麻,肚皮发凉。待他认出杨扭强,全身又一阵发热,骨头发软。

他从团林逃学出来就跟杨扭强一起杀人放火,武工队跟保安团和防剿大队作对,保安团是正规部队,官兵千余人,武器比武工队好多了。防剿大队人不多,但有各乡镇防剿中队配合,武工队不敢硬碰硬。武工队和他们作对不是打仗,而是偷袭,偷袭最常用的手段是杀人放火。杀对方几个人、放一把火震慑一下,钻进山沟躲上几天,再到别的地方杀几个人,放几把火。解放军已经横渡长江,保安团和防剿大队的确焦头烂额。

梁大匀叫了声杨队长,虽然认出来了,但他还想用声音确认一下。杨扭强打手势叫他不要说话。他背了一个帆布包,看样子他连家都没有回。杨扭强家里只有他一个人,他住的房子在楚米镇最繁华的地段,离那个界碑不远。房子也是治安中队征用的。梁大匀走到樱桃树下,不解地问:

“杨队长,你不是到重庆学习去了吗?”

他无法一下把这个平时威风凛凛,此时贼头贼脑的人合而为一。

杨扭强再次用手势叫他不要说话,同时用摆头和眼神叫他跟他走。离开治安队到楚米河,杨扭强净走小巷道。其时天色已晚,街上行人稀少。

走在村道上,杨扭强越走越快,梁大匀紧紧跟随,心想杨队长一定有重要的事情叫我一起去,他这么看重我,我一定要好好干。梁大

匀满头大汗，但他并不觉得累。羊肠小道一会上一会下，在夜色的笼罩下，他们像两只狐狸，上坡下坡一样轻快。几十年后，他一想到自己曾经屁颠屁颠地跟在杨扭强的后面，就感到耻辱，感到自己真他妈的贱。

杨扭强突然问梁大匀："你有几弟兄？"

梁大匀说："我有三个妹妹，一个姐姐。"

"你带枪了吗？"

"没带。"

"刀呢？"

"也没带。"

杨扭强没说话。梁大匀抱歉地说："我不知道要带枪，要不要我回去拿？"

杨扭强说："不用了。"

"那我去附近人家借支火枪？我认识一个猎人。"

"不用了。"

"是抓特务吧？"

"唔。"

梁大匀说，杨扭强叛逃后，他才如梦初醒，他带没带枪，带没带刀，一眼就能看出来，杨扭强这么问他，是怕他带着家伙，关键时刻于他不利。

半道上，两人总共就说过这几句话。县境几大匪首相继被击毙，土匪气焰已灭，小股土匪或龟缩山洞，或缴械投降，梁大匀因此设想，

不应该是土匪。加上去年十二月二十八日，县委紧急戒严令规定“行人、商旅必须持有村、乡通行证或路条方可通行”，这个规定让异己分子几乎无处藏身，还没被捉到的，往往是级别比较高的潜伏人员，他因此推断，他们这是去捉拿某个高级特务。

他对杨扭强的崇拜之情溢于言表，但一直有几分怕他。杨扭强身材不高，矮胖，走起路来像树桩在移动。梁大匀始终没搞清楚，自己为什么敬畏这个人。好像因为他是队长，好像因为他杀过人，好像因为他不爱笑，好像因为他发笑时突然收住笑，脸变僵硬的速度太快。几个月后，梁大匀在接受质询时仍百思不得其解：“我硬是没有想到他会当叛徒。”讯问者不耐烦地打断他：“什么叛徒？是不是叛徒不由你说了算。”

牛逢湾森林茂密，黯淡的星光被树枝遮挡住了，树林里没有路，但杨扭强像长了夜眼一样，在树丛中拱来拱去，非常灵活。梁大匀的衣服被荆棘挂破了，手背和脸也被挂出血了。被荆棘挂住时，他没时间停下来解开，只好凭蛮力往前拽，衣服拽破，荆棘扯断，两败俱伤。他们碰到野猪，碰到岩羊，碰到狗獾，它们全都躲开了，被他们的莽撞吓坏了。梁大匀很兴奋，想到回去后向同事吹嘘今晚的夜行，他几乎要笑出来了。刚才疾走了四个小时，现在又在树林里拱了两个小时，杨扭强直起腰，说了声：“到了。”梁大匀感到眼前一亮，才知道已经走出树林，到了一个斜坡上。

梁大匀还没明白“到了”是什么意思，长满乱石的斜坡上除了光滑的石头，只有杂草和灌木。杨扭强爬上一块石头，继续往斜坡上前

进。在这些光滑的石头上攀爬,并不比钻树林容易。这些石头在月光下看不出什么,爬上去才知道有青苔,如果脚下打滑,骨头碰在石头上,要比荆棘抓破皮肤痛多了。杨扭强摔倒两次,他大声咒骂着,咝咝咝地吸气。梁大匀替他揉了两下,反被杨扭强踢了一脚:“操你妈！你要给我弄断呀!”杨扭强坐在石头上,因此没踢上劲,但梁大匀浑身发软,委屈和耻辱同时让他不知所措。他低声下气地说:“我轻点。”他之所以低声下气,除了上下级关系,还有平时积累的尊重。杨扭强没理他,只顾咝咝叫。他正要伸手去揉,被杨扭强挡开了,杨扭强勉强笑着说:“摸都摸不得。”等杨扭强痛得不厉害了,他们才继续往前走。

凭杨扭强旁若无人的叫骂,梁大匀感觉出来了,他们不是来捉拿什么人,而是来拿什么东西。这让他泄气。他快乐的心情大大减退了,他不高兴地想,拿什么东西呀,半夜三更的。正这么想着,踝骨突然被一块侧凸的石头狠狠碰了一下,痛得他抱起脚原地转圈。杨扭强没有等他,更没回头问一声,他自顾自地攀爬着,四肢着地,不时像狗撒尿一样翘起一条腿,是那条痛腿,他的膝盖还不能随意弯曲。帆布书包阻碍攀爬,但他没有丢下它。

梁大匀一瘸一拐地跟上去。在斜坡的尽头,是一道两丈余高的绝壁。在绝壁左下侧,是一个山洞。梁大匀想起来了,这是几个月前他们从龙泉区借迫击炮,两炮都轰歪了的山洞。刹那间,梁大匀感到紧张,他不是怕洞子里有敌人或者野兽,而是从樱桃树下见到杨扭强起,到此时为止的反常行为,他感到很乱。眼前的一切是明确的,却

不知道这意味着什么，脑袋像被大太阳晒烫了一样，用不上劲。“他会不会害我？……他害我干什么？他要是害我，我可不怕。”这话在脑子里转了一圈，他觉得自己蠢极了，就像这话是别人强行塞进他脑子的，把聪明的想法取走了，把愚蠢的想法塞进来。

从加入武工队到现在的治安队，已经有两年了。两人平时直接接触并不多，梁大匀打仗时很勇敢，如果骚扰保国民兵队也算打仗的话。杨扭强从没单独给他下达过什么命令。今天只有两个人，走了这么远，没别的人，就两个人，才会有受宠若惊之感。梁大匀发现了这一点，顿时感到害臊。他的脑子终于清醒了一点。他听别人说起过杨扭强的为人，下得去手，并且下手重，其实就是心狠手辣，但没人用心狠手辣这个词。以前，梁大匀不关心这方面的情况，觉得和自己无关。但是现在……“我想多了，想到哪里去了！”他又一次埋怨自己愚蠢。

杨扭强要在洞子里烧一堆火，必须去找干草和干柴来。没东西做火把，但洞子不深，烧一堆火可以勉强照见洞子深处。梁大匀找到一根干柴后心里轻松多了，仿佛因为有了这根干柴，一切又应另当别论。

火镰和火石碰撞的火花把火绒点燃后，梁大匀比刚才更平静了。他想，有本事的人脾气都不好，自己脾气其实也不好。

山洞像一张扁嘴，不高兴似的向下弯，变成一道窄窄的石缝。一根拳头粗的干柴燃起来后，杨扭强把它拿起来，但火苗一会儿就熄了，任凭他用力划动，红色的火头越来越暗淡。他懊恼地把它重新丢

进火堆。洞子里布满大大小小的石头,石巷时而宽时而窄,弯来拐去,火苗闪烁不定,即使火苗能立起两尺高,也照不见多远,光线被乱石槛挡住了。细棍和干草蹿起的火苗高,但只能保留短短十几秒钟。粗大的干柴火苗很低,但持久、稳重,烤火很好,用来照明不行。

杨扭强和梁大匀用干草树皮绑了两支长长的火把,预备一支点着进去,一支点着出来。直到这时,梁大匀仍不知道进去干什么。他想问,但他看出来了,杨扭强不想和他说话。他很急躁,动不动就大声呵斥,嫌梁大匀动作太慢了。他大声呵斥时倒也不是发火,而是想尽快离开这里。梁大匀看出来了,队长很兴奋,但同时又好像在为什么事担忧。

山洞不深,他们打着火把只走了十几分钟,就到了一个腭腔似的洞厅。杨扭强搬开几块乱石,三个箱子露了出来。杨扭强抑制住狂喜,把其中一箱拖到洞厅中央。箱子不大,但很沉,他望着它们笑了。这是几个小时以来,梁大匀第一次看见他笑。

“知道这是什么吗?是黄副官从银厂坝那些人身上搜来的银子。黄副官打死了带银子的人,我们打死了黄副官。”

“这么多?”梁大匀说,他也抑制不住兴奋。

“银厂坝本来就是以银子多出名嘛。”

杨扭强用石头把箱子砸开一个洞,取出几块看了看,然后用一团草把这个洞封起来。这些银子的大小和形状都不一样,有的是条状,有的是砖块状。箱子上的每块木板都有字,内容相同:

乖戾之帮　侵我疆土　杀我同胞　我等岂屈膝之辈　今制此书　高鸣金鼓　诛杀倭奴　急急如律令

抢劫银子的人抢了银子，用受害人携带的水电报钉成箱子，箱子有点像弹药箱，只有当过兵的人才会做成这种模样。水电报正面是檄文，背面是符咒，檄文用毛笔书写，隶体，符咒用朱砂所画，字图相兼。用朱砂画的咒叫朱砂咒，咒语是“丹石镇凶魔灭鬼崩研书灵符三界通行急急如律令”。那位上过黄埔军校的旅长制作的水电报还没发完，日军已退出黔南。银厂坝人把他们带在身边，是想到了台湾后，把它当成和旅长认亲的凭证。

水电报上的文字梁大匀一句也没记住。他看见文字就像小人看见君子一样，始终无法亲近。到了一九八七年，桑家政在县文化馆看见后，只看了一遍就记住了，回来写给梁大匀，问是不是一样的。梁大匀说：“看个鸡巴。”无论桑家政说什么，他就是不看。

杨扭强和梁大匀把三箱银子搬到洞子外面。见到银子后，杨扭强的脸色好看多了，心也软多了。他把青藤和茅草放火上燎了一下编成绳子，找来一根粗壮的干柴当扁担，像补锅匠一样把银子挑起来。他叫梁大匀扛剩下那箱，一会两人再交换。梁大匀说：“你先走吧，我歇会再走。”从钻进山洞开始，他的瞌睡就来了，他极力克制着，掐大腿，从草叶上捋来露水洗脸，搓耳朵。现在，既然东西已经找到了，就不必忙了，他想，应该好好休息一会再走嘛。他的计划是先休息一阵，然后去农户家讨点吃的。杨扭强挑着两个箱子走了七八丈

远,见梁大匀没跟在后面,他放下担子跑到洞口,发现梁大匀睡着了。他没像平时那样生气,踢他两脚,或者吼他两声。他悄悄扛起箱子,准备一个人把它们转移到河边。他走了几步,觉得这样不好,不能留后患。他放下箱子,找了块石头,准备照梁大匀的头打下去。梁大匀正在做梦,梦见桌子上有一碗肉,但离他有点远,他要把它搂过来……正在这时石头落下来,梁大匀顶在下巴上的手滑开,脑袋歪了一下,石头打在他的肩膀上。“有人打我?我抢了人家的肉?”梁大匀迷迷糊糊,看见一个黑影在面前晃动。杨扭强再次捡起石头,梁大匀本能地连滚带爬,石头砸在腿上,躲过了第二次致命袭击,听见石头撞骨头的响声,他心想骨头一定碎了,但他感觉还不是很疼。看见杨扭强正在到处找石头,他愤怒地问:“你要干什么?”杨扭强对自己没能把梁大匀解决掉很恼火,而梁大匀更多的则是吃惊,不知道出了什么事。他躲闪时顺手抓起一块石头,如果杨扭强再扑过来,他将不问为什么狠狠朝他的脸砸过去。他紧紧地盯着杨扭强,非常生气,但更多的是想不通,想不通自己的队长居然这么凶狠地打自己。他感到肩膀疼,腿更痛,但他不能让杨扭强看出来,若是杨扭强知道他的腿已断,杨扭强完全可以扑过来掐死他。杨扭强见解决梁大匀的最佳时机已经错过,垂下双臂,放松绷紧的四肢,像屠夫承认待宰的大牲畜很难对付一样朝梁大匀点了点头说:

“银子太少了,只有三箱,要是再多两箱,我可以带你走。但是太少了,我不能带你一起走。不能带你一起走,就不能让你活着回去。”

梁大匀听不懂这话是什么意思,这和要他的命有什么关系,他已

经看出来了，杨扭强不是打他几下就算了，而是想要他的命。杨扭强见梁大匀仍然像傻瓜一样看着他，就皱着眉头说：

“你还没看出来吗？我要带着这些银子走。”

他的表情似在说：“梁大匀你太傻了。”而梁大匀被他单纯的流氓气息搞得更糊涂了。

“你要去哪里？”梁大匀干巴巴地问。

“我要去台湾。”

“去台湾？你不当队长了？”

听梁大匀的口气，仿佛队长是所有人梦寐以求的职务，是可以光宗耀祖的位置。杨扭强以少有的耐心告诉梁大匀：

“银子在这里不值钱了，因为这里解放了。只有在台湾才值钱，在这里它们不是银子，它们是废铁，只有到了台湾，它们才是真正的银子。”

梁大匀总算明白了，想到刚才杨扭强险些要了自己的命，他感到很委屈。他说：“你要去台湾你去你的，你杀我干什么，我和你无冤无仇。”杨扭强对他的鲁钝感到不可救药，要不是刚才打了他，他都不想再讲废话了。他冷冷地说：

“你和我确实无冤无仇，我怕你去报信。三箱银子，我不能挑着它们走，只能走水路，走出本县地界再走旱路，到时候用一箱银子做路费，剩下的两箱挑到台湾。但水路太慢了，你要是回去报个信，他们打个电报就能派人在下游截住我。上岸后就不怕了，他们不可能知道我走哪条路。”

梁大匀的脸先是发白,然后发红,豁然明白的刹那间,他难过极了。因为他没有想到要去报信。如果杨扭强一个人走了,他醒过来只会内疚,为自己没跟上队长而自责,哪会去报什么信。他觉得杨扭强根本不了解自己的为人,杨扭强的所作所为无疑是对自己人格的侮辱,这让他既委屈又愤怒。从这以后的几十年,他一想起这事就难过,就想把大地砸个窟窿。

“现在懂了吧?我刚才想杀人灭口,没料到你突然歪了一下。既然现在灭不了口,我不能让你空着手回去,这箱银子你拿一半,剩下的你用衣服包起来。我不光要带走你的衣服,我还要带走你的裤子和鞋子,你只能打光胴胴,”杨扭强笑了一下,为自己想到如此两全其美的办法感到得意,“你敢光胴胴走,你拿不了银子,你不敢光胴胴走,天黑了再回去,这个时候我多半上岸了,你报信我也不怕了。”

梁大匀不说话,他不知道说什么好,他的想法和杨扭强的想法背道而驰,统一不到相同的道上来。杨扭强急躁地说:

“我看你也是条汉子,干就当的一声,不干就宕的一声,干脆点!”

梁大匀紧紧地攥着石头,但苦衷已经被他消化完了,用他自己的清高消化的,他说:

“你走,带着所有的银子走,我不要,我也不会去报信。”

“这不行,我不相信你,你得把衣服脱给我。”

梁大匀忍无可忍。他不恨杨扭强打他,他恨他不相信他,这比打死他更糟。他吼道:

“我叫你走你就走,你这个杂种。”

见杨扭强懵头懵脑，他更自信了，他咆哮起来：

“滚，你给我滚，再不滚我整死你。”

杨扭强将信将疑，但他既杀不了梁大匀，又舍不得银子，加上就要天亮了，山湾坡畔的勤快人就要起床了，杨扭强只好抱起银子，几步一回头，直到钻进树林，他的心才落下去。在树林里，他把银子扛在肩上，沿着猎人踩出的小路奔跑起来。

杨扭强离开后，梁大匀坐在石头上。他想忘记这一切，好好睡一觉。他闭上眼睛，右手托住下巴，就像杨扭强倒回来前一样，眼睛一闭上就睡过去。这么“睡”了几分钟，一点睡意也没有，腿和肩哪怕轻轻动一下，疼痛就会立即恶狠狠地制止他，不准他动。但睡不着的原因不是疼，而是暴风雨般的思绪，涌上心头的难过和难堪。他时而想起刚参加游击队的情形，时而想起父亲、母亲，想起燕毛顶，想起治安队。他离开团林学馆加入游击队没敢和家里人说，过了三个多月，父亲梁丙安知道了，用斧头把木瓦房的五根柱子都砍断了。梁大匀没有兄弟，只有姐姐妹妹，也就是说，这木瓦房将来是他的。父亲一气之下，把五根柱子全砍断了，父亲不准备留给他了，说他吃阎王饭，哪里用得着住房子，只有棺材给他住！木瓦房二十根柱子，父亲只砍了五根，是因为他砍累了，也气疯了。后来游击队改成武工队，继而变成治安队。按说，梁大匀这算是有了正式工作了，但父亲仍然不想见他，他放出话来：“我心里早就没有这根人啦，我不知道他是哪个丘二丘三。”

“我今天差一点就死了。”他对自己说，仿佛这可以抵消父亲大部

分怨恨。这么一想，他的眼泪滚出来，第一次觉得对不起父亲，第一次希望得到父亲原谅。“爹。”他泣不成声。他一抽泣，肩和腿都痛，他抹干眼泪，不哭了。他对杨扭强的恨越来越激烈，他要报复，要把他碎尸万段。

天色已经大亮，隐约听见牛羊的叫声。梁大匀一下着急起来，心想不行，不能让杨扭强就这么拿着银子跑了，这样太便宜他了。他激动地想，妈的，想这些屁渣事有鬼用，白耽误时间。他找了根干柴当拄路杖，沿杨扭强消失的树林追赶起来。想到杨扭强一旦上船，他就再也追不上了，要是到了台湾，他一辈子也追不上了。他相信杨扭强只要坐到船上，就能轻松到达台湾。几年后他才知道，杨扭强到台湾的概率非常小，小得几乎没有可能，但在当时，他不知道，即使知道也不会相信，因为杨扭强是个无所不能的人。“路神，你保佑我呀。”他想到楚米镇那个界碑，虔诚地祈祷着。

梁大匀赶上杨扭强，不是梁大匀跑得快，而是杨扭强太慢了。他扛着一箱银子走到先前的两箱银子处，以为这下好了，他娘的这下什么问题也没有了。但他随即发现麻烦，把两箱银子挑到河边再来扛这一箱不但耽误时间，还有可能被偷走。谁不稀罕银子呢？在他心里，知道这是两箱银子而不把它拿走是不可能的。虽然这会树林里没什么人，但他就是不放心。作为一个在山区生活多年的人，眼前的问题没有难住他。他找来一块石头，把它加在担子上，再把刚才扛来的这一箱加在另一头，这样就平衡了，可以挑着走了。虽然担子很沉，双腿打闪，腰部胀痛，但比来回搬运快多了。他感觉三十多年来，

杀人、打仗、赌钱,都没有此时此刻这么好,这么实在,这么愉快。这么多银子啊,这么沉,他感到愉快,愉快的感觉刚蔓延到全身,挑银子的木棍咔嚓一声断了。树林里找不到这么结实的、不用刀砍就能弄来的木棍。他只好放弃快捷与简便,一箱一箱地非常耐心地把它们转移到河边。转移时,他不敢走得太远,两点之间都要在视力之内,这样一来更慢,但这让他放心。在牛渡河一架碾坊下面,他看到一只小船,他高兴地想:太好了,老天爷对我太好了。虽然他平时很少去想老天爷是谁,住在哪里,但此时他由衷地感谢他。

河面不宽。

梁大匀承认,他把一根竹竿当成标枪向杨扭强投去时,他并没想到这是为了什么人,或者要把那么多银子留下来交给谁。他只是不想让杨扭强得逞,不想让他轻而易举就跑到台湾。碾坊外面立着一捆竹竿,是几天前砍来准备放在腌坑里造纸的。梁大匀扯断捆扎竹竿的篾条,选了两根一跳一跳地朝河边走去。杨扭强已经把船撑到河心,有四五十米远,他对能否扎中他没有把握,但他奋力一掷,竹竿得心应手,扎中了杨扭强的背心。杨扭强晃了几下掉下水。竹竿头像枪尖一样锋利,勤快人一刀下去砍出的斜面,此时变成了利刃。杨扭强都倒下去了,竹竿飞在空中的嗡嗡声还在梁大匀耳边回响。在和桑家政或者别的什么人说起这一段时,梁大匀最喜欢讲他掷出标枪时有多么解恨,多么潇洒。虽然他不善表达,但他认为这是整个事件的核心。

梁大匀不知道杨扭强是淹死了,还是被他杀死了。他爬到船上,

一个懒人翻身躺在船里，任船漂流。他不知道漂了多久，也不知道漂到了哪里，只知道这样漂下去，自己要么饿死，要么痛死。船漂到在他看来比较安全的地方：没有人看见，离村子又远。他让船靠岸，把三个箱子搬到岸上。他那不叫搬，而是举着箱子往岸上丢，三个箱子都摔破了，只能勉强把银子管住。爬到岸上，把船放走，然后选了一个洗衣盆那么大的泥窝，把箱子码好，将别人整地割下的荆棘杂草拖来盖上去，不管泥土石头，只要是能用手刨得动的，他都把它们拿来压在荆棘杂草上。最后，为了不让人靠近它们，他瘸着一条腿，歪在上面解了个大便。很想多拉点，可他费了半天劲，还是拉得不够多。

做这一切时，他还很清醒，做完后，感到非常虚弱，又累又饿又痛。他没有回楚米，而是拄着棍子往老家走，仿佛只有回到他的老家燕毛顶，才能找到接骨的医生，才能有饭吃，才能放心地好好睡一觉。两个月后，他的伤大致痊愈，他回到了楚米镇。治安队已经撤销了，县公安局成立后，下设秘书、治安、侦查、审讯四个股和一个武装保卫队。区一级只设公安助理员。公安助理员已经有了，不可能增设，鉴于他反映的杨扭强和三箱银子的情况，令其协助调查，有事随叫随到，没事可以待在家里，离开楚米境内要知会。让他没有想到的是，银子再也找不到了，刚开始他还确定在哪一段寻找，后来一会说这里，一会说那里，楚米河每年都要涨三四次大水，大水每次都要多多少少改变一下河岸的模样，时间越长，他越说不清究竟在何处。因为说不清楚也找不到，他想去当兵，想去朝鲜打仗，武装部没有批准。当兵没被批准，但一九五五年审干，一九五六年肃反，一九五七年整

风“反右”,一九六九年进五七干校劳动改造,每次都少不了他。最后连他自己也习以为常了,八十年代在楚米畜牧站工作,他不无感叹地对别人说:“只要有运动,不整我整哪个呢?”

八

还没进入吉水县境,天就黑了。离开高速公路后,要横穿两个县才能到达楚米镇。天黑下来后,桑原不那么着急赶路了。那种出大事、不可挽回的恐惧感轻了一些,虽然他对父亲的死深感悲伤——他想父亲肯定死了,现在的问题是到哪里去寻找遗体,找不到遗体丧事又该怎么办。三十多岁时,他特别害怕过四十岁生日,觉得过了四十就老了。现在,离五十也不远了,他不怕过五十岁生日,却害怕父母去世,仿佛父母一旦离世,就像前面的士兵已经倒下,就要轮到自己了。正是这种唇亡齿寒的隐忧,使他行住坐卧都比前些年稳重。

审查梁大匀是一九五一年年底,桑家政从民政科调到武装部后第三个月的事。在楚米区政府一间漏风的办公室,公安局侦查科两位干事煞有介事地坐在办公桌后面,桑家政作为记录员坐侧面。梁大匀进去时满不在乎,虽然事先已经告诉过他,这次审问与上次不同,这次记录要存档,他仍然摆出要杀要剐随便的架势。与桑家政对视的瞬间,他愣了一下,脸红了,但随即露出不屑,似在说:“桑家政你算老几?”他第一次向公安助理讲述时讲得很细,绘声绘色,显示他英

勇的地方不无夸张。他没料到还要他讲，更没料到无论他讲多少次都不能证明自己是清白的。这次有点不同，杨扭强的叛逃已经被证实，据前不久捉拿到的一个少将交代，杨扭强拿走了他潜逃台湾的路线图。少将是在川黔交界的崇溪河被抓住的，杨扭强所在的学习班参与了抓捕行动。抓捕行动第二天，杨扭强不辞而别。但吉水县这边，有关部门过了大半年才得知这个情况。上级把任务交给两位侦查员和从武装部借调来的记录员，叫梁大勺好好交代，如果没有别的问题，这次交代清楚了就结案，恢复其工作。也就是说，是否恢复梁大勺的工作，是他们三个人说了算。

审查结束后，公安局侦查股两个人觉得没什么问题了，他们本来可以不征求桑家政的意见，因为他是借调来的，但出于礼貌，他们问他有何看法。不知是出于一时的政治热情，还是年轻人冲动，或者上学时对梁大勺那点不好的印象，桑家政说："我认为恢复工作可以，但不能在公安部门工作，三大箱银子毕竟没有找到，他大白天放在那儿的，不可能连地点都指认不清楚。另外，杨扭强虽然可以认定为反革命分子，但活不见人，死不见尸，也说不过去。"因为桑家政这两句话，梁大勺被安排到供销社，并且因为问题不清，从这以后成了无产阶级专政的对象。

桑原同意父亲把楚米榨油房买下来，正是因为他知道父亲寻找水电报，是为了赎罪，是在忏悔。但他不能告诉母亲，不能告诉兄弟桑树。他觉得这是秘密，他觉得如果大家都知道父亲在赎罪，在忏悔，父亲的形象会受到影响。桑家政没敢说他找的是银子，只说在找

水电报，是怕一旦有人知道他找的是银子，势必会引发寻宝热，把河岸挖烂。对他来说，不管挖到水电报，还是挖到银子，都能消除他内心的愧疚，都能还梁大匀公道与公正。

“父亲带着愧疚之情而死，他的灵魂一定会感到不安的。”桑原想，父亲的灵魂不安，自己也会因此不安。人最终剩下的，不过是黄豆那么大一撮磷和绿豆那么大一点铁。桑原又想起这句话，不安的灵魂有多重呢？找不到那么小的砝码或秤砣去称量，但比所能剩下的磷和铁又要沉重得多。意识到只有人到中年才会这么想，才会去想磷呀铁的，桑原突然间既感伤又严肃，泪水涌上眼眶，不是为父亲失踪，不是为自己老之将至，而是为突然之间产生的柔情和庄重。

桑家政在一九五七年就寻找过水电报，但当时运动一个接一个，一会被别人斗，一会斗别人，没法按计划寻找。有计划寻找是从一九七九年开始的，从石径公社调回楚米没多久，他就开始沿河寻找。当时是暗中进行的，带一根渔竿，对人说去钓鱼。像总是挨打又总是唤回来看家或者舔残羹剩饭的狗，他对一切都还不敢相信，认为自己必须保持警觉，用眼梢观察主人的棍棒和扫帚。这年三月十二日，县委书记在全县“四干会”上宣布：对在“文化大革命”和历次运动中遭受错误处理和批判的刘××、桑家政等三十七个干部恢复名誉，予以平反；对一九六六年至一九六九年之间被戴上的“叛徒”“特务”“走资派”“反革命修正主义分子”等帽子宣布一律无效；对一九六四年以来新划的“地主”“富农”成分一律废除无效。会后，有几个人在食堂一角庆贺平反摘帽，桑家政听见一个声音冷冷地说：“哼，有什么值得

高兴的，帽子多得很，想什么时候给他们戴上，随时就可以戴上。”桑家政顿时感到自己热乎乎的心被冷水激了一下，原打算把梁大匀的事情写个材料，向有关部门反映一下。这个阴冷的声音让他很不舒服，但他同时带着感激之情，觉得这是非常重要的提醒：是呀，这样的帽子要多少有多少。

有时真钓上来几条鱼，这就是桑原和桑树的节日，他们把背鳍和尾鳍剪下来贴在墙上，不无得意地向亲戚和朋友展示他们的美好生活。桑原在他的作文中写道：“楚米河是一条西去的河，每时每刻，河水和太阳都在比着西去的速度，白天太阳赢了，晚上河水赢了。爸爸在河里钓鱼，爸爸钓到了鱼，我们全家就赢了。”

桑原赶到楚米镇，没管桑树和镇里面的领导，先到榨油房看了看。房子果然被冲走了，只剩几根铆桩，有两根铆桩上留着扯断的钢绳。“爸爸……”桑原在心里默念，他并不比接到噩耗时更难过，虽然他仍然很难过，现在更多的是觉得不可思议：父亲怎么说没有就没有了呢？怎么这么简单，这么突然？在街灯的照映下，楚米河泛着粼粼波光，波光遮掩了河水从未停息的奔流，以至河水翻过堤坝轰然跌下去后，飞溅的水花呈现的不是欢腾，而是绝望。

桑树和镇里面的领导在饭店等桑原吃饭，他在电话里告诉他们不要等，但他们没有答应，仿佛不等他一起吃饭，今天的事情就不好交代。他进饭店后看到的情景却又与这种印象完全相反，他们在打牌，有几个在打麻将，有几个在斗地主，桑树在和他们斗地主，完全看不出失去父亲的悲伤。桑树是县交警大队队长，身材高大，发黑的脸

皮上有几颗红痘，下嘴唇比上嘴唇长，往前撮着，叼着烟打牌时，那烟好像随时会掉下来，实际上从未掉下来过，这同时也暗含他对生活的理解：有啥子嘛，没什么可怕的，不用着急。

桑原对其他人打牌打麻将完全能理解，因为桑家政不是他们的父亲。桑树叼着烟眯起眼睛发牌的样子让他很不高兴，觉得这家伙真是没心没肺。吃饭时镇里面领导要上酒，桑原坚决不喝，他平时喜欢喝，现在坚决不喝是为了表达他对刚才的所见不满，尤其是对桑树的不满。

杨镇长把他了解的情况向桑树介绍了一遍，大多不是他亲眼所见，是综合各方面情况的结果，其他人补充时有些方面说得更细，但所有人都不知道，老爷子到底在哪里。从目前的情况看，既不能肯定老爷子已经死了，也不敢说他还活着。那么大的水，卷进去再爬上来是很难的，何况一个老人，只有寄希望于发大水时老爷子不在榨油房。桑树说："以前遇到这种情况，只好埋一个衣冠冢。"桑原不客气地赏了他一句："什么衣冠冢？你敢确定爸爸已经出事了？说不定他根本就没死！"桑树讪笑道："我哪敢肯定，没事更好，我是怕万一。"在场的每个人都明白，不是万一，出事的可能是一万，没出事的可能才是万一。

有几个人本来约好饭后继续打麻将的，桑原的表情让他们放弃了。杨镇长带桑原和桑树去住宿。杨镇长抱歉道，这是楚米最好的宾馆，但和遵义、贵阳的宾馆没法比，条件有限，请桑原桑树原谅。桑原说，没关系没关系，和以前相比，已经好多了。他暗想，只要父亲没

事，自己睡草窝睡大街都行。如果能用自己的苦行换回父亲的平安，他愿意接受一切苦行。不过，这苦行要不知名的神给的才有用，人给的，也许一点用也没有。

桑树进卫生间冲凉去了。桑原推开窗户，发现不远处的大街中间，是界碑所在的位置。刚才他们是从后门上来的。大街上的建筑早就变样了，但界碑的位置他一下就认出来了。小时候，即使是和同学在这里打架，不管谁先发现到了界碑附近，都会停下来，绕开这里再打。桑原从没有踩过那块大晴天也湿漉漉的水泥地。杨镇长送蚊香进来，桑原问他知道不知道路神的传说。杨镇长是外地人。

“我一来就听说了，”杨镇长笑着说，“他们告诉我，凡是来楚米当镇长的人，首先要给路神烧香，请它保佑大家和谐共处，否则，打架扯皮的事情多得很。”

“你烧了吗？”桑原问。

“我没有烧。”杨镇长说。他抛了支烟给桑原，烟点燃后又去点蚊香。桑原看出来了，杨镇长烧过香。他想，不必也不应该点穿。他说：“我还是第一次听到这种说法，不过我见过有人给路神烧香。我小时候，过年那几天，有人在那里立一个三角桩，在三角桩上挂一块红布，香和纸在烧三角桩下面。我至今不知道这是谁烧的，当时烧香是迷信，不能被人看见。”

杨镇长笑了笑。桑原说：

“我一直不太相信这个传说，埋死人有可能，埋活人怎么可能呢？不管他是乞丐，还是流浪儿，毕竟是一个大活人呀。”

“我听说是关在下面,不是埋下面。”杨镇长说。

“关在下面和埋有什么区别呢?人还活着,等于埋了还没有死。”桑原说。

“是残忍了点,不过对惩戒坏人确实有用。”杨镇长说,“据说从那以后,至少十年,楚米没发生过一起偷窃案。”

“这和偷窃案有什么关系?”

“关在下面的是一个江洋大盗啊。”

桑原笑了一下,没有继续问下去。杨镇长走后,桑原在窗前站了很久,到桑树洗好上床睡着他也没离开,他看着那块地方,希望得到点启示,他希望路神显灵。同时又想,这是不可能的。街上的房子变化这么大,住在这街上的人,变化就更大了。但有些东西是不变的,要不然不会一眼就认出来。不管当初埋下去的是乞丐,还是流浪儿,甚至什么江洋大盗,楚米人的恐惧感是不变的,那块界碑埋到他们心里去了。

第二天早上,桑原和桑树沿河走了十余公里,向岸边的人打听,有没有看见一架房子和一个人。走完这一段,没法再往前走了,河流深切下去,两岸是陡峭光滑的石壁,并且在几公里处汇入乌江。乌江是贵州最大最长的河流,河水湍急,壁立千仞,没办法沿河寻找。桑原记得小时候,有一个当兵的回家探亲,过河时涨大水,被大水卷走了,两个月后,尸体在武汉被打捞上来。得到确认,是因为他的制服上有编号和姓名。从楚米到武汉,中间要经过涪陵、万县、宜昌、荆州,多么漫长的旅行啊。如果父亲也在这条河上旅行,何处才是终

点？是南京、上海，还是太平洋？桑原觉得不应该这样想，这不吉利，可越想回避，越是想得更多。父亲的遗体被打捞上岸，是不会有人认识的。如果是这样，也许不要打捞，直接进入大海更好？桑原觉得，大海比大河安静，比江河暖和。他的感觉没有根据，但他相信自己的感觉。那么，衣冠冢……他连连吐口水，并抹了把干脸。

无功而返，桑原不知道怎么办。镇里面的人却松了口气，仿佛这样一来就能说明他们没有责任。他们看见他车斗里的石碾，说："这个你也要哇，楚米多得很，要好多有好多，要什么钱嘛，你来拉就是。"桑原没接他们的话，他想摆脱他们独自待会。他觉得他们都不坏，可是很烦和他们在一起。桑树觉得再找下去是徒劳，却不敢说。当桑原宣布他去冯家湾，所有的人都感到高兴，包括他自己。

九

桑原要去冯家湾看望梁大匀。父亲的一生和梁大匀有千丝万缕的关系，如果他已经死了，也和梁大匀有关。这虽然不能怪梁大匀，但他想告诉梁叔，父亲桑家政的忏悔和努力都是真诚的。当然，以前吃过梁叔那么多副猪睾蛋，不去看看说不过去。他每次回吉水县、回楚米，都要去看看的。

楚米去冯家湾的公路是沿楚米河而上，先过团林，然后和楚米河分开，进入山区。

黔北位于云贵高原向湖南丘陵与四川盆地过渡的斜坡地带，莽莽山川中有很多丘陵和平坝，本地人从不把丘陵和平坝当成山区，就像郊县从不把自己当成乡下，本地人说的山区，确指站在山脚把帽子都仰落才能看到的山顶，是这山闻到那山饭菜香，走到饿得心发慌的老山沟。团林到冯家湾不远，只有十二公里，但桑原开了近一个小时。公路是一九六四年为了砍伐山区原木修建的，路上单坑、串坑、轧槽、横渠不知有多少，桑原的切诺基车头一会儿扎下去，一会儿扬起来，磕头作揖，左歪一下，右摆一下。车斗里装了个石磙，前轻后重，磕头的幅度很大很夸张，像一个心地单纯但对磕头作揖这种事总是做不好的莽汉。

冯家湾在半山坡一小块台地上，只有几十户人家，既像一条小街，也像一个娇小村寨。桑原把车停在街口一块荒地上，停车时听到一阵鞭炮响，下车后闻到一股浓烈的硝烟味，继而听到锣鼓唢呐等等响器奏出的破网状声响，还有叫人心慌的海螺。吹海螺，意味着做丧事，桑原一下想到父亲，几乎不敢迈步。小街上的房屋大多比较陈旧，即使有一幢新房子，也很土气，店铺里的货物和店主都很安静，一切都给人“山中方七日，世上已千年”的感觉。

快到办丧事的地方，他一下站住了，又惊又喜。他看见了父亲，父亲像本地人一样帮着端这样、抬那样打杂。过了差不多一分钟，他才搞清楚，梁大匀去世了，这是在给梁大匀办丧事。桑家政看见他，向他走来，桑原的眼泪一下涌出来。桑家政以为他是为梁大匀伤心，忙安慰他：“你梁叔在床上都躺了两年了。”他很满意儿子的慈悲心

肠。桑原点点头,不敢把惊喜表露出来。桑家政特地把桑原带到朱惜粮面前,桑原叫了声“朱孃孃”。朱惜粮说:“乖,你都来了哟。”随即既感动又伤心,把头巾捂在脸上哭起来。桑原看到朱惜粮瘦弱的肩膀,花白的头发,孤单的身影,也感到难过,想到从此以后,她将一个人在这被人遗忘的角落活着,他难过极了。他激动地想:我一定要为朱孃孃做点什么。

在其他人的眼里,桑原来参加葬礼,无论对死者还是对生者都是莫大的荣耀,偏远乡村同样对权力及制造权力的体制由衷膜拜,仿佛梁大匀虽然已经入棺,但桑原来了,他脸上应该绽放出笑容。桑原虽然明白众人心理,但仍感到不知所措。他希望自己融入进去,为丧事做点什么。比如去团林,去楚米运点什么。桑家政说,该准备的都准备好了,没有什么需要采购了。桑原能看出来,鉴于死者的社会地位和财力,不得不如此俭朴。

参与办丧事的都是老人,这和别处的乡村没什么不同,十五岁以上、五十岁以下的,除了桑原,只有一个三十来岁的智障和一个四十来岁的瘸子。正是这个原因,道士把墓地选在公路边,路宽坡缓,便于抬棺入葬。有人小声议论,要是用车运载就好了。桑家政听见后,郑重其事地找桑原商量。因为用车运死人,很多人都忌讳,都不会答应。桑原说这有什么呀,一点问题都没有。他和几个老者把石碾抬下来,把车斗门放下来,斜吊了两块木板,因为切诺基的车斗不够长。这样一来就妥了,棺材放上去不会掉下来了。桑原很高兴,桑家政更高兴,大家都高兴,桑原的成全让他们感到暖融融,仿佛这是一种不

可思议的美德。一个老者不无讨好地对桑原说，出殡结束后，在车上挂一块红布，挂七天，可以除掉晦气。桑原说好的好的。他想，挂什么红布呀，用不着。

到了晚上，送礼和帮丧的都回家了，只剩下桑家政父子和朱惜粮。桑原劝朱孃孃休息，她这几天太累了。他和父亲守夜，上半夜父子俩一起守，下半夜他一个人。他对父亲说，他不是因为一个人害怕，而是好久没和父亲好好说话了。朱惜粮没答应，但坐着坐着就睡着了，勾着头，白发从头上的白头巾里披散下来，仿佛时间把她的心和身体里能取走的东西都取走了。桑原问父亲知不知道榨油房被大水冲走了。他说他知道，昨天早上，天快亮时，他听见绳子上的铃铛叮当响，开门一看，河水和平时没什么区别，安安静静的。他回到屋里，铃铛又响了。他想是不是风吹了，开门看了看，看不出刚才吹过大风。他正准备像往常一样去挖水电报。这时铃铛又响了，他看出来了，没有风，河水也很平静，但挂铃铛的绳子在抖动。他顿时想，也许是梁大匀不行了。他赶到冯家湾，梁大匀果然去世了。桑原说："大匀叔救了你。"桑家政说："是啊，晚上有人从楚米回来，说榨油房冲走了，我就想，铃铛不是风吹响的，是梁大匀叫它们响的。"父子俩压低声音说话，他们的声音在，朱惜粮不会醒来，若他们静默两三分钟，朱惜粮反倒会醒。有次醒来后她神经质地吼了一声："猫！"见父子俩都在，猫并没有爬到棺材上去。她看见死者脚前的长明灯闪着光亮冒着浓烟，才松了口气，说："街上的野猫太多了。"

"你晓得不哇，你朱孃孃和梁大匀结婚，还是我把她从屋里背出

来的呢。”桑家政笑着说。桑原知道楚米有这样的风俗：女子出嫁，不能自己从屋子里走出来，而是要由后家兄弟背出来，非如此不可。自己走出去，意味着自己想出嫁，自己想出嫁，那就太不要脸了。被后家兄弟背出来，表明自己是一个正经女子，是有教养的女子，出嫁是不得已，并且不是自己的选择。两个互相嫉妒的妇女对骂时，“噫，没见到过有些骚女人，见到男的就跑，连后家兄弟都不顾”就相当于骂到祖宗和血亲相奸的份上了，接下来就剩下明目张胆的诨骂，和互相厮打了。楚米人不懂能指和所指，但他们早就把词语的能指和所指功能发挥到极致。朱惜粮第一次出嫁，是兄弟背出来的。第二次出嫁，大哥被枪毙，三个兄弟被发配到三处蛮荒之地，勒令他们不许走出大山，除非民兵连长特许。她去求堂兄弟们，堂兄弟们因为她是地主婆，都不敢答应。梁大匀请桑家政帮忙，桑家政没有犹豫，很爽快地答应了。

“现在说来容易，当时是有风险的，弄不好就成了和阶级敌人站在一边。梁大匀找到我，我一口答应下来。我想梁大匀已经成那样了，朱惜粮不嫁给他，就没人嫁给他了。朱惜粮的成分高，也只能嫁给梁大匀这样的人。他们是弯刀对着瓢切菜，互相将就。治安队撤裁成立派出所，仍然住在朱惜粮家的院子里。这个院子已经不能说是她家的了。派出所有个家伙，骚包得很，只要他值班，就来惊拌①她，让她不得安宁。加上她长相好，楚米镇上那些成分好、长相不如

① 惊拌：骚扰。

她的女人见到她就找茬整她，朝她吐口水，扔脏东西。街上的小孩也欺负她，把死耗子死蛇挂她门上。她想死，但不敢死。凉水井有个地主婆自杀了，尸体被人挖出来鞭打，说她居然敢对抗广大贫下中农。梁大匀知道这些后，对你朱孃孃说：你要不嫌我丑，就和我结婚，你成了我老婆，看哪个杂种还敢欺负你，我是凶神恶煞，什么都不怕。梁大匀是在团林供销社被烧伤的，烧伤以前，胆子本来就大，烧伤后更大了，天王老子都不怕，他把几年来的怨气当成一个个炸药包，谁惹他，他就扔它一个过去，炸得对方人仰马翻。梁大匀没有房子，他在团林供销社住的是仓库。他们结婚，只能在派出所留给朱惜粮的偏屋里结。那天，我把她从她屋里背出来，她再自己走进去，就算完成了。梁大匀很感谢我，他说：家政，以前我很看不起你的，但是从今以后，不管你以前做过什么，以后要做什么，我都不管，我都可以为你舍命。没有人来送礼，就我们三个人，没有喝酒，但我们像喝醉了一样激动。从这天起，我起誓要找到水电报，要证明梁大匀是清白的。"

桑家政含着温和的、轻蔑和谅解一切的微笑说："那时候任何人结婚都不敢大办，梁大匀和朱惜粮就更不敢了。刚开始，除了我，没有几个人知道他们已经结婚了。派出所那个骚包也不知道，他有天晚上又去抠朱惜粮的门，不是敲，是用指甲抠，这样附近的人听不见，屋子里的人却听得清清楚楚，像耗子搔爬一样。梁大匀把桐油灯举到脸前，故意把自己的扯疤脸暴露在灯光下，这才拉开门，一声不吭。他的扯疤脸和鬼怪一个样，那个骚包以为遇到鬼了，转身就跑。这个骚包不服气，几天后和所长一起上门，说他们没有结婚证，是非法同

居。你梁叔拿出结婚证,那时候的结婚证是一张纸,他把这张纸钉在派出所门上,说:你们把眼屎揩干净了好好看,看清楚了我再来取,不要给我搞丢了哈,搞丢了我跟你们没完。所长怕风把结婚证刮跑,用米饭把它粘在门板上,直到梁大匀把它取走。平时没事,梁大匀在院子里掷飞刀,院子里的人都怕他。所长要没收他的刀,他说:怎么了?我练习好飞刀,是为了保家卫国,这也错了?所长说:我是怕你不小心飘到人身上。梁大匀说:这你尽管放心,我的刀是长了眼睛的。他不但练习匕首,把菜刀、镰刀、柴刀、剪刀也拿出来练习。所长又怕又烦,央求团林供销社给他解决房子,请他们搬走,他们巴不得,房子一到手就搬走了。”

桑原像小学生一样听着,不时眨巴一下眼睛,看看棺材,看看父亲。他暗想,好久没听父亲说这些了,这样的时光恐怕今后也不会有了。冯家湾这个地方,恐怕是最后一次来了,还来干什么呢?

“他们怎么去了养猪场呢?供销社和养猪没关系呀?”

桑家政说:“那是一九五八年,县委制定十年工农业发展规划,其中一项说,要实现钢铁放卫星,首先要实现商业放卫星;要实行商业放卫星,首先要猪放卫星。县委要求财贸职工排除万难输粮备草,千方百计为大炼钢铁一线送吃送穿。供销社收不上来那么多猪,只好自己办养猪场。养猪场又脏又臭,好多人都躲,你梁叔是主动要求去的。幸好他去了养猪场,过了几年稍微轻松点的日子。当时供销社执行‘大购大销’政策,要求供销社职工做到‘天上飞的打下来,山上跑的捉回来,水中生的捞上来,土中长的挖出来’,一切为社会主义服

务。财贸系统开誓师大会，按军队编制，县供销社叫营，区供销社叫连，分销点叫排，要求他们‘出门一把抓，回来再分家，各记各的账，不分你我他’，搞得好的插红旗，搞不好的插白旗。他们没办法完成任务，只好把农民的好锅打烂当废铁收购，把生长在土里的红薯，折算成淀粉作为收购放卫星。有些干脆指山买煤，指水买鱼。这还不够，还要弄虚作假，不弄虚作假过不了关呐。一九六三年大清查，要他们‘洗手洗澡’，开始叫自我检查，主动交代，后来转入重点打击贪污盗窃、打击投机倒把，弄出七十多人，关的关，下放的下放，梁大匀反倒躲脱了。”

桑原笑着说：“都这么多年了你还记得，爸爸你记性真好。”

桑家政说：“那时候的事情，就像在钢板上钻了一个眼，不管你身体大小，也不管你受得了受不了，必须钻过去，大家一起钻。不管钻没钻过去，只要钻过，就一辈子也忘不了，因为这叫脱胎换骨。”

“你是哪年被打成右派的？”

“一九五八年。”

桑原给父亲倒了杯水，自己也倒了一杯。父子俩默默地喝水。朱惜粮醒了。她到厨房舀了一碗饭，用筷子把饭挑在屋角、地落檐下面。桑原以为这是和梁大匀有关的仪式，桑家政看出他的疑问后，笑着说，朱惜粮这是在喂灵灵。她屋子里的所有小动物，都被她叫作灵灵，不管是蟑螂还是老鼠，她每天都要给它们点吃的，几十年没间断过，哪怕最穷的那几年，她也要把吃的分一点给它们。朱惜粮笑着说：“今天忙，我把它们搞忘了。”把饭赶完，她放心地坐下，不一会又

勾头打起盹来。

桑家政活动了一圈，给梁大匀烧了沓纸。看见挽幛上“早登仙界”几字，他半开玩笑半认真地说：“大匀，你活着的时候说不清楚水电报埋在哪儿，你现在成仙了，要是知道水电报藏在哪里，投梦给我哈。”

桑原说：“他是说不清楚，还是不愿说？”

桑家政说：“刚开始他是说不清楚，后来他不想说。我问过他很多次，一次也没说清楚过。他说，他不会划船，爬到船上后，只能让船在河里漂。骨头被杨扭强打断了，加上饿，肠子都饿痛了，船一会向前，一会打转转，把他转晕了，他不敢看天，不敢看岸上，要么闭上眼睛，要么趴在船上，因为天旋地转的感觉太难受了。他怕再这么下去会死在船上，于是爬到岸上，用最后的力气埋好三个箱子。他离开埋藏点后做些什么完全记不清了，像个傻子一样，走了几里路，一头栽倒在地上。他只记得有片竹林，但他忘了这片竹林是在埋箱子的地方呢，还是在晕倒的地方。他强行走了一阵，折断的骨头把肉戳破了。接骨时因为伤口太疼没接好，别看他平时好人一个，其实一下雨腿就疼。现在好了，天晴落雨都不会疼了。”

桑家政说着动了一下双腿，他听见自己的关节发出一串响声，仿佛古老的门轴在门臼里转出的声音：咕噜咕噜嘎。他又动了一下，响声依旧。太安静了。桑原给长明灯添上灯油，看了看手机，凌晨一点了。朱惜粮又一次醒来，她对桑原说：“明天盖棺前用香头在梁大匀的寿衣下摆上烧几个洞，以免别人抢他的衣服。”她说的别人，是那些

比梁大匀先死、和梁大匀埋在一面山坡的人。她怕忘记了，请桑原到时候提醒她一下。桑原说："朱孃孃你放心好了，我会记住给梁叔做记号的，你好好休息吧。""孃孃"是姑姑的意思，但孃孃二字用黔北话叫出来，有一种别样的温柔和亲切。父子俩劝她上床休息，明天出殡后，剩下的事情还多，要感谢街坊的帮衬，要烧掉梁大匀的老衣，要为到梁大匀坟前抢钱抢食的野鬼饿鬼泼水饭。她必须休息好。桑原叫父亲也去休息，桑家政摆了摆头，似还有话要对儿子说。

桑原烧纸时飞来几只蛾子，他挥着纸钱赶它们，但仍然有一只烧掉了翅膀，落在一旁挣扎，桑原皱着眉头把它拨进火堆，小小的躯体一伸一缩一弯就不动了。上中学时，老师说唐僧"扫地恐伤蝼蚁命，爱惜飞蛾纱罩灯"是封建主义思想，是假慈悲。这是课文《三打白骨精》里的一句话。桑原不明白什么是封建主义思想，在懵懂中觉得心软的人、怕死的人都是具有封建主义思想的人。现在，他觉得自己的"封建主义思想"越来越重了。

"他小时候爱找我打架，我不和他打，我和他说话，他说不过我。我说他天生是个锤匠，只会捶人，他说我是书呆子，只知道读书……"桑原坐下后，桑家政感叹道。

"说不定他正站在什么地方看着我们呢，不光听见我们说话，连我们心里想什么他都知道。"桑原笑着说，"在石径公社前进大队的时候，刘老师家的女儿，比我大两岁，最爱给我讲鬼故事，经常吓得我晚上睡不着。她说，人死了前三天不但听得见活着的人说话，他还会附在某个人身上，和大家一起做事情，参与办他自己的丧事。所以在丧

事上不要和任何人握手，握手是最危险的，死者有可能把你拉过去和他做伴，因为死人怕的不是死，怕的是没人和他玩。”

桑家政笑了笑，咳了一声，为谈正事做准备。桑原坐正，做出无论什么都乐于接受的样子。

“你梁叔这一走，对他自己倒没啥子，反正早晚都是要死的，死在前头好，一了百了，你朱孃孃就麻烦了，一个人，没个照应。”桑家政说，“我想过，把她接到吉水去，和我们住在一起，但又觉得这不是个好办法，你妈答不答应是回事，说不定朱孃孃自己也觉得不方便。人越老，越需要自在。”

“你和她说过吗？她本人怎么想？”桑原问。他暗想，母亲肯定不会答应。母亲也需要宁静的生活。母亲有一次在电话里说，你爸回不回去都无所谓，不回去还好点，她一个人想怎么过就怎么过。这么多年不在一起，她已经习惯了。他突然想到，父亲会不会想搬到冯家湾来和朱孃孃住在一起？不是婚姻，更不是爱情，而仅仅是出于一种义务。如果是这样，自己是赞成还是反对？

“我没和她说过，我想等丧事办完了再和她谈谈。”桑家政说，“我想来想去，也许只有一个办法行得通。”

桑原一下感到，这肯定和自己有关，陡然紧张起来。桑家政怀着淡淡的、无关紧要的神情看着他，好像预先在声明：你答不答应都没关系，仅仅是个建议而已。他越是这样，桑原越是感到责任重大。

“我想请你……”他为求儿子感到难为情，但一说开，他就坚决起来，“我想了想，把你过继给你朱孃孃。说过继也不准确，我想让你给

她当干儿子。我不是要你在这里守她，只要每过一阵给她打打电话，喊她一声妈就行了，她当了一辈子女人，没人喊过一声妈，我总觉得是个……是个漏洞……我说错了，应该是遗憾。”桑家政说着，眼里盈满泪水。“你不用花钱，我可以从我的退休工资里分一点给她，我们不告诉她，就说是你给的。冯家湾生活费不高，每个月三五百就够了。”

桑原摸了摸脸，没说话。他愿意出这份钱，当干儿子，自己都四十七岁了，这件事有点滑稽。

“你朱嬢嬢今后的生活其实不是问题，吃不了多少，用不了多少，最大的问题是孤单，是感情。我听说，老人太孤单了，智力会越来越低，会死得更快。”

“我答应，朱嬢嬢不一定答应呀。”桑原说。

“只要你答应，她一定会答应的，我来做她的工作。”桑家政激动地说，“你不来冯家湾，我还没想到这件事，今天……应该是昨天了，昨天你一到，我就想，这个办法好，没有比这个更好的了。你还记得吗？我带你去养猪场的时候，梁大勺不叫你桑原，而是叫你儿子。倒不是他想你给他当儿子，是他太喜欢你了。他的黄糖呀栗子呀，都是留给你的。”

“这也太突然了。”桑原说。他觉得自己钻进了父亲的圈套。

“是有点突然，你考虑一下，不急。”桑家政说，“要不要把大门关上睡会？”桑原说：“我不睡，你去睡吧。”他想：我都守了这么久，就快天亮了，帮忙的人快来了。他希望前来帮忙的人知道，是他在为梁大勺守夜，并且一直守到了天亮。他像做了一件好事的小学生一样，希望有人表扬。

桑家政走到门口时回头看了一眼,念了句顺口溜:“不杀猪,不杀羊,杀个耗儿过端阳。”

父亲离开后,桑原闭了闭眼,感觉自己没有睡着,实际上他正在做梦。他开着车,车上载着梁大匀的棺材,梁大匀站在棺材里,叫他开快点。朱惜粮在山坡上叫他们吃饭,桑原饿了,想去吃饭,但梁大匀说不吃了,一会再吃。他看见一个亭子里,有人在吃饭,有一个中央领导人,好像在边吃边谈他被打成右派的事。此时桑原不再开车,而是步行。他步履轻盈,走到一个山坳,眼前是一片幼树,每棵树都郁郁葱葱,叶尖绿得发亮。他从没见过这么漂亮的树,放眼望去,整个山坡都是又绿又亮的景色。桑原无比激动,为人间有如此美景无比激动。联想到平时看到听到的环境破坏,此时此刻他感到无比欣慰:还好啊,还有这样的地方,真是太好了。他的眼泪快滚出来了。他想,要是再有几个人、几十个人、几万个人看到这片美景就好了。这时他看见树林里有一个人,原来是朱惜粮,原来这是她种的树。桑原一下热泪滚滚。“妈,妈妈。”他温柔地叫了一声,然后号啕大哭,醒来后很吃惊:“我怎么哭了呢?”

尾声

桑原离开冯家湾时,父亲没走,他留下来帮朱惜粮处理梁大匀的后事。桑原给桑树打了个电话,要他两天后把父亲接到吉水去,这几

天他太累了，让他在家里好好休息，如果他要去楚米租房子挖水电报，让他继续挖吧。桑原回到单位上，主管领导找他谈话，准备把他从缉毒队调到便衣队，降为副队长。桑原说，调到便衣队没问题，但他想去找那位被他放走的吸毒的前缉毒警，把他送到戒毒所去。主管领导答应了。

桑树接父亲桑家政回县城时，走到半路给桑原打来电话："哥，我不想管了！"桑原问怎么回事。桑树说，从楚米到吉水是最近扩建的二级柏油路，刚画完线，他开车时，只要前后没车，他就骑在中线上走。父亲叫他不要骑中线，说既然画了线，就应该在线内行驶。桑树没当回事，桑家政火了，他叫桑树把车停在路边，他要下车步行。桑树说："前后都没有车，是不是走中间最安全？这是二级公路，不是高速公路。他又不懂开车，偏要来指挥我。我是交警队队长，难道我还不懂交通规则?!"桑原叫他把电话递给父亲，没料到桑家政很平静，他说："桑树不讲规矩，我当然不能坐他开的车嘛。"桑原问他怎么办，他说："我要么慢慢走，要么坐班车，反正他开车我就是不坐。"桑原知道父亲已经吃了秤砣铁了心，再劝也没有用，叮嘱他注意安全，找个宽点的地方招班车。桑家政答应了。几个小时后，桑原问他到家没有，他说到了，他到楚米了。

2012 年 5 月于贵阳

苍老的指甲和宵遁的猫

库工绍振国死了，只有几个人去送葬，去的人也仅仅是出于同情和职责。平时和他接触的人特别少，他在 202 地质队没有朋友也没有亲戚。当讣告张贴在宣传栏里面时好多人才知道单位上有个人叫绍振国。连以前认识他的人也是在这时才想起来，他们以为他早就不在单位上了。油库在一个静僻的小山背后，送葬的时候有人恍然大悟似的掰指头一算，才发现他一个人在那里已经待了十年了。

我刚从学校毕业就和绍振国在一个分队工作。那时候分队在川黔交界的一座大山上搞磷矿勘探。绍振国是放炮工，分队的人都叫他绍大炮。这个绰号与他的性格截然相反。他养了两只母鸡，养得很仔细，给母鸡吃的面条都要用剪刀铰成一厘米长，还要煮烂。说是怕鸡吞不下去，卡鸡脖子。他最爱涂红油漆，他用的桌子、椅子、柴刀、拄路杖和放炮用的起爆器，甚至脸盆筷子都被他涂得红红的。他说主要是它们掉了好找，红色抢眼。油漆是分队的，只要不偷回家，再怎么用都没有人说。他把他的一双反帮皮鞋也涂上了红油漆，走

起路来像踩着两团火，在老远的山坡上走也能一眼认出来。刚开始的时候大家都笑他，说他神。他也忍不住笑，抿着嘴笑，似乎一张嘴那外突的门牙就会飞出来。那个时候我有点看不起他，具体到哪一些事情我又说不出来，反正就是觉得不怎么顺眼。我才参加工作，因此特别积极，像新兵连那种被称为“新兵蛋子”的新兵。有一天绍振国捧了个刚刚生下的热鸡蛋，叫我给他称一称有多重，因为我是搞岩矿鉴定的，我管天平。我也不知道一枚鸡蛋有多重，所以也非常有兴趣地给他称了，六十四克，一两二还多一点。他非常高兴，他说那些农民的鸡蛋要十一个甚至十二个才有一斤。第二天他又来了，他想知道是比昨天的重了还是轻了。我正忙着，他说就一哈哈（一会儿），就耽搁你一哈哈。一称比昨天那个重了四克，他高兴得合不拢嘴，像多得了四克金子。第三天，他刚捧着鸡蛋过来我就故意转身不理他，他涎着脸喊我称，我就火了。我说：“这么精密的仪器怎么能天天给你称鸡蛋？！”他嗫嚅着说：“是公家的，又不是你私人的。”我哗啦一下把钥匙砸在办公桌上：“要称你自己称。”我知道他不会读天平。他灰着脸走开了。几天后赶乡场，分队好几个人下山去买了些鸡蛋，不知怎么来了兴趣，也要称一称自己的鸡蛋最大的有多重。称完后叫绍振国把他的蛋拿出来，看到底重多少，因为他们都知道绍振国的蛋绝对比他们的大。绍振国懒得和他们说，装作没听见。他们用“绍大炮的蛋”这种话来取笑他，他也只是赔笑，不还击也不把鸡蛋拿出来。我知道他在心里忌恨我，但我一点也不怕，心想你放炮的我又不求你。两年后矿区勘探搞完了，分队转移到另外一个矿区，人员重新组

合。我回到队办当秘书,绍振国又放了两年炮,然后才回到队部,去看守油库。

绍振国在世时,始终是老实和本分的化身。有人私下告诉我,说不要看绍大炮现在那个样了,他年轻时还红过一阵哩。就是因为有一次单位上搞普法教育,专门去监狱联系了几个犯人来“现身说法”,布置会场的时候,绍振国说了句“犯人同志们,请你们在你们的位置上坐好”。就因为把犯人们称作“同志们”,一身红透的绍振国一下子全身透黑。我老想看看他还有没有过去“红”的时候的一点影子,但始终没有看出来。连说句话都怕兮兮的,像老猫打呵欠一样软弱无力。我便怀疑他真有说那句话的时机。

我在队办当秘书时,地质队是最不景气的,下岗人员一年比一年多。那还是一九八七年,大多数中国人还没听说过下岗,更没尝过下岗的滋味。队领导们每年为岗位安排问题都要开特别会议进行专门讨论,完了总是少不了让一些人堵在办公室或者家里讲理,理讲不通就大骂大泼。这种理哪有讲得通的时候?软的不行来硬的,威胁说你们一家人出门的时候给老子小心点,要不就故意喝点酒然后扬言要放某某的血。那一回不知怎么就想到了绍振国。副队长老龙说:“派一个人去守那些破烂干什么?把值得了几个钱的东西清理出来,能卖当废品卖,不能卖就入库,把地盘租给别人搞其他的,那么大一块地盘,少说一年也要捡个十几万。”我刚被提升为队办主任,队长问我的意见,我说:“派一个人去的确没有必要,一年还要发几千块钱的工资,不过那地方偏僻了点,不一定租得出去。”老龙说:“绝对能租出

去,偏有偏的好处,搞养殖,或者搞污染大一点的什么厂,那块地盘太舒服了,如果我不上班,我一定要去办个养鸡场。”于是经过研究决定,让绍振国先下岗。

下岗通知是我去送的。为了郑重其事,同去的还有管人事和后勤的负责人。

油库离大队部三公里,不远,但只有一条便道相通。以前之所以选这么个偏僻的地方,是因为油料是特殊物资,当年地质队在采购和存放这些特殊物资时有点特权,这种特权主要是建立在油料等等被称为紧缺物资的基础上。后来遍地是加油站,油料不紧缺了,除了人民币别的什么物资也不紧缺。我们的油库也因此失去意义而只能成为堆放旧机器和空油桶的仓库。

绍振国有点受宠若惊,因为平时很少有人到油库来看他。但他并没有热情地邀请我们进屋去坐,他谦卑地温温地笑着站在门口。

劳人科长结结巴巴地把话讲完,绍振国还是那样一副表情。没有愤怒也没有惊讶,一时搞得我们几个人有点难堪。直到一只浑身虎纹的猫从他的脚边出来,他才假假地咳了一声。那猫走到一边呜呜地发着威,长长地拉着身子,尾巴像桅杆一样直竖起来。

人事科长慎重而又冷酷无情地说:“这不是我们几个人的决定,这是队上的决定。”

和他刚才结结巴巴的宣布判若两人。我想一定是绍振国那声假咳使他威风起来的。

绍振国莫名其妙地看了我们一眼。

“我又没有犯什么错误。”他说。

后勤科长说:“这不是你犯没犯错误的问题,这是队上的安排。”

我立即接过话说:“我们知道你一直干得都不错,我们也知道让你下岗你一时不好接受,这换了任何人都一样。问题是现在这个油库已经没有看守的必要了。单位上另有打算。”

他把脸微微地调向一边,好像在认真听我们的话,又好像自己为什么事入了迷,根本就没听见我们说了什么。

绍振国一声不吭。

我们说完这些就走了。

可绍振国并没有离开油库。我去催了他几次,叫他搬回队上来住。我都是对着房子大声说的,我不知道他在什么地方,每次我都还没走拢他就躲了起来。无论我怎样突然袭击,到了油库后再也见不到他了,门开着,却不知道他人在什么地方,怎么喊也不会钻出来。只有那只猫,双眼发着绿光,吃惊地看着我。队上已经把他的工资宰了一大截,只发给他下岗工资。他没到办公室来闹,也不来领,就像他已经从我们周围消失了一样。

而油库的清理工作也一直没有进行,招租广告打出去后,只有为数不多的几个人感兴趣,轮到要签合同的时候却一个也没弄成,不是嫌租金高就是嫌它离城区太远。

没想到有一天他却自己来找我了。

单位上搞“社会主义初级阶段理论”考试,不知道发试卷的人怎么把绍振国想起来了。这种考试年年都有,不考不行,一般情况下都

有标准答案。结业证(每回考试都要发结业证)是我和秘书小王填的,填好后还要加盖单位的公章,为了加快速度,我和小王一个用红把子盖,一个用钢戳子戳。这种结业证谁还会当回事呵?因此我做梦也没有想到绍振国会来找我。他一脸讨好地笑着。他变得又瘦又黑,像是从煤堆里拱出来的。外突的门牙好像长得比以前长了许多,皱巴巴的嘴皮用劲地包着它们。我觉得有点……像大猩猩(我很惭愧我怎么得出这种印象)。他小心翼翼地述说着他找我的理由。他说我们发给他的结业证和别人的不一样,别人的是钢印,而他的是红泥印。我嘲讽地给他解释说:"只要是个章粑粑就行了,红的白的都一样。"我一边说一边给自己点了支烟,我不想再和他说别的话。他等我头脸周围的白烟散开后向我倾了倾脸。

"麻烦一哈,请……请……请你给我的改成和他们一样,要……要……要得不?"

"你要这个本本有什么用?"

"嘿……嘿,反正是队上发给我的。"

我说:"有个本本就行了,表示你学习过了。"

这时有人来找我了解单位上安装内部电话的情况。绍振国很自觉地让到一边,但他一点也没有要离开的意思。我对他说,本本就像那个样子,没有必要重新盖,我忙得很,叫他不要在这里影响我工作。

谁想就要下班的时候他又钻进来了。他不依不饶地说:"就耽搁一哈哈,戳一个钢印就行了。"

我生气地扯过他的结业证砸在桌子上。

“神经病!”

“嘿嘿嘿,一哈哈,一哈哈就行了。”

我打开柜子把钢戳子拿出来。差点给他把结业证都盖穿了。他哈着腰,一连说了几个谢谢。

他照样还是下岗职工,已经好几年了。

后来他生病了。我是去给他送毛毯和选民证时知道的。单位上那年炼出四千两黄金。就像叫花子捡银子,拿不定主意怎么用,队长想了半天就给每个职工买了床毛毯。

那只猫坐在门口晒太阳,一副心逸日休别无所求的样子。它已经老了,它周围不时飘舞着从它身上脱落的绒毛,这些绒毛很轻,没有一点光泽,所以在空气中很难让人发现。绍振国躺在床上,他在门上绑了一根竹竿,另一头搭在他的枕头边,看样子是为了方便睡在床上开门关门。我还没走拢他就把门拉开了。

“绍大炮你是不是生病了?”我问他。

他窸窸窣窣地动了一阵,嘿嘿嘿地笑着说:“不晓得是啷个搞的,周身都不安逸。”

我感到有一种东西正在他身上缓慢地发生作用,他的身体将会越来越轻。这种感觉非常尖锐,使我一下产生了一种怜悯之情。

“你去开药了吗?”

“药对我是不会起作用的。”

“哪有生病不吃药的道理?”

“我晓得,药对我是不会起作用的。”

我把毛毯和选民证交给他，要他务必在投票的时候到场。

“要得。”他说。

我看出他好像有什么话要说，我便第一次有耐心地等着他。他推了一下竹竿，门关上了。

“我想请问你一件事。行就行，不行就算了。”

“什么事你说吧。”

“我想请你帮我打听一下，哪个地方在收指甲？”

“哪里会有收指甲的，拿去做啥子？”

“做药，”他肯定地说，“我听说过的，做药，一百二十块钱一两。”

“你存了好多？”

他神秘地移开脑壳，从枕头下面拿出了一个牛皮纸信封，信封里面装了半袋令人作呕的指甲。

我不愿看第二眼，我忙说我给他问问，看是不是真有人要。

“你怎么不用指甲试试你自己的病呢？”我多余地问了一句。

他莫名其妙地看了我一眼，很难受地把头扭在一边，怎么也不理我了。我刚出门，他就用竹竿把门关上了。

回到办公室，我立即把刚才的事当成一个笑话讲给大家听。

他们说：“他还很有点经济头脑呵。”

我并没有忘记提醒工会干部，绍振国病成那样了，怎么也应该去关心一下。几天后，工会的人说，他们把他送到医院去了，医生说必须住院治疗。我们便同时想到是不是和他家里的人联系一下，来个人照顾他，在这之前由办公室的人轮流护理。他全身难受，那种不知

所措的难受。护理他的人咳一声或者有点什么别的表示(其实并不一定有什么表示,是他自己觉得别人有表示),他就像做错了什么一样,干笑着,讨好地觍着脸。绍振国在医院住了四天,最后一天下午他却突然失踪了。开始我们以为他是上街给自己买什么东西去了。可到半夜还没回来。忙派人到油库去找,我们设想他可能去的第一个去处就是油库。他不在。几天后,有人在森林公园里发现了一具尸体,正是绍振国。

他静静地躺在一丛苦蒿里面。一对准备在那里偷偷狎戏的年轻人发现了他。他们开始还以为绍振国是有意躲在那里看,那女的骂他老不要×脸,那个男的则过去狠狠地踢了他一脚。但他们立即就被吓坏了,他们跑到人多的地方说,山坡上有个死人。他们夸大其词地描述了一通他们看见的“惨相”,使那些不知底细的人都以为那是一桩刑事案件。但法警和医院的医生以及 202 地质队的人否定了这种说法。唯一不好解释的是,他到底是病死的还是饿死的。因为他住进医院后就没再吃一点东西,而他此时又病入膏肓。

真没想到他会采取这种死法。我们坐待事态的发展。因为到时候他的亲属来了肯定要向单位“讨个说法”。在我们看来单位上并没有任何责任,谁也没有责任。但我们还是做了些准备,比如抚恤费的问题——如果他的子女没满十八岁的话,他们可以按月领取三十块钱。

但两个月后我们得到确信,他在别处没有家,他没有结过婚,自然也没有儿女,而且幼失怙恃。

这让所有的人又一次始料未及。

油库消理工作终于又被提到议事日程上来，决定由队办负责完成。队办秘书小王是个女的，这种事情自然不会落到她头上。她还没有流露出半点不情愿，我就主动说："我去，办公室有事你打我手机就行了。能处理你就处理，不能处理等我回来再说。"

清理工作整整进行了一个星期，这是我预先一点也没有料到的。有些东西丢了可惜，留着又没多大用处。我把它们通通叫鸡肋。当然同时也有意想不到的收获，我们居然清理出一整桶柴油和半桶机油，还有一台从未用过的直流电动机，还没开封。四个身强力壮的工人开始时抱怨我怎么找他们来干这个活，可越到后面他们越干得起劲，一旦从里面掀出什么多少有点用的东西，他们中的一个就会兴高采烈地来向我报告。我在绍振国以前住的那间值班室安了张桌子，对清理物资进行登记。越到后面，我越来越觉得自己像一个正在起步的资本家。

被清理出来的东西堆在坝子里，因此每天晚上都需要有人照看。我试图安排那四个工人轮流值夜班，我刚开口，他们就鼓起灿烂的双眼："放你的狗屁！"

于是我在绍振国住过的屋子里住了整整四个晚上。

虽然我自认为是个唯物主义者，但想到不久前睡这屋的人已经死了，还是多少有点胆怯。而且屋子里的霉味和肮脏的尘垢，老是让我想起慢慢阴阴不苟言笑的绍振国。

有一天晚上我刚睡下不久，就听见外面的席子哗啦地响了一声，

好像有人在取什么东西。我顿时觉得毛骨悚然。我立即想起曾经听过的传说：是不是绍振国回来收他的脚印来了？据说人死了都要收脚印，要把在人间留下的脚印都收走才能过得了“奈何桥”。我睡意顿消。过了没多久，屋子里又窸窸窣窣地响起来。听了一阵，终于明白是耗子。开灯一看，一个红色的笔记本躺在屋子中间。我怕染上鼠疫，没敢用手去翻。我用一根细铁丝把它拨开，纸已经发黄了。上面画的符号让人莫名其妙。这显然是一个日记本，因为有日期。是一九七二年的，但日期下面不是写的汉字，而是简单的圈和叉。

1972.7.21.音.○○

1972.8.22.青天.

×○×

音和青可能是阴和晴。绍振国是小学二年级文化。他画这些圈圈和叉叉肯定是只有自己能懂的文字。除了圈和叉，有些地方加有你我他这类的人称代词。

我索性翻身下床，看别的地方还有没有日记本。用他原来撑门的那根竹竿捣了一阵，又掏了五本出来。让人泄气的是里面写的都一样，还是叉和圈。只有其中一个本本上多了“备战、备荒、为人民”几个字。但同时我又发现，本子上每到年底，有多少个叉和圈都有统计。而且越到后面几年，圈越来越多。我想起自己和他打的几回交道，他是打圈还是叉呢？第二天我回去把自己的日记找出来和绍振

国的日记进行对照。宣布他下岗那次是这样记的：

他们×

我○

○

他来找我改钢印那回是圈中间画了一个叉。我去给他送毛毯和选票那回什么也没有。他已经在此之前停止记“日记”了。

我突然间明白了，“○”是说对了话或做对了事的意思，“×”则正好相反。

我一下觉得天地间变得很静，心中有一片风轻轻荡漾着。

开始清理油库时，那只老猫还在，但从第二天起，我就再也没有见到它了。它也像绍振国一样不声不响地消失了。

1996年3月于遵义

时光是一张薄薄的纸

不知道这是谁的命令,直到她认真地关好门窗,检查好所有的电线插头,收拾好旅行包,她才知道是自己的念头在命令自己。念头是一个奇怪的东西,自由地出入身体,来去无踪,你却不得不听它的指挥:走,马上走。

明白自己的念头后,心里不再那么紧张和急迫了。平静地坐下来,计算了一下,应该带多少礼物,她知道很简单的东西他们都会满足,都一样高兴,但她希望这次特别一点。以前她是从不管这些事的,甚至是很讨厌做,那么多人,一个人带一件东西都是好大一包,上下车时很不方便。而且由于那时她和他的经济条件限制,常常要节衣缩食几个月才能把那么多东西备齐。但这种不满的情绪她在他面前从没表露出来过,他很敏感,他会把它理解成这是因为她看不起他们。一旦这样理解了,他会很长时间阴着脸。

现在不用为钱操心了,更主要的,是心里觉得如果不带什么东西,或者随便带点什么东西,都会使此行失去意义。

在车站上车时，突然感到一种熟悉的陌生。虽然这些车辆和车站的模样都是熟悉的，但心里老是想着第一次和他上车的情景。车站的建筑已经修葺一新，班车也不知换了多少辆。物是人非的心情，也和他乘鹤西去有关吧。

听见乘务员声嘶力竭地喊着那个地名时，她心里莫名其妙地怦怦跳了起来，有点像小时看电影，银幕上出现电影名字时给她的感觉——电影还没开始，但心已经在为即将开始的故事而狂跳了。坐在车上只等了十几分钟，班车便喜新厌旧般地将城市抛在后面，向着绿水青山驶去。这使她感到很不错，不像以前，坐在车上一等就是一个小时两个小时，非要等得不耐烦才开车。

一百五十多公里，不算远也不算近，但因为是山区，汽车最快也要开五个小时。开了一阵，便感觉时间过得太慢，仿佛已经过了一生，甚至感觉自己正在独自做一件无谓的事情。可想起十几年前的情景，又仿佛就在昨日。她心里想，人啊，有谁真正了解自己的现在时？有谁能真正了解今天？总是经历了许多年，消逝的往事才在星光中显露出来，往事并非如烟，而是越来越清晰。那些通向天堂，你以为已经消失的小路，甚至一块不起眼的石头、一片树叶、一抹鸟影，总是会在平静当中想起它们，并且发现它们已经渗透着你的理解。这就是人为什么产生那么多奇怪念头并为之左右的根由吧。

汽车经过一个小镇时，一些印象很深的情景突然冒了出来，但具体想来又是模糊的。认真想了一会，有一些想起来了，还有很多怎么也想不起来。记忆是有的，但因为时间的关系牢牢地粘在大脑里了，

怎么也倒不出来。就像从陈罐子里倒糖。她想起来的,是她和他曾经在这个小镇上吃过饭。当时的客车和公路都不可能和现在相比,全程至少要八个小时,天气不好或者遇上堵车什么的,那就要十几个小时。那时候客车到达这个小镇时都要停下来吃饭。后来路况好了,车辆的性能也提高了,就不再停留了。

记得又记得的,是饭店的桌子洗得发白,好像是洗的时候用力过度,桌面上已经露出一道道木纹的沟槽来了,不过这样子倒使人觉得非常干净。天很冷,她吃了碗炒鸡蛋饭,他则要了碗面条,他说他小时候吃炒饭吃怕了。现在她才知道他为什么“吃怕了”——走到某家,如果赶的时候不对,别人已经吃过了,那就只有吃炒饭。但当时他这样对她说,她是不懂的,她不知道自己是否问过他为什么,但即使问了,也不一定在意,所以觉得一直不懂,现在不用问也知道为什么了。

他说:“你别看这个小镇不起眼,曾经有一个著名作家以它为背景写过一篇小说,小说获得过全国短篇小说奖。”他说这事时眼睛发亮,非常神往。她同样也不知道这有什么好值得羡慕的。饭后坐在车上,他便给她讲那篇小说,好像是一个爱情故事,知青什么的,故事的内容她一点也不记得了,当时就觉得不是很精彩,也许是他的讲述只注重小说的内涵,对小说的故事重视不够,总之她一点印象也没有了。由小说讲到了那位作家,他说那位作家出名后,全国各地好多女子给他写信,声称要嫁给他。她对这件事的印象深多了,她告诉他,等他也有那一天时,她会主动让贤的。他立即揽住她的腰,说谁他都

不要,这辈子就要她。她这么说,不是怕他到时候不要她,她是觉得她没看出他会有那么一天的迹象。她想,即使有了那么一天,她也不怕,她从来就没怕过他。她在他面前总是很高傲。

坐在她旁边的是个二十多岁的年轻人,每经过一个小镇,他都拿出手机和他的朋友联系,表面上好像有什么重要的事情,其实都不过是些无关紧要的事。她看出来了,这是一种炫耀,非常可笑,就像雄性动物闻到雌性动物的气味时,那种不由自主的炫耀,炫耀力量,或者声音,甚至鲜艳的羽毛。当然,同时也说明自己在男人面前还是有魅力的,身材长相气质,在这种开往农村的班车上,是一堆土豆中闪烁着一颗玛瑙的景象。听语气,这个年轻人大概在县里当干部,大学毕业后工作的时间还不长,还很有些冲劲,觉得自己前程似锦,有那么点不可一世和不知天高地厚。他一直想跟她说点什么,但他还没有掌握成熟男人那一套油滑,脸像小公鸡一样红,几次想开口都憋回去了。如果是在其他时候,她倒愿意和他说说话,那么长的旅途,什么话也不说是很难受的。可今天她实在没有这个兴致。

第一次和他乘坐这条线上的大客车,他很歉疚。那是一辆以老解放牌货车底盘改装的客车,车里的座椅又脏又烂,窗玻璃被污垢吃紧了,怎么也拉不动;多少有点上坡,发动机便敞开喉咙吼叫,震得全身都在呜呜响,人的脸皮也会不由自主地发抖,很不是滋味儿。他的歉疚不光是说对不起,他的表情,他的声音,都贯穿着这样一种情愫,好像开往家乡的客车太孬也是他的错。她其实一点也不喜欢他这样子,这样子让她感觉很累。心想也许是因为从小失去父母,才造成这

种自鄙的性格吧。这种性格是他最大的弱点,也是她一直既轻视他,同情他,又讨厌他的根本原因。

汽车开到一个叫赵溪河的小镇时,她下车了。和他回来过那么多次,每次在镇上下车时,他那副歉疚的表情都会像初冬的天空一样阴霾,因为到他“家”还有二十公里,而这二十公里不通客车。

第一次,他在镇上找同学借了一辆自行车。她不会骑车,不敢让他走起来后再跳上去,只能上死马儿。上死马儿他又骑不走,他个子不高,骑车的技术也不太好,他们配合了好几次都没成功,最后还是把车推到场口的石桥上,他掌住桥栏,等她坐好,才把车骑上马路。他骑得很快,她紧紧抠住他的皮带,风把他的衣服吹起来,不时刷到她的脸上。他的两只脚拼命地踩,路上铺着拳头大的石头,自行车蹦蹦跳跳地飞驰着,每跳一下,她的乳房都像长了翅膀一样展翅欲飞。这是一种全新的体验,在以后她和他做爱时,她都不由想要那种感觉,可在床上他从来没有让她体验到这种感觉。他的性格是本分和严谨,这种性格被他带到了夫妻生活中。自行车的货架把屁股硌得生疼,尤其是自行车跳起来的时候,她都忍不住尖叫一声,虽然有撒娇的意思,也为了掩饰乳房蹦跳带来的羞涩,但自行车跳起来时屁股的确有些受不了,像骨头直接硌在铁架上一样痛。不过她还是很兴奋。回来后她告诉他,之前他所做的一切都没打动她的心,他用自行车带她回家时她的心被打动了,她感受到了他的力量,和那种勇往直前的精神,她就这么“爱”上他了。在潜意识里,她希望他就这么载着她走下去,走完一生。遇到上坡,他叫她坐在车上面别下来,他推她,

这些坡都又长又陡，推不了多远他就大汗淋漓，气喘如牛，她要跳下来，他不让。她笑着说：“你不用逞能了，你没那么大的气。”他说：“我不是逞能，而是因为我愿意，我推着你走也是一种幸福。”于是，她也沉浸在无边的幸福里了。

不过，现在回想起来，似乎当时的幸福还没认真感受就过去了，那原本是应该好好感受的。现在所能体味的，是一种绵长，但物是人非，切身的体会已经不在。

以后这几年回来，他们不再骑自行车了，因为这二十公里通车了。是那种既装货又装人的农用车，车厢很小，里面的人像背篓里插玉米棒子，一个紧贴一个，个矮的只能闻到别人腋下的汗味，昏头昏脑，什么也看不见。车厢外面也是人，他们站在车板上，双手扭着棚杆，大都是年轻人，一是觉得挤在里面不舒服，二是显摆自己的胆量和本领。人全都站着，重心变高了，又超重，因此遇到坑洼路段，车子便像鸭屁股一样摇来摇去，车身倾斜得很厉害，就像要翻过去一样。她不愿坐这种车，每次她都心惊肉跳，怕车翻到悬崖下面去。他呢，总想和司机商量，让她坐驾驶室，可他是最怕求人的，碍口失羞，不知道怎么说才好。结果每次都是她自己去解决。坐驾驶室无异于城里坐轿车，大都是孕妇或老人先订好了的，但司机见她是城里来的，大都愿意给她提供方便。她不认识他们，可她发现这里好多人都认识她，都知道她的名字叫李菡，每次回来，认识不认识的乡下人都盯着她看，脸上挂着友好亲近的笑容，让她既得意又不怎么自在。

停在场口等人的“拖拉机”有好几辆——在她的眼中，除了卡车

和客车，她把乡下这些叫不出名堂的车都叫“拖拉机”。其实这里没有一辆是拖拉机，它们是杂牌农用货车。司机见她过来，都来叫她坐他的，他们互相嘻嘻哈哈地打趣。在他们看来，叫她坐车不仅仅是为了赚她那几块钱，似乎她能上谁的车谁就会感到光彩。他们都知道她是冉细平的媳妇。她微笑着，向一个中年人的车走去，她以前坐过他的车，并且知道他的家在一个山坳上，离她去的地方只有几公里。那几个年轻司机有些失望，但她没上他们之中的人的车，也没让他们感到特别丢面子。

“你是坐早班车来的？”中年人问。

“上车的时候九点钟。”她说。

“你有好久没回来了。”中年人说。

“是有好久了。”她说。

中年人不过是随便说说，可她听了却觉得有责备的意思。

虽然来过那么多次，但感觉一切还是那样陌生。公路盘旋而上，翻过一道山岭，然后又盘旋而下，一直下到一个山湾里。每次走在这条路上，她的心都难受地悬在胸口。从山岭下到山湾，有六公里长，向下，向下，向下，全是下坡，好像要开进一个无底深渊。公路是从半崖上凿出来的，一边是悬而未绝的危崖，一边是看不见底的深沟。悬崖上的松柏倔强而苍老，它们生长在那上面，仿佛已经有好几百年了。公路对面是险峻的山峰，即使是艳阳高照，看上去也黑箐箐的，树丛中有一种千年不变的潮湿，和这种潮湿制造出来的冷阴阴的苍翠。这种冷阴阴的苍翠每次都给她留下非常深刻的印象。她一直觉

得他的性格里有一种说不清的东西,当她看到这种冷阴阴的山坡时,她才似曾相识地想起,他的性格里那种说不清的东西就是这种冷阴阴的、茫茫苍苍的翠绿。它们是那么顽强和厚实,任何热情的东西触及它们,都会被它们包容,直至冷却。它们是收敛的,自私的,但又是悲天悯人的,胸怀一切苦难的。当他告诉她,他的父母弃他而去的时候,他还不到一岁,所以他们的长相他没有一点印象,他最困惑的事情就是不知道自己是从什么地方出来的。这给她另一种联想,她觉得他是从这些苍翠的山坡里钻出来的,他是那些冷阴阴的苍翠凝结出的精灵。

车子停在山湾里时,正是日落时分,巨大而又鲜红的太阳正从两山之间缓缓下沉。她有些激动,这是他的故乡啊。不管故乡多么贫穷僻远,在这个地球上有一块能称作自己故乡的土地,一直是她非常羡慕的。她没有故乡,父母都在地质队工作,母亲生下她的时候,他们正在一片原始森林里搞汞矿勘探。六岁的时候,父母把她带到一个叫寒棚岭的地方,那里一年有半年是冰天雪地。直到十一岁那年,父母所在的地质队终于在现在这个小城市的郊区定居下来。虽然父母仍要出野外,而且一去就是大半年,但她可以不跟他们到处跑了。在没有认识他之前,她对故乡不故乡倒没有特别在意过,是他每每提起故乡时激动的神情,和一次次带她回故乡时的自豪,使她觉得,故乡对一个人来说的确是很重要的。然而她却不知道自己的故乡在哪儿。父亲提起那片原始森林和寒棚岭时,她脑子里只有一个模糊的轮廓。更重要的,是她对这些地方从来没有什么故乡情结。父母的

故乡在川西北，也一次都没去过，她更是无法把那里当成自己的故乡。

炊烟蛰伏在黑瓦房上面，风吹过去时，丝状的白烟随风飘散，但匍匐在瓦上的部分却像生了根一样，柔韧绵绵，被风吹得荡来荡去也不愿离开。

一个农妇挑了担粪水，扁担吱嘎吱嘎一路响过去，突然又停了下来，看着她，似在自言自语地说：

“好像是李菡呢。”

她笑着说：“大娘，是我。”

“哎呀，真的是你呀，菡，快进屋去吧。”

大娘说着放下粪桶，撩起衣角抹了一把眼睛，她的眼睛被眼泪浸湿了。她记在了心里。她知道，在其他任何地方，都不会有人因为她的到来而这样激动的。

“大娘，那我在这里等你吧。”她说。

“要得。”大娘说。

大娘把粪挑到地里没有淋就回来了，她问：“粪桶放在地里不怕吗？”大娘哈哈大笑着说：“今晚上就让它在地里宿一夜吧，粪桶又没人偷。”大娘认真看了她一阵，感慨地说：

“菡，你瘦了。”

她好不容易才忍住眼泪，她并没有瘦，她还嫌自己胖呢，可大娘是因为怜爱自己才这样说啊。她们都把细平当作自己的儿子。如果说，细平小的时候，除了因为是他的长辈和怜悯他才把他当儿子，那

么当细平考上大学离开故乡后，这十多年来，他们已经完全把细平当作亲儿子了，有时甚至觉得比亲儿子还亲。以前，她觉得这一切和自己都没多少关系，可现在她明白，自己已经和他们联系在一起了，至少在自己的生命中，有一根神经是要和他们联系在一起了。

她本来想先去三伯娘家的，因为细平是三伯娘带大的。一是因为碰见丁大娘，二是三伯娘和三伯伯都已经去世了，要去也只有去老八家，他是三伯娘倒数第二个儿子，是和细平关系最好的一个。这样一来她就只好去大伯娘家了。这个大伯不是细平的亲大伯，村子里凡是岁数比他父亲大的他都叫伯，比父亲小的叫叔。父亲的年龄有多大，细平是不清楚的，但村里人清楚——该叫伯还是叫叔，都是他们教的。

大伯娘的儿女们都各自成家了，现在这个家里就剩大伯娘和大伯两个老人。大伯是个道士先生，从不干家务活的，人瘦得像根老豇豆。她进去时，大伯舒服地躺在竹凉椅上抽烟，那根烟杆比他的脚还长。

“菡，饿了吧？”大伯娘说。

“饿倒是不饿，就是感觉满脸都是灰，想好好洗个脸。”

“好，那我先热水。”

大伯娘一直都喊她菡，以前她还觉得有些别扭，因为别人从没有这样喊过她，在她看来，只有和自己最亲近的人才可以这样喊，可父母从来都是叫她“李老二”——她有个哥哥。细平也没喊过，哪怕是两人最亲密的时候，好像他一直很不好意思喊出她的名字。现在她

不光是习惯了大伯娘叫她菡，她还体会到了一种真切的亲情，心里热乎乎的，特别受用。

洗了脸，她把给大伯娘和大伯的礼物拿出来，一人一双厚实的棉纱袜子。她要拜访的人实在太多了，没法带别的东西。

大伯娘高兴地责怪道："你也是，来了就行了，还带东西。下回可不兴了。"

她说她要把其他人的礼物送去，大伯娘说行，但一定要回来吃饭。她说："我想吃苞谷饭。"

大伯娘马上叫大伯打扫石磨。她说："这么麻烦就算了。"大伯娘兴致勃勃地说："苞谷面家里有，但那是机器磨的，蒸苞谷饭的苞谷要用石磨磨来才好吃。"大伯说："我们也好久没吃了，心里也欠着呢。"

村子里只有二十来家人，他们因为她的到来而沸腾了。开始她只带了老八的女儿，后来十几个孩子跟着她，她去哪里他们就去哪里。每到一家都要说一阵，坐一阵，都要留她吃饭。回到大伯娘家的时候，大伯娘的苞谷饭早就煮好了。一大帮孩子毫不客气地涌上桌，她生怕饭不够，大伯娘却早有准备，她乐呵呵地说："不只是他们，他们晓得你在我家，一会还会来人呢。"她煮了三升米，两升苞谷。她把甑子揭开给她看，她立即惊呼起来："这么大一甑饭，我一个月也吃不完。"果然，不断有人来，他们的确是来看她的，可他们坐下后，和她却没什么话说，互相之间谈起猪牛鸡狗的事来。她想把那件事说出来，又觉得自己刚刚才到，这么急就说不好。吃好饭，坐在他们中间，她感到一种孤独。走进在座的这些人的家时，她觉得自己和他们还是

很亲近的,可和他们这么坐着,却又觉得隔他们很远很远。而细平每次回来,遇到这种情形,他都可以参加他们的交谈。他平时是个话不多的人,可在他们中间,他却可以滔滔不绝。她最羡慕他的地方,就是他有故乡,有故乡才有根。早晨那个让她动身的念头里,她还以为她也可以把这里当作自己的故乡,此时看来,这是不可能的事情。

夜色清凉,月光下面流淌着乳白色的声音,轻声慢语,喋喋不休,满山遍野。这是月亮的魂吧,她想。

正如她所担心的,在这样的屋子里她是睡不着的,再累也睡不着。老鼠们一刻也不消停,在楼板上面跑来跑去,还吱吱地叫,还有种种虫鸣,并不像书中写的那么动听,而是吱吱嘎嘎,永远重复着一个腔调,不绝于耳。不过,即便没有这些声音,恐怕还是睡不着,屋子里的气味,和木屋里装苞谷的囤箩,盛谷糠的扁桶,摊着红辣椒的簸箕、窝筐,板壁上挂着的衣物、斗笠、棕布口袋、鞋圈、麻线,楼辐上悬挂着的黑乎乎的腊肉、腊猪脚,甚至还有半块狰牙露齿的猪头,这些东西,都刺激着她的神经。这些都是她平时生活里没有的。她习惯的是各种化妆品的气味。

和他第一次回来,是住在三伯娘家,那间屋子也和大伯娘家这间差不多,但她一点也没在意。被他拥在怀里,哪怕是一个狗窝,她也能够安然入睡。她曾经庆幸过自己是女人,跟他在一起可以什么都不管。当然不止回来过一次,可只有第一次的印象是最深的。他带着她,去钻他小时候钻过的山洞,去钻枞树林。他说他十四岁左右的时候,特别不想住在三伯娘家,他想在某个地方挖一个地道,在地道

深处修建一座地下宫殿，然后和自己最喜欢的女孩子住在里面。修宫殿仅仅是一个念头，是没法实现的，于是他在枞树林里用树枝搭了一个小房子，和猎人的窝棚差不多。谁也不知道，连和他关系最好的老八也不知道。可后面被三伯娘知道了，他在里面只住了一个晚上，就被三伯娘一脚踢倒了。三伯娘把他痛骂了一顿，把搭房子的树枝捆回去当柴烧了。三伯伯是个老蔫儿，做事不慌不忙，脾气好，三伯娘则是个火爆子脾气，做事非常麻利。她见过她摘豌豆，那是为了腾地做秧床，三伯伯把还没长老的豌豆割了。三伯娘站在牛圈门口，一边摘一边和她说话，一边把摘过的豌豆草往牛圈里掀。当时她已经六十岁了，嘴里噼里啪啦，两只手上下翻飞，不一会，小簸箕里的豌豆荚便成了一座小山。一家人里里外外全靠她铺排，一辈子都在忙碌。她生了十七个儿子，养大了九个，儿多母苦，老子磨像水牯。她并没有把细平当外人看待，吃的穿的，打和骂，都和她的儿子相同。不打不成人，她恰恰是把他当亲儿子待才不客气地打他骂他。可细平那时不这样想，他知道自己不是她亲生的后，便觉得她不应该打自己骂自己，应该对他“客气”一点。一嘟噜儿子，站成一堆都成林了，吃起饭来像牢里放出来的，放开抢，一个个背草进洞似的，每张嘴都是填不满的岩洞。所以吃不饱饭的事是经常发生的。细平觉得委屈了，挨打和骂不说，还吃不饱饭，觉得三伯娘虐待自己了。一到这种时候他便去村里其他人家蹭饭吃，都知道他没娘老子，都可怜他，所以他要蹭饭吃用不着自己开口，伯娘姑婶们第一件事就是问他吃不吃饭。三伯娘的嘴很少饶人，这些伯娘姑婶们此时便趁机说她的坏话。细

平听了,觉得还蛮解恨哩。离开故乡后,他深深地忏悔了。有一次他的文章获晚报副刊征文奖,颁奖后到酒楼吃饭,看着桌子上剩下整只的蹄膀和鱼,没有人动一下筷子,他突然想起有一次,三伯娘用指头把他们吃过的饭碗上沾着的苞谷羹刮下来吃,越想越不是滋味儿,加上喝了点酒,他实在忍不住,跑到卫生间哭了一场。他想:我的三伯娘要是能吃上这样的饭菜多好哦。

他的父母是同时死去的,关于死因,村里人却是语焉不详。细平自己也说不大清楚。她从村里人的片言只语中,听到了两种截然相反的说法。

第一种说法是,细平出生后三个月的某一天,那个初为人父的男人为生产队守收谷房,当天晚上他睡得太沉了,谷仓被人挖了个洞,偷走了几百斤谷子。这是村里最好的谷子,留下来当种子的。他早上醒来后立即去向生产队的领导报告,谁知几个领导都不在家,说他们已经去他家了。“他们去我家干什么?”他大惑不解,立即往家赶。在路上他不时看见地上有谷子,像引路一样一直引到他家,他看见几个队领导正围着一袋谷子议论。他被吓坏了,哭着说:“队长,不是我偷的呀,不是我偷的。”队长冷冷地说:“没有哪个说是你偷的。”他说:“队长你得相信我,我背不起这么大的罪名哪。”队长说:“背不起就不背。”但不一会,公社武装部长来了,带了几个荷枪实弹的民兵,把他们家围了起来,他们要彻底搜查。他像小孩一样呜呜地哭着,但没人理他。他从柜子旮旯里摸了包老鼠药,倒了一半给瑟瑟发抖的媳妇,他们一起把它吃了。最后搜查下来,除了那袋占不到被偷的二

十分之一的谷种,再没搜出其他东西。真正偷谷子的人不过是为了转移视线。可他们被荷枪实弹的民兵吓坏了,觉得这事没办法弄清楚,只有死,只有用死表明自己的清白。

直到现在,也没有人知道,偷谷种的人到底是谁。

另一种说法很简单,说谷种就是他偷的,做事不密,拿了个破口袋,一路撒回家,天一亮就被人发现了。当时有一半的人家已经断粮,只能吃菜根和红苕稀饭度日。偷谷种可不是件小事,他畏罪自杀了。自杀前担心老婆孩子留在世上受苦,于是在老婆和儿子的饭里放了老鼠药,可细平那天就不吃饭,只是哭,结果他留了下来,父母却双双离他而去。

无论是哪种说法,都是凄凉的,都是因为太穷。他曾在一篇文章中写道:“人生少年,父母是那只尖尖的船,不管风里雨里,它都会载着你。如果没有这只船,那就只有冰水里泡着了。”

父母的死,在他心里留下的是怎样一种阴影呢?她是连意会也意会不出的。但她觉得,不管他心里有什么样的阴影,他从来都没有想过要走出去,当遇到某些事时,他是拼命往阴影里缩的。

李菡去看过他父母的坟,虽然是合葬,但并不大。村里人曾经劝细平给他们立块碑,但细平支支吾吾的,没说行也没说不行,时间一长,就没有人再提了。也许在细平的心里,他们的死对他永远是一种伤害?

乡下秋收已经结束,揭开嘉禾的田野像袒胸露乳的母亲,每一块泥土,每一根草茎,每一片白云,都能吸出乳汁来。肥大的蚱蜢似乎

全都有孕在身,它们蹒跚的身体和秋天一样沉重。落叶像少女的舌头一样鲜红,它们是阳光脱落的鳞甲,在旷野的角落熠熠生辉。撒落在小径上的草屑带着农夫的温暖,在静静的夜晚它们恣肆地舒展着身子,就像个循规蹈矩的女人终于有了属于自己的时候。

农民在一年四季里似乎没有什么空闲日子,那些活路像嗷嗷待哺的娃娃,它们已经等得不耐烦了,正等着农人去抚拍和安慰。她去了老八家,老八把土地租出去了,他在马路边搞了一个加工坊,还开了一个小商店。他的媳妇桂秀负责种菜园子,喂五头猪,在这个僻远而落后的乡村,他们的小日子过得很巴实。

老八比细平小两岁,但他从不喊细平哥,他叫他的小名。细平的小名叫细瓶儿,大概是因为小时候太瘦。上小学时老师觉得这个名字不好,把瓶改成了平。冉细平偶尔用细瓶儿做笔名发表文章,说明他还挺喜欢这个小名。

老八说,细瓶儿出事那天,他在给老九他们家犁田,平时很温顺的老黄牛那天很犟,开始是枷担架不上去,架好后又不往前走,而是故意后退。老八气得要命,砍了拇指粗的一根荆竹,把老黄牛的屁股抽出了一道道鞭痕。很不吉祥的预兆,不是要死人,就是有什么大灾难即将发生。几天后,才知道是细瓶儿出事了。

“我还以为是哪个老人不能活了。”老八幽幽地笑着说。

“没想到是他。”老八说。

“真的。”他说。

“牛呢?”她问。

“就在第二天，来了个牛贩子，把它牵走了。本来值一千二，我只卖了八百，它那个叫声叫人受不了。”老八说。

她看见他的眼眶里蓄满了泪水。

“我不用耕地了，养牛也没什么用，再说它也老了。”老八又笑了笑。

小时候他和细平同睡一床，同睡一床的还有老九和老七，但他们总爱分成两派，为抢被子什么的打架。他和细平睡一头，老九和老七睡另一头。有一次老七骑在他身上揍他，细瓶儿在老七的脚丫上狠狠咬了一口。老九又把细瓶儿的肩膀咬了一口。

她从老八媳妇桂秀嘴里得知，老八得知细平出事那天，他没喝一滴水，也没进一粒米，比三伯娘去世还伤心。

是她写信告诉老八的，那已经是细平的后事办完以后。冉姓坝至今不通电话，有什么事只有写信，一封信送到主人手里，要七八天时间，有时甚至莫名其妙地要半个月。老八说：“要是有电话就好了，有电话你打电话给我，我也好去看一眼。”

老八对细平的爱，整个冉姓坝对细平的爱，她感觉自己是不及的。或者说，对这种爱和被爱，她只能想象，是无法像品尝食品一样去亲自体会的。她为细平，为冉姓坝，为她自己，所感到的只有怅惘。有时，她隐约觉得这种爱和被爱，并没多少必要，跟转瞬即逝的生活相比，人应该获取的似乎应该是另外的东西。这种东西到底是什么她并不明白。但是，更多的时候她觉得自己最可怜，因为自己想象中的“人应该获取”的东西，其实从没见过，而且永远也不会到来，这样

一来,她又有些嫉妒他们了,因为她什么也没有。

那天她没有一点预感,但是恰好那天她回家来了。若是不回来会是什么样,这个问题她想过,但没得出结论。如果她不回来,是没有人知道她的去处的。

那几天她都是和那个人在一起。那个人是她在梦中遇到的。

她第一次看见他的时候,他开着一辆微型轿车,轻轻地停在她旁边。他微笑着说:"小妹,请问一下,去市博物馆怎么走?"她左右看了一下,不相信有人喊她"小妹",因为她已三十多岁了。他用手捋了一下头发,又笑了笑。她感觉自己脸红了,体内有什么东西在跳动。那双眼睛、那种声音、那张微笑着的脸,都有摄人魂魄的力量,让人心荡神移。

就像宇宙形成时诞生的第一个氢原了,没有理由,没有明确的日的,只有无限的空间。宇宙的轮廓出现时,那个氢原子正是为这一切安排的。当时她体内诞生了无数的氢原子,她不清楚它们究竟意味着什么。作为一个婚姻中的女人,一成不变的生活是简单而又明确的,甚至是坚定的。可突然之间,她有一种渴望,渴望得到一种调整。

一辆中巴从她旁边开过去,在不远处停下来,耳朵上戴了三个金耳环的小伙子用嘶哑的声音叫喊道:"81 路,81 路,大姐走不走?"她没理他,她一向觉得戴耳环的小男人都是小流氓。她转向陌生人:"前面十字路向北拐,不远处就是博物馆。"他说了声谢谢。她有些犹豫,她觉得她完全可以大大方方地告诉他,她就在博物馆旁边的银行上班,她可以坐在他的车上带他去。可她克制住了,她一向觉得自己

的长相还算可以,长得还算可以就应该矜持一点。当然她心里也明白,这主要是因为她是一个骨子里有些传统的女人。

她有些遗憾,觉得自己是那样不可救药。

可当她拐过那条大街时,她的心却按捺不住地怦怦跳起来,她看见他的车停在银行下面,不由自主地紧走了几步,好像他是在那里等她。她看见他正把一只大纸箱从车上拖下来,取出两个盒子,刚关好车门,好像有什么不妥,重新打开车门,拖出纸箱,又取了一盒。这等于给了她时间,他第二次关好车门便看见她了,于是微笑着站在那儿。她有点慌乱,但她做出理直气壮的样子,她觉得自己应该理直气壮,因为她在这里上班,这是她的地盘。当他看出她的目的地是银行时,立即抱歉地笑了,话从他嘴里出来却像是在埋怨:“你该坐我的车嘛。”她笑着说:“你不停我怎么上?”他嘿嘿地笑了。她说:“你不是到博物馆吗?”他说:“我怕你不知道这个银行,因为知道博物馆的人肯定比知道这个银行的人多,所以我问你博物馆。”她忍不住笑了。她说:“我都不知道那就完了,我在这里上班已经十年了。”他也跟着笑起来。他是来给她的领导送月饼的,还有三天就是中秋节了。这就更需要她的“指点”,因为他不知道他们的办公室在哪层楼。她本想告诉他,领导们一般要再过一个小时才会来办公室,但她没讲,觉得自己不能太主动,再说,万一领导今天提前来办公室了呢。他去敲了一阵门,一盒也没送出去。如果是别的事情,她可以叫他放在她桌上,她帮他完成,可这是给领导送的礼物,她就不好越俎代庖了。

到了这个时候他们已经熟络了。她可以给他泡茶,叫他在屋里

坐，慢慢等。他则暗自庆幸今天的巧遇，如果不认识她，那就只有站在走廊上了，哪好意思坐在她办公室。她觉得她体内那些氢原子有一部分已经转变成其他原子了。除了不知道他的名字，她已经知道了他的单位和他所从事的工作。如果他体内也有氢原子，那么他们之间的氢原子已经发生了碰撞，当然，这是一种普通的、自然的碰撞，碰撞之后产生的物质也是普通的。他看见她桌上有三个讲义夹，脊背上有一个名字：李菡。他看了她一眼，仅仅是一瞥，微微一笑，问道："这是你名字吧？"

"你说呢？"

她不置可否地反问道。血涌上她的面颊。

她自己能感觉到。她没想到就这么让他知道了自己的名字。他喝茶的时候，用拇指和另外三根手指把住杯子，小指托住杯底，即使换到另一只手也是这样。她觉得这个动作很优雅，尤其是那个小指头，有一种对生活珍惜的意味。

她越来越觉得，他有什么地方正在不住地吸引着她。

他告诉她，他来到这个城市的时间还不到一年，对它还不是很熟，在这里的朋友也不多。她说："时间长了就多了。"他很狡猾地说："那当然，我今天不是多了一个了吗？"她支吾道："在城里生活久了，觉得还是乡下好，空气新鲜，人也没这么嘈杂。我家那位的老家是农村的，我们每年都要到乡下去过年，可惜是冬天，也不怎么好玩，要是夏天能去就好了。"他说："那有什么关系，你什么时候想去，说一声，我用车送你。"她觉得他的话是真诚的，她想说声谢谢或者到时候你

可不许反悔。但她没有说,她问他还要不要加点开水。他说自己来。他在饮水机上把自己的加满了,顺便把她的也加了一些。他用的是一次性的塑料杯,她用的则是一个好看的镂花玻璃杯。他接水的时候用欣赏的眼光看了一眼。这一杯水还没喝,领导来了,临出去之前,他小声问她:“要不要一盒月饼?”并且暗示她,月饼是他所在的单位买的,但这事他能做主。她急忙说:“不要不要,你送给领导就行了。”他说:“领导是领导的。”她说:“我怎么好意思要你的东西呀?”他说:“这样吧,现在给你其他人看见了也不好,你下班时我到下面打电话给你,你下来拿。”她红着脸说:“真的不要,你不用麻烦了。”他说:“就这样,说定了。”

她的确不喜欢什么月饼,但要是直接说不喜欢似乎又不大好。他走的时候没来和她打招呼。她有点失望,但想到他说过下午给她打电话,这又让她心里怦怦激动起来。他真的会打吗?显然,电话比月饼重要得多了,前者是冬天里的太阳,后者则不过是一块甜甜的面粉做的粑粑而已。他真的会打吗?她想了好久,甚至可以说,剩下的时间里她都在思考这个问题。和她一间办公室的同事下乡扶贫去了,没人和她说话,因此想这件事的时间就更多了,多得她都有些烦了。难道他就那么值得她在乎吗?这是旁人想知道的问题,对这个问题她差不多没有想,她只是觉得,自己仿佛又回到了十八岁,仿佛自己从没经历过爱情,现在刚出现一点苗头就把她给迷惑住了。

很多年前,她有过类似的经历。那是在总行举办的短训班上,她莫名其妙地爱上了给他们上课的一位老师。这位老师刚从大学毕

业，讲课时还有些腼腆，因为下面的学生大都工作了两年甚至更长的时间，他比他们的岁数都小，只有她和他差不多。上课时看看他，沐浴在他的声音里面，她觉得真是幸福极了。她一点也控制不住自己，她愿意为他做一切，而她需要的，仅仅是要他能让她爱他。有一天晚上，她靠在他宿舍门前柏杨树上，等了两个多小时，不为别的，就为能看他一眼。她忘了这样做会受到其他人的嘲笑，也忘了这会使他多么难堪。她只知道一点：她多么爱他。这种爱超过了她所能控制的程度。他生气了，甚至和其他人一样，认为她是个"花痴"，根本不理她。短训时间有只一个月，还没结束他就"逃"走了。他其实是要回学校去办一些手续，但班上所有的人，包括其他老师，都说他是被她吓跑的。从此以后她再也没见到过他。过了差不多一年，她才从迷糊状态中清醒过来。因为这件事，单位上的男人都不敢主动接近她。

过了好几年，有人给她介绍了细平。她和细平相处了两年才结婚，她和他相处的两年以及婚后的生活，是那么现实、平和、理智，和天下绝大多数夫妻一样。好像她天生就是一个不懂得爱，也不会爱的女人。细平对她，就和对待家里的洗衣机、电视机等等家用电器一样，他们都是家里的成员，他爱护他们，但他对他们没什么要求。包括性生活，也像同事之间一样平淡，他要，她便给他，他不要，她便算了。结婚的第一年，他们回冉姓坝去，有一天晚上住在三伯娘家，不知怎么搞的，她想了，他也有反应，可她刚刚主动地抹开裤子，他却慌张地把自己的裤子穿上了。他说："不行不行，这是三伯娘睡的床。"她理解他对三伯娘的感情，三伯娘相当于他的母亲，在母亲的床上做

这事也许真的不好，可从此以后，她便对这事再也没有兴趣了。连性生活都荒疏了，其他的爱似乎是无法从心里产生了。她对细平并不讨厌，他是个好人，他所做的一切她都是理解的。她是在理解中和他过着实实在在的婚姻生活。

当她为等那个人的电话而焦急不安时，她非常清醒地想着这样一个问题：这样做是对不住细平的。可同时她全身的神经细胞都在告诉她，这是正常的。他走后，他喝过的茶她没立即倒掉，而是有意无意地捧起它，轻轻喝了一口。当她想到自己平时从不用别人的杯子喝水，也不喜欢把自己的杯子给别人用时，她才像一个突然知道什么叫害羞的小姑娘，红着脸把它丢在垃圾桶里。

下午五点五十分，电话丁零零响起来时，她觉得整栋楼都在摇晃。响了十几声，她才把它拿起来：

“喂，你好，你找哪位？”

“我找李菡。”

天啦，她差点跳起来，虽然知道肯定是他，她还是有些受不了，觉得好像有一根东西从胸部插了进去。

“快下班了吗？”

“马……马上。”

“我在博物馆前面等你。”

银行下面车太多了，停不了车。她不知道。她想，他想得真周到，他一定是不愿其他人看见他和她在一起，才把车停在博物馆前面。

这让她很是满意。

他看见她,眼睛也不由自主地一亮:她穿了一件咖啡色的喇叭袖T恤,腰上系了一条细细的链子,下身是一条黑色短裙。头发也做过了。看上去脱俗典雅,又有浪漫情调。他笑了一下,他没想到她比上午看上去漂亮多了。他当然不知道,衣服是她中午特地回家去换的,平时中午她很少回去。头发也是从家里出来的时候顺便在路边做的。她并不需要他明白,只要他觉得她还算好看就行了。

“事情刚办完,我怕你下班走了。”

“不会的。”她轻轻地说。这句话具有双重含义,一是说不到下班时间她不会走,二是他既然说了要来,她是会等他的。她希望自己说的是前一个意思,可又希望他能听出第二个意思。

“我送你回去吧?”他以征求的语气问她。

“不大方便吧?”

“没关系的。”

这正是她所希望的,她没再犹豫,从另一边钻进了他的车。她装作好奇地打量着车里的一切,他告诉她,月饼在后座上,和早上送给她们领导那种是一样的。她说,谢谢。心里却想:我才不在乎什么月饼。她有点儿慌乱,对整个这件事有点不好意思,但她竭力掩饰着。

他开车的动作非常娴熟。她觉得,无论他开着车带她去什么地方,都会一帆风顺的。她讲了单位的一些情况,断断续续的,毫无故事性可言,如果不是他偶尔问一句作为鼓励,她肯定什么也不会讲。

到她家后,他给了张名片,然后把月饼给了她。她并不想请他到

家里去坐,可她还是出于礼貌问了一句,幸亏他拒绝了。

第二天,她在办公室给他打了个电话,对他送的月饼表示感谢。他约她星期天去郊外一个水库玩,她毫不犹豫就答应了。

那个水库搞了一个所谓度假村,小桥流水,情人旅馆什么的,假模假式。他们先在茶楼里喝了会茶,他小心翼翼地问她,他想去开间房,她咬了一下嘴唇答应了。在那间屋子里,她瞪着眼睛盯着他看了好一阵,然后和他紧紧搂抱在一起。她傻乎乎地问他:“你真的想要我吗?”他说:“我做梦都想得到你,想把你整个人吞下去。”她咬咬牙,说:“我什么也不管了。”然后宽衣解带。但在那个过程中她还是抑制不住紧张,她自始至终没让他碰她的乳房。她像小姑娘一样翘着嘴说:“你不能太贪了。”在她心里,她觉得它们应该是细平的,她觉得只有这样才“公平”——虽然此时这个人是自己所爱的,但细平毕竟是自己的丈夫,最关键的,是她从没想过要离开他。

他们的交往就这样开始了,差不多一个月见一次面。有一次她问他,他们的约会算什么。她内心还是觉得有些不安,至少从行为上是偷偷摸摸的。可他没明白她的意思,他说,他和她约会是因为他第一次看见她时便喜欢上她了。她问他,他们之间有没有爱情。他说,应该说有吧,不过他不太清楚爱情到底是什么。这个回答使她不满,但她知道,也只能这样了。她想过,要是细平知道了会怎样?想到这个问题,她既想永远瞒着细平,却又想知道他会是什么反应。没想到细平会出事,这个问题也就永远没有了答案。

得知细平出事的时候,她的第一个反应就是细平知道了她的

事情。

那一次她在外面待的时间最长，整整三天。那人调到一个分厂任厂长，新分了一间宿舍，他和她像夫妻一样过了三天。每天晚上睡觉前和早上醒来的时候他们都要做爱。第三天她说她不能再待了，再待恐怕就要瘫痪了，脚上一点力气也没有，腰也酸得要命。他开玩笑说：“我这儿什么都没有，只有一根扫帚可以把木把取下来给你当拐杖拄着回去。”他还说：“你拄扫把回去多美呀，人家还以为你是周游列国回来呢。”她为这个笑话笑痛了肚子。这也正是她越来越喜欢和他在一起的地方，他总是可以不时让她笑个够，笑得眼泪汪汪。

没想细平就在那天出事了。

她到家的时候，单位上的人已经搭了两张凳子，把细平放在一块门板上，上面盖了块大帆布。平时单位上死了人也是这样办丧事的。

她知道，当她走过去的时候，所有的人都希望看到她呼天抢地的样子，她自己也觉得应该这样，可她不知道该怎么做，总觉得做不出来。某一瞬她特别羡慕那些说哭就哭，哪怕是假哭也能哭个昏天黑地的乡下女人。除了惊讶和害怕，她什么也想不清楚。

他们告诉她，细平是抹窗子时没站稳摔下来的。他们一边说一边责备细平。尤其是女人们，责备细平怎么爬那么高去抹窗子。她家住六楼。男人们的说法要客观一点，他们一致认为是窗子木料的质量不过关，上合页的木螺丝吃不紧，爬在上面自然会掉下来，因为那扇窗子被扯脱了。接着他们便激愤而无奈地讨论起假冒伪劣和豆腐渣工程，然后又说到某某高官，吃了多少黑钱，弄了多少回扣，越扯

越远,远到联合国去了。

得知他是抹窗子摔下来,而不是自杀,她心里好受了许多。可她并没有因此如释重负,相反,在很长一段时间里,她总是在心里想,也许细平正是知道了她的那些事情才会爬那么高。难道没有这种可能?以细平的性格,这样做既给她留足了面子,也给自己留足了面子。

细平的天性就是平淡如水,就像他们的婚姻。他们的婚姻是一种没有激情的婚姻,但是这是一种非常真实的生活。细平下班后喜欢坐在书房写点东西,每次她回家时,总是看见他不是坐在那里写便是在看书。他的文章一篇篇在报刊上发表,但她从没读过它们,因为她不理解它们。细平写得最多的是自己童年的生活,和那个叫作冉姓坝的乡村的人和事。她习惯于在临睡前听听这些事,像催眠曲一样听。他一度很不满,但慢慢地习以为常了。有时她已经睡着了,他仍在独语。有几次她从梦中醒来发现他还没睡,正在默默流泪。问他,才知道是冉姓坝谁谁病了,或者某人发生了什么意外。他自责地说:“我一点也帮不了他们。”她要是愿意听,他便慢慢数给她听,他小时候得他们多少照顾,在他们自己也吃不饱的时候他吃过他们多少饭。随着时间的推移,他心中好像已经建起了一本非常精确的账本。她觉得这是一种狭隘,他说这就是他的命。

他那些文章发表,当稿费寄来的时候,他也很高兴,喝点酒庆贺一下。她说:“你要当作家,就应该走出去,多了解一下生活,整天关在家里,是成不了气候的。”他笑着说:“我什么候说过我要当作家

了?”她说:“那你还写?”他说:“这些事装在我心里,不写不舒服,永远也写不完。”

有一次,当她说她对他们单调的生活感到难以忍受时,他淡淡地笑了一下,对她说:“我不喜欢出去玩,你喜欢你去好了,即使你和别的人好上了,我也不会怪你,只要你不要让我知道就行了。”她当时发火了,说:“冉细平你还是不是男人?居然说出这种没志气的话,难道我就那么不值得你珍惜?”他说:“不是我不珍惜你,我是希望你活得高兴,活得愉快,你给我当老婆,我当然是很满足的,但我的确没法让你像其他女人一样,让你得到家庭生活的乐趣。”她觉得他真是不可救药,为此她心情忧郁了好久,有一种白活了的感觉。

她没想到他就这么离她而去,并且是以一贯不可救药的方式离她而去。她想:看来,你真的是不在乎我啊。

再也见不到他孤独地坐在书房里的背影了。她回到家时总会不由自主地往那里瞧一眼,仿佛他仅仅是暂时离开,到阳台上看书去了。当她明白永远看不见他时,她一下觉得很大一块心不见了,空得她难受,哪怕填块石头在里面也会好一些。可世间找不到这样的石头,因为这块石头在上帝的手里。

细平的书柜她没再动过,她不太清楚他读了些什么书。有一次他站在阳台上看书时,笑着对她说,他想体验一下飞在空中的感觉。他的眼里满是痴迷和幻想。她冷冷地对他说:“你走火入魔了吧?”他说:“主要是跳下去就爬不起来,要不然我真想试一试,那种感觉肯定是前所未有的。”当他不小心摔下去的时候,她不知道他是否体验到

了那种美妙的感觉……

驱使她回到冉姓坝的念头，也许和细平冥冥中的期望有关。结婚之前，他问过她，他们能不能不要孩子。他因为自己童年的经历而怕看见孩子受半点委屈。她也觉得要不要都没关系，于是婚后便一直没要孩子。这样的事自然不可能让冉姓坝的人原谅。在大伯娘家那天晚上，她已经听见他们议论了。一位叔娘叹息道："细平要是留下一男半女就好了。"大伯娘却用一种既遗憾又无奈的口气说："不过也好，要不然也苦了李菡。"听得她心里直酸。

老八家的床有一股酒味，它们是从隔壁屋子窜过来的，不过她觉得比住大伯娘家舒服多了。

老八讲了好多细平小时候的事情，大都是些有趣的故事。其中一件事在她心里萦绕了好久。老八说，小时候他们在山坡上放牛烧火，他从家里偷了一支烟，和细平轮着抽。还没抽到一半，用烟头烧树叶玩，在树叶上烧出一排排圆孔，比看谁烧的圆。大人们为了不让孩子玩火，说无论是树叶还是纸片，都不能这么烧，否则，死后阎王爷要叫你从这些洞钻过去，钻不过去就用鞭子打屁股。两人烧了一阵，突然想起这个说法，害怕了。老八忙把自己烧过的树叶丢到火里，烧成灰，觉得烧成灰阎王爷就看不见那些小圆孔了。细平却怎么也找不到他烧过的树叶，他烧了三张，只找到一张。他把地上的树叶一张张捡起来看，直到快哭了老八才把它们拿出来，原来它们被老八藏起来了。

这个故事使她产生了许多联想，以细平固执而狭隘的性格，如果

阎王真要他钻过去，他说不定宁愿挤成一根面条也要钻过去，而不会投机取巧想别的办法。她觉得她一直没弄懂他，他的内心有她抵达不到的地方，她一度觉得自己是个智力低下的女人。她相信在他平淡的性格里一定隐藏着丰富的内容。她和他之间隔着一张薄薄的纸，看似透明，却字迹模糊，就像在梦中出现的书一样。她一直试图超越它，她希望看见那张纸上描述的时光，可她没找到翻开那张纸的诀窍。

夜幕降临。落寞的田野。黑瓦房。竹林。犬吠。饭菜的香味。大人呵斥的声音。还有无处不在的窃窃私语的晚风。

细平出事以后，她没再和那人联系过，但她并不是要从此和他断绝来往，她不时还在想他，想想和他在一起时的情景。她也没有产生对不起细平的想法。她觉得细平既然不在乎她，那么她那么做也谈不上对他造成伤害。只是……她开始怀疑了，她和那人之间，似乎也不是什么爱情。总之，她特别在乎的、在细平这里没得到的东西，在那人那里也同样没有得到。到头来她仍然两手空空。

她这次回来，主要是想和老八他们商量，细平的骨灰如何处理。她知道他们对细平的感情，也知道细平如果有遗言，恐怕也不喜欢她把他放在公墓里面。她又怕她这样做使他们觉得她在推脱什么责任，因此回来后一直没敢开口。第三天晚上老八终于主动问起了她。老八的意思，如果她当时通知他，他会想方设法把细平的遗体弄回来安葬，他们对把死去的人烧成灰仍旧怀着一种恐惧心理，觉得那样“很可怜”。她告诉他，这是不可能的，城里有人管这个事，遗体是弄

不回来的。她其实也不清楚殡葬方面的规定,但她相信肯定有许多相关的条款不允许这么做。老八不以为然地,甚至有些不屑地对她说,办法是人想出来的。

老八和村里几个长辈商量,他们一致决定把细平的骨灰要回来安葬,同样要做一副棺材,还要做一堂法事,立一块石碑。老八主动承担了五百费用,其余的一家出一点。老八把结果告诉她,她非常坚决地说,所有的钱都由她出,只要大家出出力就可以了,要不然她不答应。她觉得出这笔钱既是为了细平,也是为了自己。也只能这么做了。

村里派了老八和另外一个人跟她一道去城里“接”细平。老人们一遍遍叮嘱两个年轻人,捧着细平回来的时候,过街过镇,过河过桥,都不要忘了喊“细平,回家了,我们回家了”,要不然他的魂回不来。

早上出门,村里老老少少都到村口来送她。她说她后天还要和他们一起回来,可村里人毫不掩饰眼里的悲情和对她的关切。大伯娘牵起她的手,无限伤感地说:

“菡,等到把细平安葬好,你怕再也不会来了哟。”

她再也受不了啦,转身搂着大伯娘,几个月来没哭出的声音,纵情而出……她想告诉他们,她会回来的,一定会回来的,可同时却又怀疑,是不是真的会回来,就像她无法把握自己对时光的印象……

2002 年 8 月于贵阳

路 神

文久良在三岔路口埋下一尊路神，他默默地请路神报个信，叫儿子回来一趟。不能回来，写封信回来也行。

有人说，你儿子有出息了，当上老板了。他觉得不可能，好心的人是逗他的，坏心的人则是讽刺他的。有人说，你到香溪打个电话问问他，就知道他到底在干什么了。他有时也动心，想去打个电话，但一想到打通了没什么好说的，又踌躇起来。

是他叫儿子不要回来的，话说得太毒了，那样的话只有恩断义绝的人才说得出来。

前不久，村子里一位老人特别想远在浙江打工的儿子，打电话说自己快不行了。老人的确生病了，但离死还远。儿子急匆匆赶回来，老人的病好了。儿子很生气，说他是辞了好工作回来的，再去哪里能找到那么好的工作。老人过意不去，把儿子寄给他的钱全部拿出来，他一分没动，有些是几年前取来放在床板下面的，一大股霉味。儿子不要钱，他还在气头上，他说："下回真要死了再给我打电话！"老人越

想越难过,想到天亮,把自己吊在房梁上,遂了儿子的愿,死了。

这事对文久良震动很大,他躺在床上唉声叹气,一夜未眠。有时候为老人不平,有时候为自己不平,这种不平犹如万箭穿胸,既难过又难受。

这些难受全都说不出口,它们慢慢郁积,即使偶尔忘记,重新想起时只会更加汹涌。他还记得上吊的老人年轻时犁田的情景,不管脾气多么暴躁的牛,到了他手上都会皈心伏法,他暴喝一声,好多牛都会打抖。现在呢？他在哪里？在天上？在地下？在阴间？阴阳两隔,如此近又如此远。

文久良望了望远山,远山层层叠叠;望了望天空,白云缓缓移动。感觉路神应该吃饱了喝足了,他把酒瓶收起来,在小路中间挖了个坑,把路神放了进去,默默地祈祷了几句,然后盖上细土。在他的想象中,路神一旦上路,就会像箭一样快。

白狗不知从什么地方蹿出来,煞有介事地东嗅一下西嗅一下,中途拐向一块稻田,把在谷桩之间觅食的翠鸟惊飞,文久良这才注意到,太阳已经下山了。

四下里静悄悄。黄昏是慈悲的。

从峡谷里的人记得谢神节那天起,每家每户的神都是从文久良家请来的。谢神节那天,长老带着峡谷里的当家人,敲着锣,放着鞭炮,背着祭品去祭土地神、山神、路神、稼禾神。祭山神的时候,由长老选定一棵树,用斧头“批”一个记号,这棵树别人就不能乱动,只能由文久良家的人选定一个日子把它伐倒抬回家,把它雕琢成各种各

样的神。

峡谷里的人在谢神节那天把保佑了他们一年的神送上天，也就是给它们吃喝一顿，然后烧成灰。它们的吃喝是想象中的，最后全都让人吃了。把旧神送上天，第二天再到文家去请新神。

文家把一年来雕琢好的神摆放在堂屋，去请神的人不用打招呼，把口袋里的东西倒进方斗就可以把一尊或几尊神请走。他们倒进去的东西有豆子、大米、荞子、苞谷，内容没有拘定，多少也不拘定，看各人的心意和家境。文家的女主人会时刻留心，等请神的人走出院子，突然从菜园或者竹林后面钻出来，把一个什么瓜，或者一束菜豆，甚至几根白菜萝卜装进那人的口袋，以免人家拿个空口袋回去而让她难为情。

文家雕刻这些神不希求吃，不希求用，不希求穿，更不希求钱。他们不是手艺人；白天种地，晚上雕刻，为的是让峡谷里的人得到神佑，他们乐于承担这份额外的劳动。

别人提来的豆子、大米不是给他们的，是供奉给神的。文家的人在它们没有生虫、没有被虫绵连成条之前，是不会去拿来吃的。只有放不下去了，已经被虫子蛀空了，神都不爱吃了，家里的女主人才去拿来，筛选一遍，倒进自家柜子，和着自家种出的粮食一起吃。女主人倒这些祭食的时候，还会唠叨两句：神神，真是不识贤啰。意思是，神呀，你们已经不珍惜它了，就让我拿去吧。

斯时，外面乱纷纷的，中国人正和日本人展开生死搏斗。虽然战火从未烧到这片高山远水，但战争的消息不时传来。虽然传到这里

已经变样了,但同样让人恐慌。在恐慌之中,对神的求助更虔诚了,连乡长、保长也来文家请神。文家住在山谷之上的山坡上,单家独户,却在整个山区享有自然形成的、稳如磐石的威望。

他们不用雕刻这样的字眼,而是认定神本来就在木头里,他们不过是用双手把它请出来。一块木头到了文家父子手里,他们一眼就能看出里面藏着什么神。他们的眼睛、他们的手、他们的身体,是和神相通的。不同的木头雕出天神、地神、稼禾神、山神、路神,不是他们选择的,而是神自己告诉他们的。

峡谷里的人对此深信不疑,他们自己也深信不疑。

与神相通的人家,应该说事事顺遂。可神似乎并不特别关照他们。头一件,文家在峡谷里活了好多辈人,就有好多辈人是单传,女子一大堆,"擦耳岩的姑爷,十字坳的瓦角"就是比喻某种东西特别多,多得不正常。第二件,文家那个唯一的男子,一定会在二十岁左右生一场大病,并且一定会落下后遗症。轻则脚趾头干枯萎缩,重则腰脊弯曲。他们信过医,倒在竹林里的药渣足可以给半亩地施肥。也信过巫,巫师说他们家的人不能照镜子,照了镜子雕琢神像时,会不由自主地带上几分自己的相貌,让别人把自己的相貌当成神供奉,当然会落灾落难。文家从那时起不但没照过镜子,连从水塘旁边走过也害怕,担心一不小心看到自己的相貌。家里脸盆、菜盆、铁锅全都有盖子,以避免残留的水照出他们的相貌。文家的男子从来不在家里洗脸,洗脸时跑到菜园里,捋青草上的露水来洗。这不叫洗,只能叫擦,奇怪的是他们的脸比峡谷里其他人的脸都要白净细嫩,年纪

一大，那种细嫩缺少婴儿肌肤的光泽，是一种薄薄的布满皱纹的嫩白，尊重他们的人会更加尊重他们，似乎那是一种仙气。可一旦有人因为什么事不喜欢他们，比如请回去的神不灵验而怪罪他们，那种嫩白就极可能成为被取笑甚至被辱没的对象。

困扰他们的第三件事，是他们与所有的人和善相处，像神一样不说别人长短，可这并不能抵消某一天某个人突然给他们一点难受或者难堪。比如无中生有的怀疑、猜测，或者因为一点小小的利益产生的嫉妒。文久良的父亲有一年烤了桶烧酒，他不喝酒也没烤过酒，是那些请神时供奉的粮食被虫蛀得太厉害了，已经有一半成粉状了，人不能吃，喂猪又觉得有罪，因为这是粮食。于是听了一个姑爷的建议烤了一桶烧酒。有一户人家娶媳妇，把这桶酒买了去。村里有一个人便说，文家靠别人供奉的粮食烤酒发大财了。说这话的人并不相信文家真发了什么财，他只不过是图嘴巴痛快；他并不否认文家的为人一向是恭谨节俭的，但他就是忍不住要把那样的话说出来。这样的事对生活毫无影响，难听的话会被风吹得了无痕迹，但这对文家老老少少的伤害，是一时半会儿难以疗就的。让文家的神匠们无法理解的是，神既然洞明一切，又为什么要让这样的事发生？

却也作怪。

文久良从小跟父亲学雕刻。父亲没有脚趾头，走路有些摇晃，但他从没摔倒过，走起路来甚至比脚趾齐全的人还快。父亲还有一个绝活，他可以用光脚踩板栗球，不管是刚熟的板栗球还是金针已经发黄的板栗球，他都能用脚板硬生生地把板栗碾出来而不受伤。他二

十三岁得病,正在腐烂的脚趾头不能穿鞋,春夏秋冬都不穿,练就了一双铁脚板。没有了脚趾头,光脚直接接触地面,比穿上鞋稳当一些。

文久良七岁开始向父亲学习请神,父亲从来不告诉他应该怎么做,除了不能动他码在一边有神的木头,别的东西都可以乱拿乱动,任他挖、刨、凿、锯、削、刻。锋利的锯子、凿子、刨子、锤子有时会不客气地咬他一下,他哇哇大哭,父亲连看也不看一眼,他要么去求母亲包扎,要么用嘴把伤口上的血吮干净。

在他雕刻的神没有被摆放在可以让人请走的地方之前,他不是待在父亲身边就是和姐姐们在一起。他原本还有两个妹妹,但都没有长大就死了,他的身份和地位因此更加特殊,在五个姐姐面前,他是无理可讲的霸王。父母有时候叫他“独幸福”,姐姐们把这三个字讹成“毒锈壶”,意思是碰不得摸不得。

夏天,他在她们身后追赶,用柳条抽她们的光腿。她们又跳又叫,却只能回头吓唬他,从不还手。他偷她们的荷包,把它挂在又高又细的树丫上,或者用蛇去吓她们,不管是缠在自己的脖子上,还是在她们面前突然亮出来,她们都会被吓得发抖。她们被吓坏了吓哭了,他却像什么事也没做过,没心没肺地玩别的去了。

有时候,他出其不意地贴在她们的耳朵上,“嗨”地大叫一声,等她们抱着嗡嗡作响的脑袋找到他,发现他正得意扬扬地做怪相。追是追不上的,追上了也不敢怎样,于是用最恶毒的话咒骂,骂他“打嫩巅”“短阳寿”“砍脑壳”,都是咒他早死。他听见了,只当耳旁风,他

说，骂又骂不痛。

白云从崖顶上飘过去，风从茅草上吹过去。

文久良对所有的恶作剧都不厌倦。最让姐妹们痛恨的，是吃饭时调开某人的注意力，将一泡口水吐在她的碗里。父母此时也会呵斥他，但如果哪个因为碗里有口水就要把饭倒掉，就会换来更大的呵斥，说他的口水不是毒药，闹不死人。

晚上，屋子里不点灯，唯一的一盏桐油灯有重要事才点一下。姑娘们天黑就睡觉，只有文久良敢到屋子外面玩，如果有月亮，他还会跑到屋后的树林里去捉黄鼠狼或者穿山甲。回来时，在屋子外面用各种声音叫唤：鬼来了，鬼来了。如果把谁吓哭了，他就像大功告成一样兴奋。

除了捉弄姐姐们，他还爱捉弄家畜和小动物。把鞭炮挂在狗尾巴上，鞭炮爆炸后，狗像箭一样冲出去，跑了半里路还在又惊又恐地叫唤；或者捏住狗的嘴筒子，让它不能叫也不能咬。要不就突然朝一只没有防备的母鸡追过去，母鸡扇动翅膀拼命跑，他紧追不舍，直到母鸡再也跑不动，小可怜样地蹲着，任他捉任他抱。有一次他还把两头牛的尾巴连在一起，然后用鞭子吓唬它们，其中一头牛的尾巴被拉断了。对那些小动物，他即兴冒出来的想法对它们全是灾难。掐掉蜻蜓的尾巴，插上一根草，再放飞到空中后摇摇晃晃，带着被暗算后的沮丧和愤怒，却无可奈何。捆住一窝老鼠的后腿，把它们倒挂在树枝上，它们又惊慌又使不上劲。谁也不知道他是怎么捉到它们的，仿佛他自有魔法，只要他愿意，他就可以向它们发号施令。有时候，他

的恶作剧会逗得家里人哈哈大笑，连刚刚吃过他苦头的姐姐也会笑得肚子疼。这时候只有母亲一边笑一边皱着眉头说：“作孽呀。”

现在，谁看见他那副苍老、严肃的相貌，都不会相信他小时候如此顽劣。就像看见一座坟，你很难想象死者曾经有过欢快的笑声。

文久良十五岁那年，最后一个姐姐也出嫁了。他在一夜之间完全变了，他的肠子变脆了，心也变脆了，不再打闹，不再嬉笑，也不再学鬼叫。有时他在梦中哭，醒来后如果还在哭，他干脆放声大哭。捂在被子里，以免父母听见。春节期间，姐姐们带着姐夫们来拜年，特地给他准备了礼物，他躲在屋后的丛林里不敢见她们，晚上也不回家，在树下烧了堆火蜷到天亮。第二天她们即将离开时，他才从林子里钻出来，但没有走近她们，而是把脸贴在松树上，让泪水哗哗流。回家后父亲责怪他不应该彻夜不归。他粗暴地说：“你管我的！”母亲问他：“那你饿不哇？”他冷冷地说：“不饿！”

有天夜里，父亲睡下后，他拿起父亲的雕刻工具，乒乒乓乓地干起来，一直干到天亮。父亲在床上埋怨了几句，责怪他弄出的声音太响了，但没有进一步制止他。他接连干了几个晚上，正是农忙季节，父亲忙田地里的事，没来看他请了个什么神。几天后，他把稼禾神从木头里请了出来。稼禾神是女的，父亲雕出来的稼禾神面无表情，看上去有点像男人，吃得苦，有使不完的劲。文久良雕出来的不一样，一看就是女的，并且还很年轻。当他用砂纸对神像进行打磨时，下巴左侧擦出一颗痣。细看发现这不是痣，是一个小小的节疤——树枝还没长大就折断了脱落了，后来被生长层逐渐包裹隐藏起来。最初

并不明显，如果不去擦它，要细看才能看出来。他忍不住擦了一下，变大了，用力擦了几下，大小没变，但一下子非常清晰。父亲说过，神是天地所生，是不会有痣的，只有凡胎所生的人和动物才有痣。父亲一眼就能看出木头里有没有神，自然包括能看出里面有没有暗藏的节疤。文久良把神像举起来看了看，突然发现自己雕琢出来的不是什么稼禾神，是三姐。没有那个节疤，还似像非像，有了那个节疤，三姐的神韵一下就活了。他感到口渴，抓起盛水的瓦罐喝水。许多年后，他仍然记得自己匆忙地抓起瓦罐时微微颤抖的双手。他悄悄把它藏起来，让别人把三姐拿去供奉，三姐会倒大霉的，因为她承受不起。

几天后，文久良请父亲答应他去学打铁。父亲答应了，请神又不要他帮忙，地里的活他一个人能干下来。他不是要当什么的铁匠，他只想把自己脑子里那些乱糟糟的或脆或软的想法像铁一样反复捶打，把它们通通打到铁里面去。

心里隐隐作痛。

两年后，父母决定给他娶亲。在山区，这样的事父母不用跟他商量，准备好了，叫他回来就行了。婚期快到了，父亲替他去向师傅请假，并请师傅来吃喜酒。他火暴暴地呛了一句："我不要，要娶，娶来你自己要！"师傅骂他忤逆不孝，骂完和其他徒弟一起笑他，觉得他的话太幼稚了。即使对父母订下的女子不满意，也不能这么说话嘛。在结婚的前一天，他失踪了。他的师兄弟们到丛林里去找他，他们嘻嘻哈哈地说："他一定是害臊了，躲到林子里去。"当天没找到，第二天

也没找到,再也没人笑得出来了。家里鼓乐齐奏,鞭炮乱响,新娘子已经进屋了,却没有人和她拜堂。新娘子的娘家人开始还沉得住气,以为文久良真是因为害羞,加上被文家这边能说会道的人好言安抚好酒相劝,同意先把新娘安顿在离文家不远的肖家,等文久良回来后再行大礼。

那天下午,太阳即将下山时,其中一个搜山队回来说找到他了,但怎么劝也劝不回来。文久良的父亲一扫愁容,从墙上摘下火药枪,大声说如果不能把他喊回来,他就把他的尸体扛回来。半个时辰后,翘首以盼的人听见了枪声,虽然很远,但足以让世界平静、安谧。都以为父亲把儿子打死了。不一会儿,屋子里扑通一声,随即传来文久良姐姐们的哭声,她们的母亲在家神面前昏倒了。

父亲并没有把儿子的尸体扛回来,他走到搜山者说的地点,文久良早已不知去向。他喊了几声,又骂了几句,儿子没露面,倒有几十只蝙蝠从什么地方飞出来,他把耻辱和愤怒向这些聋子们射出去,那些冤死的蝙蝠向上天发出的超声波至今没得到回应。

新娘子的叔叔伯伯哥哥嫂嫂再也稳不住了,天亮后,新娘的二哥背起新娘,其他人搬嫁妆,连已经安放在灶上的烧过一次水的新锅也揭起来,顶在头上走了。

几天后,文久良像野人一样回来了。他钻进厨房,用手抓起冷饭往嘴里塞,好几次哽得连气都喘不上来,食管像铁一样硬。难过地伸缩了几下脖子,喉咙上的硬块缓缓移动,突然眼睛暴突,米饭终于咽了下去,泪水夺眶而出。母亲忙去给他热汤,给他递水。父亲制

止道：

“不要管他，噎死狗日的！”

“他死了你哪点好哇？”母亲生气地把火钳拍在灶上。眼泪随着声音汹涌而出。

他躲婚那年开春，来了一个土改工作队，他家成了富农。接下来初级社、高级社，集体化的浪潮一浪高过一浪，先是土地进入大集体，然后牛羊和农具进入大集体，最后连煮饭的大铁锅也进入了大集体。唉，又是铁锅，就像那时候的人只知道吃似的，其实当时人们最大的麻烦就是吃不饱。生产队的大食堂给他们留下过宴席般的大聚餐记忆，短暂快活的时光很快因为接踵而来的大饥荒而失去了魅力。

文久良二十七岁那年，他不再打铁了，成了炼钢技术员，虽然他从不知道钢是怎么炼出来的。父亲也早就不敢从木头里请神了。他的工具被没收了，雕好的神一次供奉也没享受过就被烧掉了。他成了迷信活动的典型，不时被小学老师用来启发学生：如果神真有那么灵，为什么连他们的脚趾头都保不住？

峡谷里的人也认可了这种改变：既然土地牛羊都入了社，哪里用得着神来保佑？派头十足的社长向大家许诺，一定会过上好日子的，不但有饭吃，到年底还有一件新衣服。那些多少有点脑子的农民，用隐喻谈论着这些事，以为这不过是一场闹剧。但在正式的场合，比如社员大会上，他们总是缄口不言。如果是情势所迫，非要他讲两句，往往词不达意，关键的话逼了半天也讲不出来，就像担心自己虽然领悟了，但未必就应该告诉别人。于是，表面上看，他们完全服膺于社

长的宣言，相信那小娃娃似的奖品是他们所喜欢的。心里却在想：关在自家牛圈羊圈里的牲口既然已经入了社，为什么还要我去养它们？在自己的地里干惯了活的人，到集体的大田里谁不想偷奸耍滑？至于说用犁头翻地也能打倒帝国主义，鬼才相信。又不是在帝国主义的土地上种地，在帝国主义的土地可以犁“翻铧”，犁一铧起来盖住犁埂，下一铧盖住下一个犁埂，看上去全都犁过了，其实只翻了一半，种子落在犁埂上，哪能长出好庄稼？可在自己土地上，整治得了谁呢？出乎他们预料，集体化的高潮已经不可阻挡，世世代代共同遵守的奥义也连根动摇起来。政治词汇不时从他们嘴里冒出来，意义含混不清，有时是在骂人，有时是在自嘲，有时候和他们自己才懂的传统词汇绝妙地结合起来，会立即赢得一片笑声。

日子虽然艰难，却都一一应付下来了，竟也从容。

转眼又过了几年，文久良三十多岁了。他对女人的渴望终于苏醒过来。父亲在两年前的大饥饿中去世了。文久良和母亲靠吃树皮和菜根硬撑了过来。情况稍有好转后，姐姐们觉得兄弟冷清、孤单的生活真是可怜。她们发挥各自的优势，定要给他撮合一门亲事。文久良也答应了。

女方是一年前死了男人的小媳妇，生过一个孩子，因为没饭吃，挤不出一滴奶水，孩子在小猫咪似的哭声中，又回到他刚来的世界里去了。大姐二姐觉得没有比这更好的了，既证明她能生育，又没有任何拖累。

女方对文久良也满意，因为他的地窖里有几百斤红薯，柜子里还

有百余斤玉米，油坛里还有几斤猪油。这对饿得眼睛发花的人来说，是不可抗拒的诱惑。

文久良左脚有点瘸，是他二十四岁那年生病落下的。女人的眼里只有猪油和玉米饭，根本不在意他的脚。

结婚那天，队长拨了一百斤大米，两百斤苞谷，杀了一头病歪歪的老牛，让全生产队的人享受一次共产主义生活，同时也把另外两对年轻人的婚事办了。

文久良领着女人吃完饭回来，女人说她没吃饱。饭和肉是队长亲自分的，队长一边分一边吼：“吃慢点，狗日的些，噎死了我不负责！”有个老汉文绉绉的，本想对新人们说几句祝福的话，看见别人不到两分钟就吃了个底朝天，他吓了一跳，忙端着自己的饭和肉躲到桌子底下，吃完了才钻出来。文久良也感觉没吃饱。其实和平时比起来，饭和肉够多了，可就是感觉没吃饱。他对女人说：“我炒苞谷花给你吃吧。”女人充满柔情地说：“那我给你烧火。”大铁锅已经入社了，家里只有一个祖传下来的又重又厚的小锑锅。文久良把玉米粒放在锑锅里面，盖上盖子，在火上烤一会儿然后端起来摇晃，玉米粒变成爆米花。烤一阵，摇一阵。他把爆米花倒出来，叫女人吃，他再炒。最后两锅，他还放了点猪油和盐。女人说：“好了，你不能再炒了，我再也吃不下了。”放了猪油的爆米花倒出来后，女人说：“我再吃一点就不吃了。”文久良看见她慢姗姗地，一手端爆米花，一只拿水瓢去水缸里舀水喝。他正想问她，是放了猪油的好吃，还是原味的好吃，只听见女人叫了一声，爆米花和水瓢同时落地。文久良忙去叫肖婆，肖

婆懂点土医土法。看见女人的肚子被爆米花撑得像个孕妇,肖婆束手无策,只能叫人往香溪医院送。大肚子既不能背也不能抱,只能躺在门板上。四十里山路,终于来到医院,女人已经叫唤不出来了。医生说胃撑破了,出血太多,救不过来了。

文久良把女人埋在山背后的松林里,每到夜里,擦耳岩的人都能听到他悲伤的哭声。那些心肠慈软的女人,也陪着他流下了伤心的泪水。

这一年的冬下,全公社的劳动力都被集中到擦耳岩来造梯田,山顶上架着大喇叭,天还没亮,大喇叭就唱开了:“社会主义好,社会主义好,社会主义国家人民地位高,反动派被打倒,帝国主义夹着尾巴逃跑了……”接下来便是公社书记讲话:“……今冬明春,我们要大干快上,掀起工业学大庆、农业学大寨的新高潮……”喇叭里不时呲的一声,就像公社书记讲着讲着,突然从嘴里拉出一根铁丝。工地上还有一幅标语:严肃认真,团结活泼。公社书记是复员军人,办事既严肃又认真,但说到团结活泼,社员的脑子里首先冒出来的是灵活的脖子——“活脖”嘛,脖子灵活,行动才敏捷嘛。他告诉大家,要艰苦奋斗,要超英赶美。可农民挥着锄头,挑着泥土,却很难想到自己是在跟谁比试,又不是摔跤、跑步、逢年过节搞玩耍。因此他们总是一边干活一边谈论猪呀牛呀,东家长西家短,不时嘻嘻哈哈。

只有文久良比较符合公社书记的要求,他在两山之间的窝棚里专门修理磨秃的錾子、凿缺的钢钎、断龙的锄头。他捶打烧红的钢铁时两眼放光,就像那鲜红的钢铁里有精灵在挑逗他,在和他闹着玩,

任他动作怎么麻利也捉不到它。他不去扎堆谈笑，也从不计较干多干少。书记很想把他树立成一个模范标兵，可他一旦离开铁砧，离开铁匠铺，就像失水的萝卜，手脚迟钝，目光呆滞。说个话喉咙像有颗烫栗子，吞吞吐吐模模糊糊。公社书记只好作罢。

姐姐们再给他张罗婚事，他全都摇头。大家都以为他从此再也不结婚了，对他既钦佩又同情，在这山沟沟里面，难得有这么重情重义的人。

直到他四十九岁那年，他在横坡坳守水，在“倒龙管”旁边捡了个奄奄一息的女人，他把这个人背去医院，然后又把她背回家。第二年，女人给他生了个儿子。

云秀风清，满山红叶黄花。

文家灰出生这年，大集体解散了，人们整各自的地吃各自的饭。没有生产队长，直接和土地打交道，心里有种莫名其妙的悬乎。有人怀念起文正泽，说他要是在就好了，就可以到他家去请神了。出乎他们的预料，有一天文久良在铁匠铺制作了一套工具，把神从木头里请了出来，经他手请出来的神和他父亲请出来的一模一样。渐渐地，文久良成了远近闻名的神匠。和父亲唯一不同的，是他多请了一尊财神。这不是他的意思，是前来请神的人的意愿。以前他们从没供过财神，从现在起，他们不能再怠慢它了。

埋在三岔路口的路神，是文久良最近几年雕刻的唯一的一尊路神。自从财神在众神中的地位越来越显赫，路神、山神、稼禾神就越来越受冷落。最近几年，有人甚至只请财神，连家神也不要了。文久

良常常为此不安，但他自己，也不知不觉地受到这种潮流的影响，对路神、山神爱理不理。他想起一句俗话：“要人的时候要人，不要人的时候屙尿淋”，不禁有些惭愧。如果路神心量狭小，那么，它还会不计前嫌努力向着儿子所在地方进发？还会附在儿子文家灰的耳边大吼一声“家灰，你有好多年没回家了？哼！”吗？

文久良恨不得把路神刨起来，把自己当路神埋下去。

自从把路神埋在三岔路口，文久良对儿子的想念更加炽烈了。十三年了，虽然擦耳岩的人习惯用季节计算时间而不是小时，但十三个春秋，也不算短了。

在山坡上干活时，只要看见有人走进峡谷，他的心就抑制不住怦怦跳。有好几次，他以为一定是家灰，拄着锄头一瘸一瘸地往山下跑，跑一阵站一阵，直到确定不是家灰，他才遗憾地、害臊地、浑身无力地爬回来。往下跑时，拄着锄头不是因为腿瘸，要拄着拐杖才能走，而是因为来不及丢下它，他不用拄任何棍棒都能走。当他往坡上爬时，锄头真成拐杖了，全身的重量都压在上面才能挪动脚步似的。

接连十多天，他都在看得见大路的山坡上干活，今天浇粪，明天除草，禾苗被他侍弄得打蔫儿了，可他一点也没发现。

菜园里的豇豆、茄子什么的，他一会儿嫌它们长得太慢了，怕儿子回来没菜吃，一会儿又嫌它们长得太快了，再不摘就变老了，不能吃了。

他听说，最近回来的人多，那边的工厂不大景气。他听到的是片言只语，是那些从门前路过或者在离他不远的地里干活的人说的。

他很想去问个究竟,但他没去。

吸着叶子烟站在门前看山看水,看千山草黄,枫林如火,看弯曲的小路。薄薄的眼光如果能够一层一层地铺在那条路上,都应该有铜钱厚了。

有一天,他从堆放杂物的楼上把很多年前雕刻的三姐找了出来。他以为很难找,实际上他一下就找到了。

三姐是几个姐姐中长得最漂亮的,她的命却是最苦的。三姐出嫁那年,他才十一岁。有一天三姐坐在草堆上发呆,他把她推了下去。草很滑,他也跟着滚了下去,一头砸在三姐的肚子上。他正准备逃跑,以防三姐揪他的耳朵。可三姐没有揪他耳朵,也没骂他,三姐一下搂着他,在他脸上亲了一下,他还没明白怎么回事,三姐已经把眼泪哗哗地洒在他脸上。三姐说:“弟,我走了后,你要对爹爹好,对娘好,对四姐五姐好。”他问三姐要到哪里去。三姐叫他先答应,答应了再告诉他。他答应后,三姐说:“要到很远的地方去。”他蛮横地说:“你去干什么?谁叫你去的?我不准你去。”三姐害羞地笑着说:“不去不行啊。”

在草堆下面,三姐和他说了很多话,他全都忘了,只记得三姐一会儿哭,一会儿笑。半个月后,三姐出嫁了。三姐夫家的轿子进来后,母亲叫他去牵三姐,把三姐牵到轿子里去。本来应该背过去的,他年纪小背不动,众人大度地说,牵过去就行了牵过去就行了。任凭母亲怎么诓哄,其他亲戚怎么劝告,他噘着嘴就是不牵。母亲发火了,骂了他。他伤心地哭起来。他为三姐已经肝肠寸断,换来的却是

哈哈大笑,别人以为他不懂事才这么固执。他是不想三姐走。在他看来,三姐这一走,无异于生离死别。

三姐夫家条件最好,地宽房宽,可几年后,三姐常回到娘家来,一回来就和娘在屋子里哭。有一次,文久良看见三姐满身伤痕,才知道三姐夫经常打她,因为她连生了三个女儿。文久良忍无可忍,把父亲的圆凿别在裤腰上。三姐回家时,他在竹林中间的路上拦住她,自告奋勇地说:“我帮你杀死他!”三姐吓了一跳,问他杀谁,他说:“那个打你的人。”三姐叫他把圆凿给她看看锋不锋利。他把圆凿递给三姐,三姐顺手给了他一个耳光。三姐说:“小小年纪,你就要当杀人犯,骇死人呀!”他万分不解:“我是为你报仇啊。”三姐说:“我没有仇,有仇也不要你报。”姐弟俩对峙了一会儿,三姐软下来,叹了口气说:“阿弟,你还小,什么也不懂。”他的眼里噙着泪水,不恨三姐,但觉得三姐比自己想象的还要可怜。

几年后,当父亲说要给他娶媳妇时,他坚决不要,不是什么害羞,而是不愿意任何一个女人像三姐那样挨打。他不知道,女人是可以爱的,他以为娶来是要打的。

后来三姐生了两个儿子,三姐夫不打她了不骂她了,可家大业大,土改那年被划成地主,房子被没收了,屋子里的行头用具也被没收了,连碗筷也没有多余的。一九六〇年,三姐和三姐夫都饿死了。文久良每年都去给三姐上坟,但他从不进外甥们的屋,他不想见到他们,连话也不想和他们说。

他要让家灰“见见”这个姑妈。他把雕像认真打磨了一遍,好让

儿子回来后看看。

除了三姑妈,家灰也没见过他爷爷。这同样不好。文久良选了一段木头,把父亲的像雕出来。雕好后,他第一次发现,自己和父亲长得太像了。他把父亲雕得和自己一样老,其实父亲去世时还没活到他这个岁数。

他没有用谢神节指定的原木,谢神节一般用刺槐,他选用的是白杨。这样做,那些小气的神就不会怪罪他了。

三姐的像比真人小一半,父亲的像和真人一样大,他把它们立在堂屋。家里仿佛多了两个人,冷清得发苦的黑瓦房多了些生气。文久良又选了一段木头,把母亲的像也雕出来。是家灰出生后,母亲最快乐最忙碌时的形象。这个并不健壮但操劳了一生的女人半是嗔怪半是喜悦的表情,那种嗔怪像是她在替孙子撒娇,而不是她心里有什么想法。

还有一个人,要不要雕她的像,他有些犹豫。

这个人就是家灰的母亲。

他第一次看见她时,她斜靠在路边的石头上,像离开藤子的青瓜,怀里有一个豌豆花青布的包袱。他一眼就看出来,她长得非常好看。正是因为这种好看,在是否要背她去医院时他犹豫不决。若不是天空突然阴下来,若不是山后面传来雷声,他还真不知道怎么办。他把她背到医院后,雨并没有下下来,直到晚上才大雨倾盆,他很感激老天先打了那么一阵干雷。

她从不告诉文久良她是哪里人,为什么独自一人来到擦耳岩,为

什么病得那么厉害还要走路。就像几年后，谁也不知道她为什么突然一去不回。他只知道她的名字，和她做蓑衣饭的水平。她把糯米面、碎玉米蒸到半熟，倒出来摊开，放进清明菜、腊肉丁、一点点花椒、半勺盐，拌匀后放在茴香草上再蒸。蒸熟后，一缕缕清明菜像撕碎的蓑衣，也像杨树花。她只做过两次。在清明节前后，清明菜长到一寸半高的时候掐来做。每次吃蓑衣饭，他都非常高兴，对她又爱又感激。因为这不仅仅是蓑衣饭的问题，还关系到她那么年轻，那么好看，那么用心地做饭。他没有想到都吃过两次蓑衣饭，家灰都两岁了，她会突然抛弃他们。她走后，他再也没吃过蓑衣饭，每想一次这种饭的香味，他的心就痛一次。她出走那年他五十二岁，现在他已经八十一岁了，他的心不止痛了二十九次，但心里已经没有硬硬的不舒服的感觉了。

朝雨晚晴，炎夏凉秋。

过去了的，也就过去了。

当时他做过种种猜测，还有难以抑制的怨恨，但他从来没有忘记过她。他怀疑她嫌他穷，嫌他岁数大，嫌他是个瘸子，嫌家里冷清；他怀疑她心里有一个人，也许她对他又爱又恨。任何一种怀疑都像一剂毒药，毒药并没有隐藏自己的毒素，但他必须吞下它们，这很难受。

她抛家弃子离去后，擦耳岩传言文家灰不是文久良的儿子，是她和别的男人造下的孽种。老母亲对此大为不满，她不骂媳妇绝情，也不骂儿子窝囊，她骂擦耳岩的人歹毒，乱嚼舌根。她去菜园割菜，去林子里给家灰找野果，都要站在显眼的地方指桑骂槐地大骂一阵。

直到有一天，文久良说“妈呀，行啦”，她才收起她虚张声势的谩骂，悄悄地唉声叹气。

林子里有硬叶茶树结的树泡、野草莓、钻栗子、野柿子、山核桃、野樱桃、猕猴桃、酸酸杆。别人钻进去不一定找得到这些，老奶奶却每次都有收获，就像林子里的树是她栽的。这些野果有的甜，有的酸，有的涩，家灰并不是每样都喜欢吃，他喜欢把它们当零食，解解小馋嘴。

把路神安放到路上都三个月了，文久良没收到任何音信，但文久良不敢责怪路神，只能替路神开脱：大城市太复杂了，路神一进城就迷糊了。

他花了两天时间，把菜园里的瓜果菜蔬全部送人，每家都送一点，谁也不能落下。这些菜有老有嫩，有大有小，有些菜已经老得不好吃了，他抱歉地叫他们拿去喂猪。他告诉他们，他要去远方，不知道什么时候才能回来。

擦耳岩只有几十户人家，散落在崖畔或者山脚下，年轻人全都出门打工去了，剩下的不是太老就是太小，大多没有出过远门。他们向往城市的繁华，但深知那种繁华和自己没什么关系。他们谈论城市的繁华时，虽然全是道听途说，但喜欢用含混的文绉绉的曲解去描述，同时加上他们才能听懂的猥亵的说法。就像他们骂人时，喜欢别有用心地加上一些从文明之地传来的文雅的词语，这比直接辱没血亲相奸什么的更能打击对手。

文久良要进城了。他们都知道，他儿子在东莞办了一个厂，以为

他去了就不再回来了,要去儿子那里享清福了。他这一别,就是永别了。他这岁数,有力气去,没有力气回了。心肠慈软的不禁感到难过,在他离开后悄悄抹起眼泪。

他说他要回来的,只是不知道什么时候回来。没人相信:“儿子那么有本事,回来干什么?你一个孤老汉,难道叫家灰回来服侍你不成?”他没做更多解释,他对儿子的了解其实还没有他们多。他们还可以向回来过年过节的年轻人打听,他从没有打听过,仿佛这有损什么尊严似的。他一直怀疑,儿子办厂的消息是不是真的,是不是讽刺他的,会不会像高家寨那个女子一样,说法和实际情形正好相反。高家寨那个女子是她妈妈的最后一节肠子,也就是她妈生下的最后一个孩子。这个女子长得水灵,在贵阳打工,前几年,说到她的工作时,说她在卖肉。擦耳岩的人以为她在卖猪肉,过了好久,才知道这是隐晦的说法,原来她卖的是她自己,是让埋到地下的祖宗再往下钻三尺都会感到害臊的职业。

在他的眼里,儿子什么也不怕,而他和儿子正好相反,这也怕那也怕。他不好意思告诉他们,他害怕进城,他对神秘莫测的城市怀着恐惧,在他看来,人们建造城市的目的就是建造迷宫,好把那些乡下来的老实巴交的人弄糊涂,弄糊涂了好整治你。他听说,以前有一个人怕进城后找不到路回来,每走一段就放上一颗豆子。可他没能回来,因为那些豆子被促狭鬼换了地方。也有人说,不是什么豆子,也没有什么促狭鬼,而是那人用火炭画下的记号被大雨冲掉了。尽管这多半是传说,而且多半是用来取笑乡下人的,但如何去,如何回来,

心里一点谱也没有，预先感受到的骄傲和沮丧不轻不重地折磨着他。

至于进城的目的，更不便说给别人听。

中秋节那天，四姐的孙女来看他，给他带了一盒月饼。擦耳岩的人不怎么重视中秋节，以前没有见到过月饼，也不知道吃月饼代表团圆。不仅因为穷，还因为过惯了冷清的日子，除了春节和端午节，其他节日都被省略掉了。这十多年来，不时有外出打工的年轻人回来过中秋、过冬至，峡谷里的人才慢慢理解了这些节日的意义。四姐的孙女很同情他，但黑瓦房的懒散与淡漠、与世隔离的寒酸使她不愿久留，放下月饼说了些客气话就走了。

天黑下来后，文久良把父母的雕像、三姐和家灰母亲的雕像抱到堂屋，让他们靠在板凳上，每个人面前摆了一个月饼。他平时把他们请上桌和他一起吃饭，还有点不好意思，觉得这是小娃娃般的仪式。吃饭时听见脚步声，他会立即关上大门，把饭菜端到厨房去吃。他不想让任何人看见他和他们在一起，听见他和他们说的话。他最担心的，是家灰突然推门进来，看见他深情款款地和他们说话的一幕，这会让他无地自容。

把月饼摆好后，总觉得少了点什么，可究竟是什么，却又想不明白。

2012年10月于贵阳

纸摩托

阳光明媚，我随便收拾了一下，只带了一件衬衫就出发了。我乘坐的是一辆凯斯鲍尔，这种豪华大巴的最高时速可达两百多公里，本应一个半小时就到遵义，可当时两地之间正在修高速公路，大巴走走停停，像长期关在笼子里的豹子，野性已经消磨殆尽，行动迟缓打不起精神。我周围的人心情烦躁地抱怨着，气哼哼的样子仿佛不是因为时间被耽搁了，而是因为无法摆脱满目黄土乱石所带来的烦恼和痛苦。我和他们不同，我内心非常平静。车停下来，我便打开手里的书，刚买的《我的名字叫红》。偶尔看看窗外，想想美丽的谢库瑞和那几个被谋杀困扰的细密画家，享受着文字的魅力所带来的内心冲动和转瞬即逝的快乐。

乘坐这种豪华大巴的人，除了操江浙口音的生意人，大多是有工作单位可以报销车票，又不够级别没有配专车的普通职员。客车一旦停下来，就有农民举着篮子卖茶叶蛋和方便面，以及啤酒、矿泉水、瓜子、花生。其实并不饿，但总有人为了显示自己有钱似的，买一堆

东西挂在椅背上，心满意足吃着，大方地邀请邻座：“吃呀，消磨时间。”邻座客气几句，礼节性地吃一点，然后漫无目的、时断时续地交谈，有的邻座则客气到底，闭上眼睛假装睡觉，悄悄咽着口水，心里埋怨着身旁这个贪吃的家伙，想着自己的心事。汽车有时停十来分钟就走，有时则长达一个小时，每次停下来都有人买东西，拎着东西上车的人扫视其他人一眼，眼里除了骄傲，还有报复的快感，仿佛在说：“哼，我也吃给你看。”

到遵义已经两点五十，我还得转车。我此行的目的地是老家纸房，但班车只到香溪镇，香溪镇离纸房还有二十一公里，我昨天已经和一位同学联系好，请他开车送我。

开往香溪镇的是一辆宇通大客，新车。去年还是一辆跑起来听不见发动机响的兴黔，发动机的声音被窗玻璃、椅子、车门、引擎盖等等抖动的声音淹没了，人坐在里面全身发麻，连说出来的话也是断断续续的，不连贯，像收听外台时声波被干扰后发出来的声音。这辆宇通就不同了，发动机的声音清晰、柔和、有劲，只用三个小时就到香溪了。

香溪变样了，狭窄的街道由一条变成两条，陈旧的砖瓦房被贴瓷砖的房子代替。不禁为家乡实实在在的经济变化欣喜。但无论她怎么变，我并不觉得陌生。尤其是小镇上的人，无论什么时候回来，都有一种熟悉的喜悦和镇静，不像在别的地方，陌生的脸让人孤独甚至恐惧。

同学是林业站的站长，我站在香溪医院门口等他。二十年前，我

在香溪上中学,那时候电视机非常稀少,这个医院的医生买了一台。小院有七八户人家,天还没黑,院子里的人就用板凳去占位置,像看露天电影一样。像我这样的农村孩子,是不会被允许到院子里去看电视的。医生打开电视之前会把院门关起来。见到不怎么讲卫生、土头土脑的孩子,还会皱着眉头呵斥,叫他们赶快走开,别在门口鬼鬼祟祟的。虽然如此不受欢迎,我和另外两个同学还是溜出教室跑到这里看电视。紧闭的院门是杉木的,遇到天气晴朗,中间会裂开指头那么宽一条缝。电视开演,我们将一只眼睛贴在这条门缝上,另一只眼睛则像打猎一样闭起来。三颗脑袋重叠在一起,像三块黑色的石头。为了看得清楚些,我们贴得很紧,一场电视看下来,门缝印在额头上,像长了一条瘤子。三颗脑袋中,最上面那个要占些便宜,最下面那个,往往只能看见一片后脑勺。为了占据有利位置,我们三个没少争抢,但为了不让里面的人听见,我们尽量压低嗓门,并且很快结束争执,将注意力转移到电视上去。有一天,我们正撅着屁股看得津津有味,在毫无防备中,院门突然拉开了,我们三个失去重心,一头撞了进去。我以为这下完了,非挨骂不可,在这样尴尬时刻,我们中一位鼻子流血了。他的鼻血救了我们。医生说,看吧,站在这儿看个够。我们第一次清清楚楚地看了一集电视剧,什么内容记不得了,只记得电视上有几个穷孩子在打架。其中一个医生刚从屋里倒开水出来,看着我们说,要是让他们来演,根本就不用化妆。说罢和其他人一起哈哈大笑。第二天我们没去,似乎是因为那句话,伤了自尊,也似乎是因为别的。为看电视没上晚自习,没少挨老师批评。

这么多年过去了，院子居然还在，并且没什么变化，院门也还在，只是破得关不起了，大概有好多年没人关它了。院子远远没有记忆中的那么大，其间有人进去也有人出来，好奇地瞄我一眼，甚至友好地朝我点个头，我知道这是对我的装束和容颜的一种尊重，尤其是后者，有谁可以对岁月的公正和残酷置之不理呢？想起多年前饿狗抢屎般的狼狈相，除了觉得好笑，还有一份感慨。

等了十分钟，同学来了，上车后他没往纸房开，而是调头把我拉到河边一个饭店。他武断地说："老同学来了，饭都不吃怎么行?!"他问我要不要把镇长书记请来，我说请他们干什么，他认真地说："你是我们香溪镇的名人嘛，你要是到县里面，恐怕只有书记县长才能陪你，其他人还不够格哩。"我嘴上反驳着，心里却浅薄地乐滋滋的。他笑嘻嘻地问我："你看我给你当司机还够格吧？"我说："不够，我要配司机的话一定配个年轻漂亮的，男的一律靠边站。"他哈哈笑。我说同学可以叫来，其他人一律不要惊动。

出乎我们的意料，只有一个同学答应来，其他同学都来不了，他们不是在乡下检查，就是出差在外。答应来的同学也不能马上来，他是香溪镇医院的院长，值夜班，他叫我今晚别走，他下班后来陪我喝茶。

同学打电话时一律以调侃的口气称呼其他同学的职务，当他们都不来，觉得有损我的面子，他挨个把他们骂了一顿："马忠强是作家你们就不来？马忠强要是省长厅长，我看你们一个二个不跑得屁滚尿流才怪。你们知道什么是作家吗？比省长厅长强多了，他写的书

全国人民都爱看。”我哪能和省长厅长比，但我没有制止他，反正他是开玩笑的。正是三十迈进四十的年纪，心劲都很高，官当得更大一点，钱再挣得更多一点，就像我把小说写得更好一点一样，或许这就能得到些许幸福。虽然我们都明白，幸福远远不是这么回事，但除此之外都不大可能启动那颗正日趋疲惫的心，我们一致的看法是：生活是不容易的。

马忠强是父亲给我取的名字，我二十岁时给自己取了个笔名。在老家之外别人都叫我马勒，几乎没有人知道我那个土里叭叽的名字。

不一会同学的夫人来了，年轻漂亮，我暗想，这也是一种幸福吧。看上去似曾相识，介绍后才知道不但是校友，还是老师的女儿，比我们晚两届。饭后我们去他家，等待院长召唤我们去喝茶。他夫人说：“为了你们好好交流同学感情，我打麻将去了，不影响你们。”我看出来了，不是怕影响我们说话，而是麻将在召唤她，她的身体在哗啦响，没什么能阻止她去筑城。

除了怕自己写出糟糕的作品，我最怕的就是闲聊中无话找话说，我宁愿把我想说的话写出来，而不是在礼貌的掩盖之下用家常话去敷衍尴尬。这和我性格中伪装的矜持有关，更有可能，是因为在写作上收获不大而害臊，于是把失败者的灵魂包裹起来？反正我们的谈话进行得不容易。直到说到他女儿，他的话才多起来。他女儿十四岁，正是当年我们做同学时的年龄。女儿成绩不好，尤其是作文，他请我好好辅导她一下。作文和写作不是一码事，尤其是试卷上的作

文,但我不得不答应,因为他不知道这二者的区别。女儿上晚自习去了,要十点半才回来。说到这里他从卧室拿出一张纸,我以为是女儿的作文,要我先看看,以便一会儿有针对性地“点拨”。他说:“你看看这个,我为它哭了两个多小时。”这不是什么作文,而是他女儿的遗书。

亲爱的爸爸妈妈,首先请你们不要为我难过,我对不起你们,你们把我养这么大,给我吃的,给我穿的,可我不想活了,活着太累了。

你们生下我,也许是个错误,我没有给你们带来快乐,反而时常惹你们生气,辜负了你们对我的期望。学习上我尽力了,可成绩并不太好,这一次考试,又考砸了。我知道这不能怪别人,只能怪我自己。我继续活在世上,只能成为你们的负担,请允许我永远地离开你们,这是我最好的选择。

爸爸,工作不用那么累,请多陪陪妈妈;妈妈,想怎么打扮就怎么打扮吧,叫爸爸少喝点酒。祝你们健康长寿。

爱你们的女儿××

我抬起头,发现他的眼里噙满泪水。电视里传出歌声,但我不知道那是在唱什么,我脑子里像扎进一根烧红的铁丝,或者一枚弯曲的钉子。他神经质地笑了一下:

“是她妈妈给她洗衣服的时候搜出来的。”

“好久的事?”

“一个多月了。那天刚上班,定好了全体职工开会。她妈妈打电话给我,她在电话里哭了。我以为是什么事,忙跑回家。回家后她把这个东西甩给我,读完后,我一下就懵了。先打电话告诉单位员工,会不开了——都到这份上了,还开什么会呀?我关好门,一个人在屋里哭了两个小时。我四十多岁了,从来没这么伤心过。我觉得什么都完了,这辈子活着再也没有意思了。”

我点点头。虽然我还没结婚,但我能理解作为父亲的心情。

“中午,她没回来,我去学校找她。她爱理不理的,问她什么都不耐烦。我不敢说遗书的事,怕刺激她,只叫她放学后早点回家,晚上外公过生日,我们去外公家。那天还真是他外公的生日,如果是平时我是不会让她去的,她要上晚自习。在外公家,趁所有亲戚都在,我故意说些以前我们如何艰难,现在生活好了,大家如何爱她喜欢她。她可不想听这些,心不在焉,吃完饭就要回家。接连几天,我尽量抽时间和她交流,看她到底在想些什么,但没问出个所以然。自从上初中后她就不爱和我说话,当然,我工作忙,对她管得也少。这天是星期天,我把遗书拿出来,我说闺女,爸爸没办法了,爸爸给你下跪了,你要是走上这条路,爸爸也不想活了。我说着,眼泪哗的一下滚出来了。她闷了半天,你猜她说出句什么话?她差点没把我气死。她说这封遗书是一个同学从网上抄来的,揣在书包里,万一没考好家长不敢打他们,他们班好多人都抄了一份。她本来是放在书包里的,不知怎么跑到衣兜里去了。”

我扑哧一声笑了:“你也把我吓了一跳。”

他没有笑。他说:“虽然事情并没有发生,但既然她抄了这个东西,说明她对这种做法是认可的,如果不及时发现,她真走上这条路也说不定。他们学校倒从没发生过这样的事,但我看报纸上、电视上,还是很多的,特别是他们这个年龄段的孩子。”

说完后,他把“遗书”收起来。

“我不时拿出来看看,这对我是个提醒。不能给她压力太大,只要健健康康地活着,别的都是小事。”

关于这个话题我们谈了很久,但都没有超出常见的报刊上的词语:考试、独生子女、压力、脆弱、孤独、就业、竞争、上网、快乐、幸福、环境等等。似乎离不开这些关键词,但我总觉得这是在表面上滑动,还有什么更深的东西没有触及。

我这次回老家,也和自杀事件有关。我的堂哥忠生十天前喝农药自杀了。我当时正在出差,没法回去参加葬礼,我的二娘堂哥的母亲因此很不高兴,她说我们家有什么事他们都站拢了的,意思是我没去吃酒没去送礼。我以为自杀的人埋掉就行了,又不是老死的,我就没有叫父亲或者兄弟给我代送点钱。哪知他们不但办酒,还整得非常热闹。原因是堂哥家很多年没办酒了,送出去的钱没法收回来,他这一死,陈年旧账都收回来了。电话是堂哥的兄弟马忠前打给我的,他直杠杠地说:“是老三不是?你明天回来一下。”我问他什么事,他说大哥死了。我说:“我在北戴河哩,回不来呀。”他说:“你看吧,能回来的话回来一下,电话是你二娘叫我打的。”听他口气,北戴河根本

就不是离黔北的纸房万里之遥，而是就在纸房旁边。不过，他的确不知道北戴河在哪儿。

如果我离家近点，他们不办酒我也会去看看。我对堂哥是有感情的。上小学一年级就是他带我去报的名，他比我大四岁，谁欺负我他就打谁。他个子不高，但非常结实，别人因此叫他摩托。谁把他惹火了，他像摩托一样追得人满场跑而不知疲倦。几年前，他叫我从遵义给他带个大铝锅回去，他用来煮猪食。他养了头母猪，一顿要吃掉三十斤潲水。我说香溪也有卖的呀。他说香溪的质量不好。我每次路过遵义都把这事给忘了。回到老家再想起来，总觉得城市里的店铺不会有这种大铝锅：那么大，卖给谁呀？

得知他的死讯，我立即想起他的绰号和大铝锅，恍惚中，觉得有辆动力强劲的摩托和一只叮当作响的大铝锅与他一起消失了。

还有两天就是清明节，我特地回来给堂哥上坟。

我到纸房时天还没亮。我的站长同学昨晚上接到线人举报，有人将在半夜里偷运银杏树。这是一棵大树，比汽车轮子还粗。树贩子将把它贩卖到大城市去。我的站长同学早就知道树贩子要做这个生意，但他并没有去制止。昨晚上得到消息后他亲自带人设卡拦截，拦下后以非法盗卖林木为由开罚单，罚款到手后就放行。这棵树从农民手里买过来时只花了八千，但当它奄奄一息地移栽到城市的某个花园里时，身价已高达数十万甚至上百万。天还没亮，我的站长同学兴奋地回来了，他不光拦下了那棵银杏树，还意外地没收了两只穿山甲。穿山甲是国家二级保护动物，捕捉穿山甲也在林业部门野生

动物保护条例的打击之下。我的站长同学说,这叫开放搞活,你不放开让他们搞,林业站就罚不了款,没有了罚款,站里就会变成穷光蛋。老家已经有几十棵古树进城去了,在乡下本来活得好好的,离开家乡后,它们就像被不肖子孙赶出家门的孤寡老人,半死不活,苟延残喘。

站长同学先送我回纸房,是为了赶回去好好补个觉。

父母对我的突然出现又惊又喜,我从没这么早回过家,让他们感觉从天而降似的。当母亲得知我回来主要是给堂哥上坟,她什么也没说,但有些不高兴。我想,他们和二叔一家以及村里人长期生活在一个地方,因为一个鸡蛋、一颗白菜、一个南瓜没少暗中较劲,口角纷争不时发生,但不应该有太大的矛盾。我对父亲说:“那么一个人,说死就死了,怎么想也不是滋味,我准备去买几个纸人纸马拿到他坟前去烧,虽然我们不是同父同母的亲弟兄,但我们是同一个爷爷奶奶生的。”我问后溪沟那个胡歪嘴是不是还在扎纸货。父亲说他一直在扎,不过没必要去找他,自己砍竹子来糊就行了。我问多少钱一套,是不是很贵。父亲说三百块钱一套,有人人马马,如果外加房子、车子、洗衣机、电冰箱,得另外加钱。我说:“不算贵,自己扎恐怕两天也搞不出来,人家专门做这一行,扎起来快,式样肯定也要好看些。”父亲不冷不热地说:“随你的便,好看不好看最后都是一把火烧掉,是做给活人看的。”我暗想,我可不是做给活人看,我是真心希望堂哥能在阴间享用这些东西。其他都可以不要,多要一辆摩托和一口大铝锅就行了。他的绰号叫摩托,他也一直想要一辆摩托,新的他买不起,叫我在城里给他打听,那种旧得没人要的,两三百块钱一辆,有的话

给他买下来。我说:“买了怎么给你弄回来呢?没有牌照我可不敢骑。”他蛮有把握地说:“不要紧,买了先放你那儿,我有办法把它弄回来。”这事我也没给他办,因为我实在不知道哪儿有这么便宜的摩托。

堂哥自杀那天,早上还去耕了一块地,耕地回来后还和别人一道去赶场。下午,他在房顶上检瓦,麻雀在瓦垄里做窝,越做越大,把瓦撑开了,春天来了,好好翻检一下以免漏雨。他的女人在屋后的菜地里干活,一边干活一边骂他,说他对她父母不好,昨天叫他今天去帮他们栽烤烟,他没去,到街上逍遥去了。堂哥没去是他最近腰疼,栽烤烟必须弯腰,他想改天再去。他女人的蛮横在当地是出了名的,刚开始仅仅唠叨几句,甚至觉得他的确腰疼,改天去也未尝不可。可看见他坐在房顶上,不慌不忙地检瓦,火气不知怎么就蹿上来,唠叨一阵后谩骂开了。他们结婚已经二十年了,堂哥被责骂的次数连他自己也数不清了,按道理说他早就习惯了,让她骂,骂累了该煮饭煮饭,该喂猪喂猪,而他也可以和二十年来一样,心里高兴也罢不高兴也罢,饭熟了照样吃,天黑了觉照样睡,睡一觉醒来,照样过鸡飞狗跳的日子。但这天一切都变了,堂哥把翻检过的瓦盖好,顺便把瓦沟里的树叶扫干净,不慌不忙地从梯子上下来,从床脚拿起一瓶农药,上面的灰太多了,他用袖子揩了一下,揩干净后才咕嘟咕嘟喝。喝了大半,他看了看瓶子,除了味道不好,似乎没什么特别之处。他不想喝了,因为肚子已经喝饱了。他很自豪,有好几次他都想这样,但都不敢,今天终于喝了,同时他还有几分疑惑,因为没什么难受——这药闹不死人?但仅仅过了半分钟,农药的毒性就发作了,堂哥捧着肚子

踉踉跄跄地往屋子外面走，走到院子里，像喝醉了似的倒在沙堆上，这堆沙是他前几天挑回来的，是用来修沼气池的。他双手掏挖着沙子，就像要掏个洞钻进去，但此时他的双手还没鸡爪的力气大。他不挖了，在沙子上打起滚来，他已经没有打滚的力气，是毒药烧得他满地滚。二哥马忠前刚从地里回来，亲眼看见大哥倒在沙堆上，忙跑过去问他怎么了。大哥已经不能说话了。忠前二哥闻到农药的气味，忙大声喊他的大嫂，那个已经停止谩骂、正在认真栽葱的女人忙转过屋子往院子里跑，她边跑边叽咕："死就死，哪个不想死。"跑到屋檐下，看见堂哥在沙堆上抽搐，她对另外几个早到一步的人说："不要管他，他是装的，他是装的。"后来，有人说她太没良心了，到这个份上还说堂哥是装的。但她告诉我，她真的以为他是装的，因为他平时太会装了，装肚子痛，装睡着，装哭，好几次她都被蒙住了。除了她，没有人觉得他是装的，他们立即进行抢救，一些人给他灌醋，一些人去借摩托，摩托借来后发现没法让他坐在车上，忙又去找川路车。堂哥喝农药的时间是下午4点10分，送到香溪医院时6点5分，7点35分，堂哥与世长辞。

4点到6点，阳光和煦，空气多少有些沉闷。然而，不管是阳光空气，还是路边绽放的小花，在这两个小时里，都无法用语言描述，似乎所有的东西都被堂哥散失的生命浸染了，使它们改变了色彩，直到太阳下山，空气清凉起来，它们才恢复正常。

没有一个人能把这个过程详细地告诉我。他们三两句就说完了。他们好像没什么特别的感受。不是堂哥死得太快、太意外，他们

来不及感受，而是他们缺少某方面的细胞，也有可能，这种细胞并不少，只是细胞里没有相应的感受器。

从北戴河回到贵阳，接到兄弟马忠文的电话。马忠文说，上午他去香溪买铁丝，还用摩托捎带了堂哥一程。下午送堂哥去医院的川路车也是他去找来的。他跟着去了医院，直到堂哥落下最后一口气。他打电话给我，并不是为了把堂哥自杀的过程讲给我听，而是委屈地告诉我，堂哥他们家的人对他有意见。一是说他联系的川路车价钱太高了，平时拉一车货到香溪一百块钱就够了，可拉堂哥花了一百二，车上连堂哥在内才五个人，等于是空车，空车更不应该高出二十嘛。堂哥死后要办酒席，请弟弟去帮忙买了头猪，因为弟弟是猪贩子，当时每个人都觉得这件事他去办是合适的，可后来他们又都嫌他把猪买得太贵了，不仅贵，而且还太肥了。猪太肥了，油多肉少，厨师办不出那么多菜，猪瘦一点，同样的重量，却可以切出更多肉片。老家仍然实行土葬，堂哥没有棺材，派了三拨人到附近村寨去采买，看看有哪家给老人准备的棺材，老人还健康，暂时还用不着的，买过来先给堂哥用。三拨人转了两天都没买到，不是没有，凡是有老人的人家都有棺材，但没有一个人愿意卖。这些年大树越来越少，都怕卖掉后再也制作不出大棺材。其实二叔二娘也有，还是十多年前就做好了的，每年用生漆油一遍，黑里透红，家里所有用具都霉头霉脑的，唯有这副棺材锃光瓦亮、能照见人影，落寞的时候拍两下，愁绪顿消，高兴的时候拍两下，挺放心，挺满足。他们不愿拿出来大家都能理解，堂哥才四十多岁，又是非正常死亡，似乎也没有资格睡好棺材。最后

买了忠文家的一棵酸枣树。酸枣树在他们的眼里是杂木，平时是没人用来做棺材的。这棵树卖了五百块钱。入土安葬后，堂哥他们那一房的人，特别是两个老人，说堂哥若是不死，这棵酸枣树根本值不了五百，“又不是纯木”。言下之意，我兄弟有趁堂哥的死敲他们竹杠之嫌。我问马忠文，他们是不是为这些事吵架了，这些话都是谁说的。他说，吵架倒没有，这些话都是二娘说的，也没专门说，不时和什么人抱怨几句，话传到他的耳朵里，使他很不舒服，堂哥从死到下葬，他是诚心诚意出了力的。我叫他不要在意，二娘六十多岁了，家里一直很穷，花每个钱都很心痛，抱怨几句是正常的，不要往心里去。“往心里去？我要是往心里去，早就气死了，她呀，哪句话让你不舒服专门说哪句话。”忠文不屑地笑了笑。

我知道正是这些原因，当我提出去定做纸货，父亲才一副不冷不热的态度。我也因此不敢告诉母亲，她是个火性子脾气，她不会指摘我，也不会生我的气，但她会把我们家与二叔家甚至村子里其他人家之间的陈谷子烂芝麻翻出来，越说越恼火，越说越觉得自己委屈，越说越觉得自己最善良而别人总是那么歹毒。如果这些话传到别人的耳朵里，就会激起更大的矛盾。有些事，在我看来简直不值一提，但我的长辈们始终记忆犹新，就像他们这一辈子从没快乐过，和所有人都没处好，一直在互相伤害。他们似乎从来没有“自乱方寸”，老是既固执又懊丧，越是不快乐的人想事越复杂，他们总觉得自己掌握并执行着生活的奥义，而别人，都是品性自私的家伙。如果你问他们到底需要什么，最关键的地方却又讲不出来，或者总是说不清爽。尽管说

不清爽，却又都能正确理解它，似乎那些一清二楚的东西既然在心里扎下了根，就什么也不必说。

我只见过他们高兴的表情，但从未见过他们快乐的样子。

还没出门，忠文来了。他和父亲一个钉子一个钻，合不来，早就分家另过了。他把摩托停在屋檐下，叫母亲把扫帚给他用一下。我走出去，忠文感到意外又高兴。我问他要扫帚干什么，他说昨天买了三头猪，现在去赶回来。这些猪全都是吃人工饲料长大的，六个月就出栏，比白菜还长得快，因此肉皮很薄，不能用棍子打，下手稍微重一点就会皮开肉绽，只能用扫帚连吼带吓。猪不能坐摩托，他得步行花上两个小时把它们赶回来。我正好可以用他的摩托去后溪沟。得知我要去找胡歪嘴扎纸货，他轻描淡写地说："胡歪嘴怕不会卖给你哟。"我说："我又不是不给钱，为什么不卖给我？"忠文神秘地笑了笑，说："我是乱猜的，你去试一下吧，二挡有点问题，你用一挡和三挡就可以了。"

纸房家家户户养猪，除了留下过年的那一头，别的猪都让忠文运到遵义、贵阳、南宁、怀化去了。他因此比别人过得好，加上经常出门在外，见识比其他人要高一些，但说起村子里的人和事，他的语气和表情又和村里人没什么区别，总是拖泥带水，不明不白，似笑非笑。我感觉他的脑壳里有这样的偏见：管他们那么多闲事干什么，你对他们那么好，说不定人家心里鼓捣着要整治你哩。你又不能钻到他们的脑壳里面去，你怎么知道他不想整治你呢？他被偷过好几次，种种迹象表明，全都是本村人干的。有一次，他买回来的猪被人放老鼠

药,毒死了两头。除了我们的父母,所有的人他都怀疑过。但忠文没有张扬,他把这些事埋在心底,装出什么事也没发生。我相信,在这种情况下,对村里人本来就不多的好感变成了暗地里的嗤之以鼻。我不能说他做得对或者不对,反正没办法改变他的想法。

稻田里有人在收割油菜,我全都认得他们,但他们几乎没有一个人认出我,因为我戴了个头盔,只露了一小块脸出来,而且谁也不会料到我在这个时候回来。我大声地以本地风俗喊出对他们的稀奇古怪的称谓,即便一点亲戚关系也没有,我也不能直接叫他们的名字。姨表公、三祖祖、细幺叔,连我也说不清这些称谓要转多少弯才有血亲关系。这和迷惑人的奥义有关。我骑过去后,他们还怔怔地提着镰刀,不知道我是谁。但如果有人提醒一下,我是某某某,他们便立即从我对他们的称谓中茅塞顿开,并把我和我的父母兄弟或者三亲六戚的什么事抬出来说说,没有任何恶意,仅仅是因为习惯,磨磨牙,以话打牙祭。

胡歪嘴正在锯竹子。认出我后,他有些激动,有些自惭形秽。在任何一个有工作单位的人面前他都会如此。如果是乡干部,也许还会多一份莫名其妙的惊慌。我递了支烟给他,他客气地说:“我都没给你找烟啰。”他的嘴不但歪,而且小,叼上烟后,反倒像是怕烟熏眼睛故意歪到一边的。如果让他演电影,演汉奸基本不用化妆。

“生意怎么样?”

“哈,我这算什么生意呀,闲着没事,做玩意耍。”

他没放下锯子,叼着烟说话。歪着嘴又叼着烟,样子很搞笑,我

差一点就笑出来。说明来意，他停下了，但不一会又锯起来。我以为他在思考怎么和我砍价，便没去管他，走到一边去看他扎好的冥物。这是一堆骨架，没有糊上花花绿绿的纸，有人要，他才来糊纸，这样就不至于把纸撕破或者弄脏。我拿起一个，颠来倒去看了看，才认出来是一台带卫星天线的电视机。阴间没有闭路电视？几年前，我曾看见他扎过一个车队和几个警察。警察的服装不伦不类，既像解放前的乌鸦兵，又像现在随处可见的保安。胡歪嘴紧跟时代步伐，让一些人特别是老人不以为然，但也有一些人非常喜欢，他的纸货抬到葬礼上看的人最多，常常给人意料不到的惊喜。当然，除了这些现代的东西，大部分是结构复杂的宫殿和层层翘檐的六和塔，电视机之类的东西用扎宫殿剩下的边角材料来做，结构简单，省料。二十多年前，土地刚下户，乡村喜气洋洋，村里一位活到九十八岁的老人去世了，胡歪嘴的父亲扎了一座北京天安门，这座中国人都知道的建筑物在纸房轰动一时。一位谨慎的公社干部认为这极其不妥，说天安门象征了什么什么，一个乡村老太太，别说活九十八岁，就是九百八十岁也无权享受如此崇高的待遇，不准烧，派人抬到公社去存放起来。胡歪嘴的父亲为此被拘留了三天。他也因此出名了，生意反倒更加兴旺。

我对胡外歪嘴说："我明天早上就要，把它们烧了好回贵阳，还有一堆事等着我。"胡歪嘴没吭声。我又说："我先把钱给你，明天早上你给我送来。"钱掏出来，胡歪嘴看也不看一眼，冷冷地说："摩托我不会扎。"随即又补了一句："给别人烧都可以，给马忠生烧，我不卖！""怎么了？我又没得罪你。"我生气地问。他说："忠强你没得罪我，

你父亲没得罪我，你兄弟也没得罪我，但烧给马忠生，我就是不卖。”他很激动也很固执，声音不大，但稀疏的头发每一根都在战栗。

悻悻地回到家，才知道堂哥死后，二娘的后家人也就是堂哥的舅舅们委托二娘向胡歪嘴定做了三套纸货，给钱的时候，二娘故意挑剔这不好那不好，少给了二十块钱，把胡歪嘴气得发誓永远不和她打交道。

父亲说：“你那么远回来，到坟上烧炷香就行了，纸货烧不烧都一样。”我固执地说：“别的都可以不要，但一定要扎一辆摩托。”我砍了根竹子自己扎，准备看着忠文的摩托依葫芦画瓢。刚绑好一个圈子当轮子，忠文就把摩托骑走了，他要去罗家寨买猪。我破篾片时把手拉了条口，找不到创可贴，撕了块布片包起来，用白线捆成个锤子。长期不干这活，本来就不灵便，这下更是成了僵爪。父亲向我示范如何拿篾刀，如何抹住篾片，口诀是“砍竹要问姚（摇）三姐，破篾要请成（撑）三娘”。示范了一遍，干脆把所有的篾片破好。

摩托的架子还没扎出来，天已黄昏。村里人知道我回来了，从地里回家时拐弯来看我。他们拿我编扎的摩托打趣：这是雅马哈呀，还是南方125呀；别忘了给马忠生放扳手在上面，阴间恐怕没摩托车修理店，坏了叫他自己修；你又没去过阴间，你怎么知道没有呀。

大家哄的一声全笑了。

在乡村，生与死每时每刻都在上演，草木是这样，动物是这样，人也是这样。我是不是把堂哥的死看得太重了？

这些人走后，二娘二叔来了。出乎我的预料，我母亲并没朝他们

使白眼。她热情地招呼他们坐,问他们吃饭没有。当她背对着他们,我才看见她眼里的不屑。

我爱我母亲,因为她是我母亲。但遇到这种状况,我总觉得难过。

二娘问我什么时候回来的,问完后就再也没有话说了。母亲放了盘瓜子在桌子上,二娘做作地用三个指头取了三颗,吃完后,我没见她再拿第二次。二叔默默地抽着叶子烟,偶尔和我父亲说几句种子、粮食、牲畜、木材,虽然简短,但并不像和我说话一样干巴巴的,他们在这些事上不管见解是否一致,都能互相理解,互相包容。

二叔年轻时喜欢打猎,还有过一桩风流事。说起打猎,我觉得我永远也成不了好猎手。有一次,我和忠前二哥在山上放牛,他一到山上就查看是否有动物的新鲜脚印,我却怎么也辨别不出来哪是新鲜的,哪是好多天以前的。在一片栗子树中间,他发现了野山羊新鲜的脚印。我看住牛,他回家去通知二叔。二叔放下锄头就来了,还有忠生大哥和他的舅舅。二叔把网安放在路口,然后带着猎狗钻进树林深处找羊。没过多久,林子里传来猎狗汹汹的叫声。说明野山羊被找到了。山林里同时响起猎人们的呐喊声,这是为了给猎狗助威,同时让野羊恐慌。我看见忠前二哥的脖子上冒出一股股青筋,眼里闪着蓝光。而我却一声也吼不出来。我想得太多了,觉得那只野羊真可怜,它就要性命不保了,同时也为不能和他们齐心协力感到难过。忠前二哥守在网后面,如果野羊闯进去,立即举起棒子把它打昏,否则它急了会把网撕破。我答应了,却感到浑身发软。这次打猎没有

成功，野羊逃到一张网前面，从网的上空跃过去了。二叔那桩风流事，也和这次打猎有关。没打到野山羊，二叔很沮丧，他叫忠生大哥他们把网收回去，他去另外一座山检查几天前下的套子。林区边上有一位寡妇，二叔检查完套子就献殷勤去了。后来不知怎么回事，寡妇很伤心，提了根绳子，非要在二叔家上吊。二叔那天也和现在一样，无论寡妇说什么他都不吭声，默默地吧嗒着烟。一贯认为自己命最苦、做事最正确的二娘首先自乱方寸，生怕寡妇死在她家里。我站在橙子树下，远远地看着他们，远远地为寡妇担心，我也和二娘一样，生怕她真的吊死在挑梁上。她几次试图把绳子搭到挑梁上，都被二娘拦住了。我被母亲骂走了："又不是演戏，有什么好看的呀？该做什么做什么去！"我离开后，她自己却站在那里看了好一阵。那天，我堂哥他们都没在家。我父亲吃过饭就耕地去了，始终没朝二叔家那边看一眼，我母亲议论时，他也没吭声。自己的亲弟弟出那样的事，什么都不说也许是最聪明的选择。

但现在，他在无话找话说，否则太冷清了。他说，他的旧镰刀断了，前几天到街上去烧电焊，他只给五毛钱，烧电焊的陈老六不答应，非要收一块。最后讲了半天，还是收了八毛钱。二叔说，在以前，也就一角钱的事情，哪要这么高哇。父亲说，幸好他有八毛零钱，要不然陈老六非多收他两毛不可。二叔问是哪个陈老六。父亲说："是水浇园的陈老六，他爹以前开船的。"二叔说："你说的是开船的陈长寿吗？他的儿子都还在水浇园，没有搬到街上去呀。"父亲不屑地说："就是烧成灰我都认得，不是水浇园的陈老六还会有谁。"二叔问：

“你问没问他爹是不是叫陈长寿？”他想抓住他哥的破绽。父亲去年满七十，不知从何时开始，他在一些小事上特别不能容忍别人怀疑，谁怀疑就像是对他人格的亵渎。他固执地说：“还用问？我还卖过桐油给他爹补船哩，这还用问？”二叔说，父亲说……我越听越觉得无聊。我不高兴地想，自己的亲生儿子死了，虽然已经一个多月了，应该还算“尸骨未寒”吧，怎么倒关心起别人家的事来了？我决定打断他们。

“忠生大哥是哪一年的？”我问。

“是哪一年的我记不得了，反正是属牛的，好像是辛丑年。”二娘说。

“辛丑年是哪一年？”

二娘望了望二叔，二叔也不知道。

“辛丑年是一九六一年。”父亲掰了一下指头才算出来。

“还不满五十啊。”我说。

我终于看到悲戚回到了二叔和二娘的脸上。

“建兵今后怎么办？”

我刚才听说，已经有人给堂嫂介绍了对象。

“不是还有妈吗？他妈不管谁管？”

我母亲大声说。二娘赞赏地点了点头。

母亲的话音刚落，堂嫂从外面钻了进来。母亲愣了一下，立即抹凳子叫她坐。二娘则把脸调向一边。“他叔什么时候回来的哇？”她问我。“早上。”我说。我刹那间的感受，就像头忽然被淋了一盆脏

水，极不舒服。这是一个把骂架当饭来吃的女人，骂起架来，可以一气不歇骂上五个小时。如果这事也能参加奥运会，她非赢回一堆金牌不可。有一次，她坐在院子里，和斜对面因为一件什么小事得罪她的人骂了十个小时。我对她印象最好的是她还没出嫁前，有一次我从她家门前过，我母亲在她家给谁缝制棉衣，她看见我后，热情地叫我去吃饭。我背着书包去上学，拐道儿把母亲要的一把大剪刀带来。我没进屋，准备把剪刀交给她就走，没料到她一把抱起我，非要把我按在凳子上吃饭。我当时七岁，而她已经十几岁了。桌子上有腊肉，这在当时很稀罕。我已经吃过饭了，可就着腊肉，居然又吃了两碗。她嫁给堂哥后，对我依然热情，只要看见我，就叫我去她家玩。她说"玩"这个字听起来很别扭。在我们那里别人都不说这个字，觉得太洋气了。她认为我在上学，是有学问的人，理当洋气一点。就像我现在遇到北京人就会自觉说普通话一样。我一次也没到她家"玩"过，我已经听过她骂过很多架了，那些令人作呕的话被她一再重复，就像非如此不能保持她最佳泼妇的名声似的。

"他叔，让你看笑话喽。"她说。

看笑话？人都死了，我来看笑话！她大概是认为，现在她是村里人议论的中心，别人都在说她的不是。

我一时语塞，不知道说什么好。扪心自问：如果我没有离开村庄，而是像大多数人一样在这里结婚生子，她骂我时我会怎么样？敢不敢揍她一顿？一位好邻居做过这样的尝试，他从栅栏上抽了根棍子打她屁股，第二天，她提着斧头，把他家的门砍破了，大铁锅砸穿

了。两口直径一米的大铁锅，是他家每天煮饭煮猪食所必需的用具啊。在她这里，我所熟知的分析人的方法都用不上。我要是说，也许是她嫁给堂哥后才突然发现，这根本不是她心中秘密期待的生活。这话可以解释她数不胜数的怨恨，却不能解释她发泄怨恨的方式。也许，她妈生她的时候不是在床上，而是在刺丛上、在琉璃渣子上。她母亲是个温驯如绵羊、有些迟钝的人，但什么事都想得通。她的父亲，年轻时爱在生产队的大会上发言，喜欢开批斗会，但大家都觉得他说不到点子上。这不是追根溯源，顺便说说而已。

忠文来还扫帚，母亲嗔怪道："一把烂扫帚，还什么还。"忠文笑着说："还了下次要用才好来拿嘛。"他们的喜悦明显是一种表演。

"你栽的那些茶苗，你不去看看？杂草都快把它们封死了。"父亲说。他一直声称不想管忠文的事情，其实他管得最多。这一管，忠文不高兴，他也不高兴。

忠文说："我现在没时间去打理，等它们长……等茶树长大了，杂草自然会死去。"

"那个样子茶树能长大？病怏怏的，怕三百年也长不出来。"

"三百年就三百年，我只有一双手，不能一只手拔草一只手做生意。"

"忙不过来就不要栽它们，栽了又不管，造孽。"

"不要栽它们？是你说不能把土地撂荒我才去栽的。"

母亲跺着脚说："行啦，在一起就吵，好听是不是呀？"

我知道，明天她就会去茶园拔草。她已经七十三岁了，我多次叫

她不要下地,可她就像不听话的孩子,当面答应得好好的,转身就去干她认为应该干的事。

堂嫂起身告辞,二叔二娘也要走,都叫我明天去家里“耍”。我虚应着,我不会去的。我不喜欢黑瓦房里发霉的味道。二叔走出去又倒回来借锯子,埋堂哥时砍倒的十几棵大大小小的树,他想锯回来当柴烧。再不锯就干了,干了锯不动了。父亲叫母亲去楼上拿锯子,我说我去吧。母亲跟了上来,她小声说:“哼,想借就借,硬是方便得很。他呀,你一辈子都不要想沾他半分钱的好处。”二叔曾经捉住过一只苦苦鸟。据说,生烂火眼的人只要盯着苦苦鸟的眼睛看,眼病就会痊愈。二叔卖掉这只鸟之前,很仔细地用黑布把鸟笼遮起来,以免别人不花一分钱就治好烂火眼。谁要看先得给他五毛钱或者二两叶子烟。我那时正好得了烂火眼,求母亲给我五毛钱去看苦苦鸟。母亲就说:“这不是一家人吗?亲叔侄之间也要钱吗?你去就行了,多叫几声二叔。”可二叔小心防范着,就是不给我看。后来我的眼睛自己好了。我早就忘记这事了,可母亲说她“永远忘不了,记在第一匹肋巴骨上”。可她恰恰记错了,说得烂火眼的是我弟弟忠文。

这时一只蝙蝠飞进来,险些撞在我脸上。母亲严肃地说:“忠生,忠强回来看你的呀,还不快飞出去!”蝙蝠转一圈,原路飞了出去。我知道蝙蝠的习性,并不觉得稀奇。

我把锯子递给二叔。母亲站在门口说:“不要借给别人哈,过几天我们要用。”二叔说:“要得,我只用两天。”

母亲说,堂哥还没走远,他的魂还在村子里逛荡。“烧七那天,天

还没亮,我就闻到床面前一大股药味,我还埋怨你爸爸,怎么打了农药不盖紧呀?! 我下床找了半天,看见药瓶都放得好好的,最近一瓶也没动过。我这才晓得是忠生。他来请你爸爸去给他烧七。没死的时候,有点什么事都要来问你爸爸做得做不得。死了,那些放心不下的事情,你爸爸不去给他说哪个给他说哇。我说'忠生,你去吧,你大伯会来的',我一说完,药味儿眨眼间就没有了。"

"有这种事?"

"我心里也不服,死了那么多天了药味还那么重。可硬是像凑近药瓶闻一样。烧七的时候我也去了,忠生喝空的药瓶就在院子里,我捡起来闻了闻,和我早上闻到的一个模脱壳。"

父亲沉默着,没有吭声。

除了说这些,我发现我跟父母也没别的话可说。这太糟糕了,我想。

我从包里把书拿出来,我想知道死于深井中的细密画家是谁杀死的,还有美丽的谢库瑞的父亲,他们的死到底是由于画家之间的宿仇、爱情的纠葛,还是与苏丹的秘密委托有关。

母亲找来已经发硬的牙膏。她和父亲一年只用一支牙膏,牙膏不是挤出来的,是把牙刷从牙膏嘴上刷过去,粘上一星半点就算挤好了。

"爸爸最近身体怎么样?"

"还可以。"

"有病就去开药。"

“有的,家里有药。”

“去痛片?”

“是啊,不舒服的时候吃一片就行了,效果好得很。”

“钱够不够用?”

“够用。”

“你们不要太节约了。”

“晓得。”

还有什么呢?或者说,有没有必要说这些呢,像大人嘱咐小孩一样?这时手机响了。在这个时候,又是在老家,还有人给我打电话,我几乎有种自豪感。我给父母装了一部电话,他们一次也没给我打过,我打给他们时,他们总是问:“有哪样子事哇?”就像节约牙膏一样。电话是在香溪工作的同学打来的,问我还在不在老家。我说在呀。他说:“那你来一趟香溪吧,占昆出事了,正在医院抢救。”我吃了一惊,占昆就是送我回来的林业站的站长。我问出什么事,这位同学说占昆自杀了。不过他也正往医院赶,具体怎么个情况还不清楚。

我第一个念头,是占昆搞钱被查出来了。一个林业站能搞多少钱?我叫忠文用摩托送我去。忠文对我这个同学多少知道一些,说这几年境内的古树被他卖得差不多了。一般好几万,最贵的七八十万。合法与否很难界定。

忠文认识镇上所有的站长所长,对他们全都怀着一种模糊的嫉妒和不满,总觉得他们除了整天为自己捞钱没做过任何有益于地方的好事。他直言不讳地表示,如果他在那个位置上,也会和他们一

样,“要不然当那个芝麻官干什么呀?”

走到半路,我回电话给同学,问占昆怎么样,抢救过来没有。同学说,不是占昆,是他夫人。“你不想来的话可以不来了,没什么事了,抢救过来了。”要是刚出门,兴许我真不会去了。对一个自杀未遂的人,并且是一个不怎么熟的女人,能向她说什么呢?恭喜她?安慰她?问她为什么自杀?全都没有必要啊。但已经走了一半,倒回去又睡不安稳,我叫忠文继续走。忠文不屑地说:“他不会自杀的,搞了那么多钱,怎么可能自杀?”我觉得兄弟的话很有问题,但不知从何处批评。他老说占昆利用职务之便搞了很多钱,其实不过是猜测。我想叫他不要这样想,却又不知道应该叫他朝哪方面想。因为他的猜测不仅仅是针对占昆一个人,而是政府机关所有的人。

占昆夫人自杀是因为孩子,那个写过遗书的孩子。刚考完半期考试,两门不及格,英语只考了40分。开家长会时,老师对她妈妈说,再忙也要抽时间出来管管孩子,再不好好抓一下,还有一年就中考了,以她的成绩,连个普通班都考不上。占昆的夫人决定从现在起不打麻将了,好好管孩子。她叫孩子把英语书给她看一下,和她一起拟定一个背单词的计划。孩子支吾了半天,最后只好老实说,英语书找不到了,早就丢了。占昆的夫人忍住火,说那先把辅导书拿出来,那上面也有单词。孩子说,辅导书她借给别人了。借出的原因是那个同学穷,买不起这本书。一会又说反正课本都丢了,辅导书也不想要了。当妈妈的已经快失去理智了,但她后来坚持说,她没有对孩子用“死姑娘”一词,她肯定没有说“书都丢了人怎么没丢”,而是说“我

明天就去找书,去年上初二的同学那里应该有”。可孩子说,不用找了,她不想学英语,不想学的原因是不喜欢英语老师。这时她妈妈彻底崩溃了。“好吧,你不想,那就不学好了。”她在狂乱中扬言要把孩子的所有书烧掉。她没有烧,只撕掉了一本。她改变主意了,认为只有一死才能激起孩子学习的决心。她也知道,用死也不一定能改变孩子的学习态度,但“我实在没有办法了”。

当年在一个学校,我觉得她是多么高傲,那么美那么美。现在,她女儿在某些男生眼里,也是这样吧?虽然她才十四岁,可身材高挑,胸脯微显,脸型和某个歌星很像。据说只要天天看着偶像入睡,长相就会与之越来越像。那么,她每天看多长时间?如果她是我女儿,我对她的长相会不会感到自豪?刚才我在她家里而不是在医院看到她,她父亲的同学、她的叔叔伯伯们,真诚地、假惺惺地问她,是去外婆家还是去别的地方。她哪里也不去,其中一个叔叔把自己的女儿叫来陪她,她不要人陪。但我们没有答应。我们背着她互相叮嘱:不要指责她,过了这段时间再说。

占昆留在医院陪活过来的夫人,我和几个同学在街边吃着烧烤,喝着啤酒,感叹了一番现在的孩子真难管,指责教育体制真成问题,回忆自己当年读书条件多么差,然后说到别的事上去了。全都无关宏旨,却在酒精的催化下兴致勃勃。

我不禁想到堂哥的孩子,家里从来就没人关心过他学习的事情。他只上了一年中学就辍学了。这一年也是混过来的。学校旁边有个蜂窝煤厂,他一下课就去看蜂窝煤怎么从机器里掉下来,看得眼睛发

直，就像这是多么神奇的过程。有一阵，他喜欢推板车轮子。卖煤的小贩卖完最后一车蜂窝煤，都要取下板车架子，把轮子推到保管室。堂哥的孩子乐意为他们效劳，条件是推着轮子在公路跑一阵再放进保管室。天近黄昏，他的同学在教室里上晚自习，他却双手扶在轮子的连轴上，翘着屁股，在公路上汗流浃背地奔跑。有一天，他把这样一对轮子一直推到家，从此再没到学校去。村里人笑他“推滚滚”，他母亲惭愧地骂他“挨刀砍的呀，这个挨刀砍的呀”，仅此而已，似乎把轮子推回来不算偷，即使算偷也是明偷，不像其他偷盗行为那么可耻。至于从此辍学，也没什么好难过的，“成绩本来就不好，再读下去也是花冤枉钱”。

这样的混账话出自混沌的头脑不必大惊小怪，但对一个一直在寻找精神归宿却总是找不到的人是一个不大不小的打击。这种打击看上去很轻，却非常持久。它和其他类似的打击加在一起，他的希望就会破灭。

我有多少次像外乡人一样讥笑他们，就有多少次顾影自怜。

有多少次顾影自怜，就有多少次抑制不住的狂热遐想：为他们做点什么，取悦他们，让他们因为我的举动露出微笑，让他们因为我的奉献而忘记所有的烦恼。

喝了那么多酒，回家后却毫无睡意。我昏昏沉沉地捧起书，当我读到第 18 章《人们将称我为凶手》，我突然产生一种想把书撕碎的冲动：作家把人写得这么复杂，这让我无比厌恶。虽然我知道，人确实有这么复杂甚至比书里写的更复杂。

我在梦中走进一片风景，刚开始和什么人一道，走着走着就变成独自一人。每一片树叶、每一棵草都举着安安静静的绿意，溪水无声地流淌，把清澈和透明带来又送走。面对无可挑剔的美景，我忍不住放声大哭。

醒来时，母亲正在用她的手抚摸我的脸。

“怎么了吗?”

我无地自容，从没这么羞臊过：“没什么，做梦了。”

母亲用她的脸贴着我的脸，轻轻地擦了几下，然后出去了。

在后来的游历中，有些风景比梦中所见更美，但短暂的激动后便平静如初我。期盼再在梦中走进那片风景，可一次也没有成功过。

纸摩托糊好后，要把堂哥生前用过的一件什么东西放进去，纸摩托焚化后才是他的。这个东西有个含义深刻的名称，叫“记性”。祭物里没“记性”，别的死人会去争、去抢。最好是他穿过的衣服、鞋子。没有的话从他睡过的棉絮上扯一束旧棉花也行。这些东西从活人那里不难找到，可人一旦死去，就会把它们搜干搜净拿到河边烧掉，以免死者惦记，回来寻找时吓坏家人。这是“烧七”的主要内容。三亲六戚坐下来，想想死者有哪些未竟的事没办，商量好安排好，最后把他的衣物烧掉，阴阳两隔，从此不用再为他操心了，该干啥干啥去。

这样一来，记性这个词在这片山区就有了多重含义。某人把什么东西弄丢了，骂他的人说“你是不是把记性丢了”，这就不是骂他记性不好，而是相当于说“你这个死人”。如果一个老人说“我老了，没记性了”，这是在说“我快死了，日子不长了”。

我不想去找堂嫂要堂哥的记性，我不想跟她说话，我准备找她儿子，叫他找好后送来。我母亲站在路边替我大声喊那孩子的名字。喊了一阵没应答，母亲嗔怪道："妈的个厮，是不是推滚滚去了哇，这么喊都不答应。"

我只好亲自去。中间隔着一片竹林，能听见鸡鸭狗叫，但看不见活物的影子。

刚走进竹林，听见屋子里传来争吵声。我犹豫着叫了两声。争吵声戛然而止。走到院子里，看见那个从不主动叫人的少年正在制作弓箭，他把一块铁皮卷成三角锥，以便把它套在芦苇秆上。弓已经做好，是一块二指宽的斑竹片，用纳鞋底的麻绳做弓弦。就像推滚滚一样，一旦对什么事着迷，他便很专心，沉浸在自己的世界里。

"叫了那么多声，怎么不答应？"

他尴尬地看了我一眼。我把我要的东西告诉他，叫他进屋找给我。他放下东西纵身跳到阶沿上。

争吵声再次响起来，并且比刚才激烈多了。我绕过木瓦房，看见忠文媳妇一手提镰刀，正在和堂嫂对骂。听不出她们为什么事争吵，她们已经抛开事情本身，上升到辱没祖宗、诅咒对方血亲的地步。虽然怒不可遏，但被她们当作武器的血亲都是娘家那一方的，夫家这边都明智地避开了。忠文媳妇说堂嫂的母亲生过一个畸形儿，没有鼻子眼睛耳朵，只有一张嘴，以此发挥，她娘家人都是怪物。堂嫂信誓旦旦地指出，忠文媳妇的大嫂在玉米地里偷过人，她母亲当姑娘的时候就被搞大了肚子。这些事大多是捕风捉影，不必当真。因此咒骂

起人来,除了猥亵下流,还是一种强加的大帽子似的诬蔑。我出现后,她们像轰隆作响的机器一样,虽然关掉了油门,但惯性使她们没法一下停顿下来。忠文媳妇难为情地看了看我,想告诉我事情的原委:“我真是八辈子也没见过这么不要脸的!”堂嫂则急快地铲了几下土。她刚才就在这里铲土,一骂架就忘了。她回应道:“我一不偷二不抢,我怎么不要脸?”

听了一阵,我终于听明白了。堂哥在医院抢救无效死亡后,医院收取了三百二十七元医治费。当时忠文二话没说就把钱垫上了。回来后,堂嫂用办酒席收的礼金还了忠文三百元,二十七元因为没有零钱暂时欠下了。从那以后忠文媳妇要过两次,并且准备了零钱。但堂嫂以种种理由拖着不给。忠文媳妇今天又想起这事,堂嫂的说法变了,她说,马忠生明明救不活了,谁叫他多事弄到医院去的!要不弄到医院去,她哪会平白无故折这三百多块钱!再说,到底花了好多又没有真凭实据,马忠文说是好多就是好多,他要是说八百一千也要给吗?这和讹诈有什么区别?本来医院开具了发票的,忠文当时为堂哥难过,想到单据又没处报销,就把它丢了。堂嫂理直气壮地说,她当时犯糊涂了,要不犯糊涂,那三百块钱也不会拿出来。她还透露出一个让人哭笑不得的理由,丧事办酒收得的礼金她全部存银行了,整整三千元。要是为了这二十七元去取出来,就天缺一角了,不完整了。

我要是马忠生,我也会像他那样喝农药。明知死也是白死,不值

得。但不死,活着可是太难了。她那连珠炮般的语言字字邪门,她的脑子不是进水了,而是进黄蜂了,进黑蚂蚁了。即使她的嘴停止了跳动,我也能感到,那些看不见的字儿还在空中吱嘎作响。虽然不关我的事,但我好不容易才让混乱的头脑保持冷静。

忠文媳妇说:“好了,行了,我不要了,留着买毒药吧。”做弓箭的少年从土坎下爬上来。找到的是什么呀?我正猜想。他已经冲到他母亲面前,双手掐住比他矮一个头的母亲的脖子。堂嫂像母鸡一样手舞足蹈,想骂人却一个字也蹦不出来。我忍不住想笑。但随即就发现少年是动真格的,他已经动了杀机,非要掐死他妈不可。我连喝几声,他根本不听。我跳过去掰他的手,没料到他力气远比我大。我忙叫忠文媳妇来帮忙,我和她站在两边,同时一起使劲才拨开抃在脖子上的“铁钳”。

堂嫂一头栽倒在地里,倒下去的瞬间我看见眼珠都鼓出来了。我被吓了一跳,全身发软,脑子里空空荡荡,空得像生锈的铁桶,什么也装不进去,装进去也取不出来。身体反倒比大脑敏感,我的身体混杂着悲伤与快意,像一辆全速前进的破车。我比忠文媳妇好一点,她吓得连连后退几步,惊恐地看着这个刚才和她骂架的人。骂架时恨不得能像拍苍蝇一样拍死对方,真有什么事发生,想法马上就变了。她结结巴巴地问我:“哥,她会不会死呀?”我的恐惧已经转换到另外一件事上去了。少年掐住母亲时,他眼里不是杀气腾腾,而一种骄傲,就像他终于做了一件应该做的事。他被我们拉开后,冷冷地站在

一旁,冷冷地看着自己的母亲,身上在哆嗦。但这不是激动,而是刚才用力太大,不能一下子停下来。从他嘴角流露出的不屑可以看出,他对他母亲早就有这种想法了。

堂嫂轻轻地呻吟,忠文媳妇蹲下去给她拍胸脯,幸灾乐祸地责备:“安逸不哇?这下安逸了哈?背着个烂脾气,反倒说这个不对那个不对。”

堂嫂抽搐了几下,止不住一连串咳嗽。预备是要先哭的,猛烈的咳嗽把哭的打算困住了。我心里想着她站起来后将怎么对待儿子,但说实话,我真希望她脑子里的黄蜂飞出来,蝴蝶住进去。忠文媳妇把她扶坐起来,她有气无力地拍打着胸脯,嘴张开,猛吸一口气,又是一连串咳嗽。她朝儿子瞥了一眼,似乎不是因为想不通,而是觉得奇怪:掐脖子的人真是他?

她那一瞥给了儿子一个提醒,他应该走开。他懒洋洋地走开了。

我没找到堂哥生前用过的东西,那个少年没给我,我不敢再去麻烦他,我想他心情够难受的了。但没过多久母亲把它拿来了。我怀疑这其实是母亲很好的借口,借口找那个物件去看看险些被儿子掐死的人现在怎么样了,是不是难过得捶胸顿足寻死觅活。她几乎是乐呵呵地说要去帮我把堂哥的记性拿来。

这时能干又漂亮的县文联主席打电话责备我,为什么回来了不通知她。我愉快地解释着。我答应回去时停留,和她、和其他笔友聊聊。掐掉电话后,一种不耐烦的情绪突然袭上心头。我不想在老家

住下去了，纸摩托放不放堂哥的“记性”也无所谓了。从决定扎纸摩托到现在，我对他的死已经不那么难过了。就连刚刚答应在县城停留，我也想赖掉算了，我不想见任何人，只想离开，越远越好。

母亲拿来的东西没什么特别之处，是她直接从晾衣竿上摘下来的，堂哥以前穿过的一件汗衫。堂哥喝农药的时候，堂嫂正穿着它在屋后栽葱，烧七的时候忘了脱下来。还有八成新，也许堂嫂故意忘记，其实舍不得烧掉。

天色黄昏，我和父亲把纸摩托抬到堂哥坟前，从林子里搂来枯枝败叶铺在下面，以便把纸摩托里的竹条彻底烧掉。当纸摩托燃起来时，二娘二叔也来了，二娘抢先二叔一步，站在坟前说：“忠生，你自己保管好哦，给你打了记性的哦。”火苗串上来，眨眼间烧得只剩下骨架。

火光熄灭后，眼睛一下子什么也看不见了，不仅是天太黑了，更主要的是蓄满了炫目火光的眼睛对眼前的一切视而不见。眼力复明后，我跟在父亲后面摸索着爬行。二叔对林子里的每一条小路都很熟，他在前面开路。他对这些小路的熟悉程度超过对儿女们的了解，虽然已经七十了，仍然有一种小小的自豪感。我背心凉飕飕的。堂哥骑上摩托了吗？纸做的摩托，他能骑着它上哪儿？不管是骑向天堂还是骑向地狱，我都希望他骑出风驰电掣的威风。

二叔用半是责备半是无奈的口气说着那个少年。今天下午，他用他的弓箭射中了他三叔的狗。他不是有意要射那条狗，而是在村

子里转了一圈,没找到目标,最后把箭对准了狗。没料到一箭中的。狗痛得汪汪叫,跑了一阵后把箭杆抖掉了,但箭头镂还在背上,狗到现在也没回家。

我没有傻到什么事都用理智去解释的地步,但我意识到,这个少年身上也背着箭头镂,甚至不止一支,也许他一辈子也不能把它取出来。因为这太不容易了。

走到大路上,光线总算亮了一点,我们反倒比在林子里走得慢了些。

2009 年 3 月于贵阳

一个黄昏的词语

A盘

辛酉被拉上车时就知道不会有什么好事。他没有双腿，分量太轻了，两个拉他的人拽着他的双手，毫不费力就把他提了上去。他有些害怕，但一句话也不敢说，不像只有一条腿的刘士坤，又骂又踹，他说他哪里也不去，就不去，打死也不去，又没犯什么法。可几个穿着制服的人不管他，像拖死猪一样把他往车上拖，他说："我要告你们，你们侵害我的人身自由。"也许是他的吼声太难听了，刚拖到车腰上就被谁用手肘搞了一家伙，痛得他哎哟一声大叫，叫过后立即以更大的声音说："好哇，你们还打我，你们敢打我。"脸上又被狠狠地抽了一耳光。他不再叫唤了，呜呜呜地哭起来。不一会就装了满满一车，全都衣衫褴褛。不过并非全都像他和刘士坤一样缺胳膊少腿，也有腿脚齐全的老头老太太，甚至年轻人。

辛酉还是第一次看见如此众多和自己命运一样的人，以前他只

认识刘士坤和另外几个人。他们一上来就骂，都在充分利用自己的嗓门和自己掌握的五花八门的骂法。辛酉也想骂，可有那么多人骂，他想用不着了。

汽车在骂声中逃跑一样飞快地开出城，不一会便驶上了一条高速公路。是一辆敞篷大货车，上面风很大，站着的人都不由自主地缩了下来。只吹了几分钟，他们的嘴便僵硬了，再也骂不出来了。风不能直接吹在辛酉身上，可他还是感觉耳朵像刀割一样难受。

他们全都是讨饭的。他们散布在天桥上，人行道上，汽车站，火车站，公园门口。可现在他们全都被装上了车，原因是北市今天要搞卫生大检查，这次检查非常重要，过关了就可以被评为全省卫生城市。有人嫌他们影响市容市貌，把他们赶了出来。以前他们也被赶出来过，可从没有像今大这样用汽车把他们送出七八十公里。

汽车开了两个多小时才停下来，车厢板打开，搭了一块跳板，命令有腿的人自己走下来，像辛酉这样没有腿的人是被拎下来的。辛酉的身体比别人短了一半，拎他像拎小孩。他们躺在地上，汽车呜的一声便开走了。这是一块天然草坪，汽车把青草碾得稀烂，草浆都压出来了。乞丐们被扔到草坪上，总体看像一群青蛙，或者奇形怪状的什么动物，单个看则各有特点。

汽车一走，这些奇形怪状的人又大骂起来，他们悲愤的脸像野地里裸露了万年的石头。很难想象这样的人也会有笑容。有人头上绑着一块胶皮，那是讨钱的时候保护额头用的，他要一边说“积点公德嘛叔叔(以及其他各种称呼)”，一边用额头去撞地。有的把胶皮绑

在手肘上,那是不能走路用来爬的。辛酉看见刘士坤今天把那条流脓不止的残腿放在了裤子里面,今天他用不着摆出来给别人看,空裤管像唱戏的人的衣袖一样飘荡着。有一个双脚像老式家具腿的小叫花,在地上爬来爬去捡粉笔,他的粉笔掉了。他的右手也是拐的,但他能用左手在街上写出漂亮的字,而且还是倒着写。句子像诗一样又整齐又押韵,他最多的一次写了两百多行。一个写诗的看了,说如果换成稿费,好几百块钱呐。小叫花一天收入二十块钱就算不错了。另一个脸上吊着猪尿包一样大个怪瘤的人则把脖子上的纸板取下来,准备卷成纸筒,那上面写着他得病后治了三次也没治好,家里的房子都卖掉了,老婆也跟别人走了,差不多家破人亡,他准备用讨得的钱做第四次手术。怪瘤的根部是绛红色的,大部分是黄白相间的圆斑,从沉甸甸的分量和柔软的外形上看,那里面装的可能全是水。这些人中虽然不是缺胳膊就是少腿,但只有一个人坐轮椅。这个坐轮椅的人手脚齐全,都是好的,但他的腰部插了一根米黄色的软胶管,这是引流管,引流袋吊在轮椅的扶手上,里面盛了半袋黄澄澄的尿液。他在医院取肾结石的时候肾被弄坏了,他叫医院要么赔他肾,要么赔他钱。可有关机构鉴定下来说不是医疗事故,他的官司打输了。他不服输,还要打,家里穷得屁滚尿流,他想筹钱来把官司打到底,因此也上街当起了乞丐。他们的"形状"虽然那么相似,可彼此认识的却不多。几个嘴厉害的骂了几句,也不再骂了,拉他们出来丢的人既然已经走了,再骂就只有自己听。

公路在一公里开外的地方,腿脚灵的望着公路走,走在最前面的

自然是双腿都有的,像刘士坤那样只有一条腿的一瘸一瘸地走在他们后面,小叫花两只脚都是拐的,远远地落在刘士坤的后面了。不过和他们比起来,辛酉是最可怜的,他连小叫花也赶不上。平时在街上走路,他靠两张小板凳,呱嗒呱嗒,呱嗒呱嗒,全靠两只手撑着,每天从住处走出来,身上都要冒大汗。看见他们都走了,他难过得要命,他只认识刘士坤,想叫他等等他,可他也仅仅是认识他,和他并没什么交情,他不好开这个口。结果他们越去越远,他最后终于鼓起勇气喊刘士坤,可刘士坤已经听不见了。

从他们被丢下的草坪,到公路并不是平的,而是像波浪一样起伏。当他走到地势较低的地方,他便看不见他们的影子了,仿佛突然之间,空旷的草坪上就他一个人,他伤心透了,可他没哭,也没喊。平时在街上乞讨也一样,他不像其他人那样叨唠个不停,他把那个全是猫眼睛一样圆疤疤的洋锡碗放在面前,别人要给就给,不给就算了。草地很湿,尤其是地势低的地方,小板凳陷进去后要用力才能拔出来。他那两条断掉的双腿,刚好和板凳的高度一样,实在撑不住时,他便让腿撑在地上。他穿的是一条短裤,撑在地上时,双腿薄薄的肉皮包着的截面便直接撑在地上,草里的石子儿甚至粗点的草筋硌得他嗞嗞叫。此时他想象着当初有腿的时候的样子,就像没了翅膀的鹰遥想天空,只有无边的哀伤。草上的露水不多,可没走多远他的短裤已经湿了一半,不过这时太阳出来了。

再慢也得走哇,不走怎么办?他走到稍高的地方,所有的人都没有踪影了。他想他们已经拦车走了。他们走不走都没什么,但他们

幸福地坐在汽车上的样子让他有些受不了。

太阳已经很高了,这种太阳晒在身上本来非常舒服,可辛酉一点也感觉不到,明晃晃的阳光让他发慌。他已经出了很多汗,体力消耗得差不多了,可近在咫尺的公路看上去仍旧非常遥远。他走了好半天,回头一看,好像仍然在原地。中午的时候,他离公路还有两三百米。可他的肚子非常饿,饿得有些发晕。他趴在地上一动不动,心里除了伤心和绝望,没有其他想法。一只壁虎梭到他面前,好奇地看着他。辛酉抬了一下头,便把它吓跑了。他发现它是一条断过尾巴的壁虎,新尾巴已经长出来了,看上去和身体还不很搭配,皮肤比前半身细嫩。辛酉想,我的腿要是也能像它的尾巴一样长出来就好了。无数次在梦中,他都梦见自己的腿长出来了,他舍不得用它们,它们还没长结实,还像玻璃一样容易破碎。醒来后他便后悔了,觉得如果在梦中走了,醒来后它们便会仍然留在自己的身上。

汗水已经把衣服湿透了,走不了多远就得歇一阵。又歇了一阵,他决定不再用双手撑着板凳走了,他决定爬。两只板凳拿在手里很碍事,他没想过要丢掉它们,到了城里它们就是他的腿。爬了一阵他才想出个好办法,从衣服上撕了绺布下来,把它们挂在肩膀上,拖着它们走。在城里呱嗒呱嗒走着多好,哪怕受人白眼也好。

饿了,饿得要命,不光是饿,口也渴。他想自己要是头牛就好了,地上的草那么多,想怎么吃就怎么吃。真的,倒是变牛还好点。变牛不用进城,也就不会在城里丢掉两条腿,更不会现在趴在草地上受罪。几年前,他和村里几个年轻人一起进城去拉板车。有一天他无

所事事地躲在板车上晒太阳，突然被从天而降的巨大铝合金玻璃窗砸断了双腿。送进医院的时候，腿还连在他身上，从医院出来的时候，那两条腿就和他分开了。他的老乡帮他买了十多斤盐，把两条锯下来的腿腌猪肉一样腌起来，然后用烟火熏干。他们告诉他，这腿不能丢，要一直保存到他死的那一天，和他一起放在棺材里面，要不然到了阴间仍然没法走路。现在那两条腿还放在他的小屋子里，绑在煤炉子的烟管上，以便冬天烤火时顺便再熏一熏，当然是用布包了起来，不知道的还以为那是一捆旧衣服什么的。即使没有了双腿，他也觉得自己离死还遥远得很，要等到自己死的时候才把它们和他一起放在棺材，他觉得有些滑稽。有时又觉得，那两条腿已经死了，正在等着他，好和他身体的其他部分一起下葬，想到这里，他会很不好受。他几次想把它取下来丢了，可他取不下来，这要人帮忙才行。他的老乡一听他有这个想法，不但不帮他，还劝他千万不能这么做。“他妈的，”他烦躁地想，“我今天要是死在这草场上，到了阴间就找不到我的腿了。”

饿比痛还难受。大腿的截面火辣辣地痛，他觉得他还忍受得了，肠子饿得发痛，饿得发青，才真的是受不了。刚开始感觉饿他便扯草在嘴里嚼，把绿阴阴的口水咽下去。后面他连草一起咽下去，可根本不顶事，指头那么大团饭都不顶事，反而搞得胃里非常难受。

有一次他和几个老乡给一个老板拉钢筋，拉完后老板很大方，买了一捆啤酒和四只猪脚给他们吃，他们吃得满嘴是油，脚蹄子上的肉很糯，一点也不腻人，还有些沾嘴皮。辛酉想：我要是能喝口那样的

汤就好了。

太阳已经偏西了，辛西仍然像某种动物一样，在草地上蠕动着。他虽然是用手在爬，可那两条短短的腿也在跟着使劲，好像下半截仍存在，只是隐身了，别人看不见。就像游泳一样，它们不过是藏在了水里，但仍然能给身体前进的力量。这当然只是一种记忆的摆动，它们已经无法帮助辛西向前了，它们毫无用处地扭来扭去，好像只是为了表达对主人的歉疚——它们也不想这样呵。被辛西压倒的草们很快抖抖擞擞地站起来，它们焦虑地看着他，像在说："辛西，你快点爬吧，天要黑了，不要管我们，你快爬吧。"

阳光从背后照着他，可他已经感觉到风的寒冷了。这时他遇到一个下坡，他不要板凳了，他缩成一团向坡下滚去。小板凳丢了，但并不要紧，现在最重要的是回去，回到城里再去找板凳吧。爬上一个缓坡，他听见了汽车的喇叭声，他非常高兴，一鼓作气，爬了两百多米。

公路就在眼前，车不多，但过一阵总有一辆开过来或者开过去，汽车的声音听上去非常亲切。我总算爬到马路边了，他想。可立即他便发现自己遇到了麻烦。

横在他面前的的确是那条回家的公路，可就像有意要和他开玩笑似的，同时摆在他前面的是一条一米多高的堡坎。他必须爬上堡坎，才能让那些过路车把他带回去。他不知道刘士坤他们是从哪里爬上去的。他努力"站"起来，观察了好一阵，看上去两头都差不多。他非常恼火，但他毫无办法。太阳被公路挡住了，天空虽然明亮，可辛西所在的地方是一片阴影，这无形中增加了一种悲凉气氛，冷阴阴

的风把这种气氛涂成了蓝色，静寂无声的青草似乎也闭上了眼睛。

辛西凭着本能，向回家的方向爬过去，他相信堡坎总有尽头，也许爬不了多远就可以顺着一个缺口或者斜面爬上去。他努力地向前爬着，没往前面看，即使看也看不见多远。堡坎在他眼睛余光里面，如果堡坎结束了，他随时都可以知道。

再也爬不动了，他翻过身来，睡在草上，呼哧呼哧地喘着粗气。但他很快便翻过身，并且“站”起来，这一看他便傻眼了，堡坎不但没有结束，反而比刚才高了，虽然没高出多少，但是比他刚才所在的位置高。“这么说，我搞反了？”他问自己。但是不能再倒回去了，已经没有时间，对一个正常人，也许走十个来回也有时间，可对辛西来说已经没有时间了。

以前他从不把自己在街背后租的那小间房子叫作自己的家，他觉得自己只有一个家，就是远在乡下，那栋黑黢黢的木瓦房。现在他觉得街背后那间小屋也是自己的家了，他太想念它了，他现在非常喜欢它，还有那张无比肮脏的小床，那套已经几年没有拆洗的被子，此时已经是他心里的宝贝了。可他现在爬不到堡坎上面去。

汽车仍不时嗡的一声开过去，嗡的一声开过来，这更让他心乱，他想：你们怎么不开慢点，等我爬上来再开。他怕自己爬上去就再也没有车过了。

“我操！”

辛西骂了一句，不知道骂谁。时间在一分分过去，辛西歇了好一阵，慢慢冷静下来，他终于想出一个好办法。他爬来爬去收集了一堆

石块,听到汽车的声音他便向马路上抛,希望司机能看见,把车停下来。他知道他们一旦停下来肯定要骂他,甚至可能还要威胁说揍他,可只要他们停下来,只要他们看他一眼,他就可以求他们把他带回去。这是最后的一招了,如果这一招都不管用,那今天自己就只有冻死在这里了。

也许是平时用手用惯了的原因,他抛起石头来很有劲,这让他非常满意。

那辆桑塔纳过来时他几乎没有听见它的声音,直到它快到他身边,他才听出来,他急忙抓起一块石头,慌慌张张地向空中画了一条抛物线。他听见哧的一声尖叫,随即便听见乒乒乓乓的声音。“噫,这是什么车？那么大的动静。”他想。

在建筑工地上拉土石方车就是这种声音,开车的都是些毛脚毛手的家伙,脾气大不说,还爱斤斤计较。辛酉很不高兴地想:遇到这样的司机,你甭想他会帮忙。

C盘

从北市开往白马的汽车要经过一片草场,好几平方公里,在云贵高原上很少有这样的草场,就这儿有。先是公路穿过一片丘陵,稍高的地方长着茂密的马尾松,低一点的地方则是青纱帐一样的玉米地。跨过一条翻着白浪花的小河,公路开始爬坡。初始并不算陡,从山肚

子往山湾里绕，一直绕，绕到看不见来路，然后再转回来，一直转，转到看见那条小河，看见刚才路过的村子，当你感觉好像是在往回走了，公路才又转回去，越攀越高。这时你知道，这是一座大山，一位耸立在高原上的大肚罗汉。但松树林反而没有丘陵地带茂密，一层层的梯田，或者一片片玉米地，像是在不停地告诉汽车里的人："别怕别怕，我们都能在这里安家，你坐在汽车里还怕上这点坡么?"途中可以看见搭在人字架上的竹笕，把山泉引进黑瓦房，你会暗想那竹笕里的水一定比城里那些所谓矿泉水甘甜，没有任何污染，喝冷水也没事。瓦房前一片竹林，几棵椿树，一两株扁柏，挡住夏日西晒的阳光；山墙外面的种了一窝葡萄，几只毛色鲜亮的鸡在葡萄架下觅食，院坝里晾着几件花布衣裳……这里才是人生活的地方呵，城市，那不过是个豢养人的地方。公路不再像刚才那样，要走很远才转弯，你会发现公路变陡了，汽车越转越勤了，它假装做出生气的样子，昂昂地没爬多久，又转过头来，昂头向另一边爬上去。终于到了山顶，松树很少了，即使有，也长得老气横秋。但依然有玉米地，偶尔还有稻田，只是那田里的稻谷死瘪瘪的，看得人眼睛累。原以为驶过山岭，就该下坡了。但只驶出几公里，公路便钻进一片又圆又尖的丛山中，山不大，但它们像插在篮子里的笋子，你挤我我挤你，分量大的把分量小的挤高了。汽车真生气了，仍然要爬坡，可什么时候转弯已经无规律可循，以为该转弯的地方没转，以为不该转的地方却转了。山上已经没有什么树了，小灌木丛和蕨草也只长在山湾或冲沟里，山顶上长着稀拉拉的草，裸露的岩石像被乱刀砍过一样粗糙，冷阴阴的景象，让人很

不好受。可正当你感到丧气的时候，汽车却悄悄爬上一面看似平常的大坡，坡上赭红色的泥土像原始的大地一样苍茫，坡上到处是马唐草。坡上完了，两座小山之间夹着一泓清水，是一口面积不大的天然湖。你想知道你喜爱的女人的心是什么样子，看看这个湖里的水就知道了。汽车轻松地从湖边开过去，开出那两座小山，前面豁然开阔起来，眼前便是那个草场。

赵生每次走上这条路，他都会暗自埋怨汽车开得太慢了，慢得简直像老太太爬楼梯。刚走出北市，他便想到前面那片丘陵；行驶在丘陵上，他便想到那条翻着白浪花的小河和那座大山；爬上那座大山，他便想到上面笋子一样的小山和那个湖。汽车开得再快他也不觉得快，因为他总是想在汽车的前面。只有到了那片草场，他的情绪才会好起来，才会真实地评价出汽车的快慢。

草场上的草比较浅，但是很整齐。浅的原因大概是老有几匹马在上面放。是南方常见的小种马，晃眼一看，似乎只有七八匹，可如果仔细一数，才发现有四五十匹。好像正是因为他们身体小，饭量有限，用不着吃太多的东西，啃起草来便挑挑拣拣，踩坏的比吃掉的多。也许是因为海拔比较高，草场上经常起雾，尤其是春夏两个季节，一早一晚都有雾，有时候大雾弥漫几天不散，像到了冬天。那些马在大雾中时隐时现，是很美的，好像它们是从天上来的，不是来吃草的，是来逛人间仙境的。不过更美的还是有阳光洒在上面时，空空荡荡、一览无余的感觉。

赵生每次经过这个草场，都想到上面去打个滚，尤其是天晴的时

候,他想着在上面打滚的滋味,不光是好玩,似乎还有点别的,比如回到了童年什么的。不过主要是好玩,他想他一定会忍不住嘻嘻笑。可他从没在上面打过滚,他总不能叫司机把车停下来,让他打个滚再走吧。

没能打滚他并不生气,实际上,每次经过这片草场,他的情绪都是畅快的,都有一股抑制不住的兴奋。因为过了这个草场,还有二十多公里,他就到家了。那是一个小县城。赵生到过很多地方,发现那个县城还不如别处的一个镇大。但正是因为小,他才喜欢它,如果它像南京上海那么大,他就不会这么喜欢它了。

一个人喜欢上什么都是有理由的,只是有时候自己也不一定清楚罢了。赵生除了喜欢那个叫白马的小县城,最喜欢的东西就是车了。从小就喜欢。当然他也喜欢他的女朋友,不过不是从小,是认识她后才开始喜欢的。有时候他的确不太清楚自己喜欢的是车还是另一头的那个她。比如说现在,赵生正驾着自己新买的桑塔纳行驶在路上,当它百依百顺地轻快地飞速行驶的时候,他已经把她忘记了。

今天和往常不同,他没有像坐大班车时那样埋怨车开得太慢,也没有刚出北市便去想那片丘陵,到了丘陵也没有去想那条翻着白浪花的小河和那座大腹便便慈祥威严的大山。他是这样想的:哈,我这么快就进入丘陵地带了;哈,我这么快就过了翻着白浪花的小河了。他的眼睛里充盈着幸福,充盈着对生活的感激之情。

三年前,女朋友催他和她结婚,她说她都二十六岁了,再不结就老了。赵生说,才二十六,老什么老!他现在不能结,他要自己有了

车才结。她以为赵生心里有别人,买车不过是个借口。他和她已经谈了三年了。比她年纪小的都结了,比她长得丑的也结了。在那个小县城里,像她这么漂亮的姑娘可不多,何况她还有一个好工作,她在银行当会计。她主动要求和他结婚,他居然不答应,气得她眼泪汪汪的,她想得很绝望,想干脆和他断了算了,甚至想到要去自杀。女人一到这时候就会感到绝望。可这些都不过是想想而已,断是断不了的,因为她太爱他了,至于自杀,那不过是特别生气时的一种想法,根本不可能付诸行动。她怪自己,都是因为自己太温柔了。可赵生告诉她,他今后要拥有两个老婆,一个是她,另一个是他的车。她心里酸酸的,嫉妒不是,不嫉妒也不是,她说不清是什么感觉。不过赵生不谈车的时候,对她可是百依百顺,而且他特别会甜言蜜语。她从读过的书上知道,这样的甜言蜜语往往是靠不住的,结婚过后就会露出原形,可她却总是忍不住想听,而且越听心窝窝里越舒服,他要是说少了,她会感觉到什么地方空空荡荡的,很不好受。

赵生是个说到做到的人,现在终于买车了。为了买这辆车,他辛辛苦苦地干了八年。这八年不光是辛苦,还得加上他的运气好。赵生刚进城时,觉得城市像一个蚁穴,忙忙碌碌的人像觅食的蚂蚁,从这个门洞出来,从那个门洞进去,一刻也不消停。赵生笑眯眯的,心里其实有些胆怯,不知道自己的想法是不是能够实现。他花光身上所有的钱搞了一个小小的装潢部,帮人封阳台。北市的人买了新房子都喜欢把阳台密封起来,以此少花钱却又增加了使用面积。开始生意并不顺,后面懂行了,他自己成立了一个房屋装潢公司。

没赚到钱的时候，天天都在想着怎么赚钱，后面做上路了，一笔生意就赚好几万，心里反而不踏实了：一下子赚这么多，是不是在做梦？是不是做了什么犯罪的事情？他经常梦见警察来找他，说那些钱不是他赚的，是他偷来的。当他醒来时发现自己躺在床上，而不是在看守所，那种幸福真是难以言说，快慰、安全、温暖，远远超过了赚钱时的快乐。时间长了，不再梦见警察了，但短短几年，赚得的钱超出了他当初的想象。这时他便又开始想，我怎么会这么顺？老天爷给我这么好的运气，是不是要在别的方面，在我意想不到的时候给我来他一下子，狠狠地别一下我的马脚？当初笑眯眯地加入觅食的蚁群，他一方面忍不住有很多梦想，一方面又嘲笑自己，那不过是异想天开。他对梦想这么快就实现感到始料不及和无所适从。他的确是一直很喜欢车的，但这半年来，到底买不买，他很犹豫。现在做任何一件事情，他都免不了要犹豫，他怕稍有不慎弄出什么事情。

昨天他办完手续，便给她打电话，说他明天开着新车去白马接她，把她接到北市来和她结婚。这似乎在她的预料之中，没有表现出他期待的那种高兴。不过他知道她是个文静的姑娘，她不会当着同事的面咋咋呼呼的，她的热情在她的心里面。

赵生已经爬完那座大山，驶进了那片笋子一样的小山丛中。爬大山的时候，桑塔纳不再像行驶在平路上那么轻快，赵生虽然是坐在上面，可完全是以一种父亲牵着小女儿的心情把它开上来的，上坡的路不太好，他生怕路上的石头把它硌痛了。翻过大垭口，他忍不住表扬了它："嗨，你真行呵。"他的表扬不乏拍马屁的成分。因为他还不

敢说它的整个身心都是他的,它虽然是一堆机械,但它是有心的,它有自己的处事原则和喜好,即使它可以像女人一样在某些时候和你合二为一,但它在大多数时候总是很独立的。以赵生现在的心境,他宁愿把事情想远一点,加上那么一点点迷信,这样心里才会踏实。只有梦想的时候,他是不相信运气的,他相信一切要凭自己的实力,可梦想实现后,他反倒越来越相信和依赖运气了。

爬完大坡,他便不再想车了,或者说他要暂时把它放在一边,他现在得想想他和她的事情。他第一次看见她,是他从北市回去过年,上车的时候,他发现坐自己旁边的女孩虽然穿着臃肿的羽绒服,可他还是一眼就看出她身材很好,按他那些哥们的说法,身条很好。还有那张藏在大衣领子里的脸,让他怦然心动了。以前他总觉得这种事情越浪漫越好,可看见她后,他想就是她了,回到家的第二天他便去找她,他不需要浪漫了,或者说,这就是浪漫。开始那几年他曾怀疑,这么轻而易举就得到了她,是不是太容易了?是自己经不起诱惑还是她太草率?可三年前当他不答应和她结婚,她眼泪汪汪地看着他时,他才知道是另一种不容易,主要是他太想要车了,远远大于他想要她,他不朝那方面想,她反倒急了,反倒怕失去他似的。如果他也像那些哥们一样,没认识几天就住在一起,就去结婚,也许他和她之间,这六年就不会这么简单了。认识到这一点他感觉幸福极了。尤其是后面这几年,如果换成别的姑娘,恐怕早就跟他分手了。他觉得他得到她,也是老天爷赐予他的运气之一,如果不好好珍惜,失去了就再也找不回来了。

赵生到达那个天然湖,天色已经不早了。以前坐班车,不光想在草场上打个滚,他还想在这个湖里洗个澡。这么干净的水,泡在里面会是什么滋味呀?可今天他到达湖边时,他不想下去洗了,这么干净的水,把它搞脏实在是太可惜了。他突然觉得它像女子的眼睛,当然是一个非常漂亮的女子。一个大老爷们,能到女子的眼睛里洗澡吗?他想喝一口,但他犹豫不决,看上去挺干净的,不知道是不是真的就那么干净。他放慢了速度。微波荡漾,落日的余晖洒在水面上,像少女一样善良。

到那片草场了,他今天不是不想打滚,他仍然想,但他想如果能和她一起在上面打滚,那才真正好玩,尤其是他到现在为止还没有打过滚,第一次和她一起分享当然会更有意思。今后有了孩子,他还可以带着孩子一起来打滚,到那时候她爱打不打都行,但他一定会和孩子一起打。他想到那个时候她恐怕不会打,因为她已经是一个母亲,得在他们的孩子面前矜持一点,但在没有孩子之前,她也还是一个孩子,她一定会打的。现在自己有车了,想什么时候打滚就什么时候打滚,用不着不好意思喊司机停车。

驶进草场后公路非常平坦,赵生不由加大了油门,他仿佛看见她正在向他招手:“来吧,快来吧,赵生。”就在这时,赵生看见空中画过这样一条黑线——

黑线像子弹一样射来,他本能地猛踩刹车,桑塔纳尖叫一声,然后飞了起来,向公路外面冲了出去,在空中画出另一条更为壮观的曲线……

D盘

田鼠老R灰拖着受伤的腿一瘸一瘸地走在落日的余晖里,金色的光辉在它水晶一样的眼睛里呈现出别样的苍茫。它知道它老了,但它不会说"我老朽了,身体越来越不行了"这样的废话。在它来说,老了是一种现象,而不是一种心情。无始以来,它们单凭这一点就足以让人类甘拜下风。但是这一点在它的同类中是毫无用处的。由此可见,最大的敌人总是自己的同类,而非别族啊。所谓天敌,能让你不断完善和进步,但你的同类,除了与你争权夺利,还有什么呢?古往今来,最残酷的战争有哪一次不是发生在同类甚至同族之间?

当然,如果把老R灰今天所经历的一切说成是一场战争,那也未免太夸大其词了。它今天所受的伤害,和它一瘸一瘸地回家时的情景,与战场上归来的伤兵的确没有多大差别。但从过程和场面来看,用打架这样的词更准确。

鼠目寸光,人是这样形容它们的视力的。人活在世上,眼光长远的确是非常重要的,但他们不明白,作为田鼠,最重要的不是眼睛,而是鼻子。要不然它们走路的时候就不会把鼻子伸得远远的,而把眼睛嵌在耳朵旁边,和耳朵一起预防天敌的袭击。老了,鼻子不灵了,这是越来越糟糕的事情。但自然界总是最公平的,它收走了一样,会同时给你另一样。老R灰的鼻子虽然不比年轻的时候,但丰富的生活经验正好可以用来对付这一损失。为了生活,就不能自负。今天

老 R 灰出门很早,它没有时间概念,但它凭阳光的味道判定自己出门得很早。随着岁数的增长,早起差不多已经变成了它新的生活习惯。露水刚被蒸发,草地上还残留着青白色的清香。老 R 灰悠闲地走在阳光下,对即将要发生的事情没有一点预感。

在这片广阔的草场上,其他种族(包括人)稍不留神,田鼠们就会以人口众多的优势要把草场下面的鼠洞全部连通,以便它们在地下和在地上一样来去自由。不过,这肯定是不会得逞的,现在不会得逞,将来也不会得逞。

老 R 灰走到一株刺莓下面,吃了一颗鸟弄掉下来的刺莓。这玩意又酸又甜,挺能解渴,味道也不错,但它没敢多吃。早上起来,胃是空的,这种东西吃多了不行。在无所事事的游荡中,它先后碰见了 T 老黑和小黄。老 R 灰有一个毛病,见着比自己年轻的,老爱做出一副慈祥的样子。他对 T 老黑说:"T 老黑呵,我刚才吃了一颗刺莓儿,味道蛮不错的,你一定没见过那么大那么甜的刺莓,你去尝尝,你一定会喜欢的。"T 老黑冷冷地说:"你能用刺莓粘住你身上脱下来的满世界飞扬的鼠毛吗?"T 老黑的话都是这种类型的,甚至更粗鲁更具挑战性。它喜欢以此来表示它年轻能干。老 R 灰没有生气,只是感到沮丧。T 老黑没说错,老 R 灰越来越爱脱毛了,它走到哪里,哪里的草叶或草茎上便会粘上它的灰毛。别的田鼠经过时,稍不注意这些比花絮还轻的绒毛就会粘在它们身上,最讨厌的是粘在鼻尖上。老 R 灰年轻的时候就骂过一只老田鼠老不死的,老田鼠又细又脏的绒毛粘在它鼻子上,痒得它浑身难受。现在 T 老黑这么说它,它感到的

确有些惭愧。为了生活,就不能自负。这也是老 R 灰的原则或者说经验。它跟在 T 老黑后面,T 老黑觅食的本领是出类拔萃的,跟在它后面一定可以沾它的光。碰见小黄的时候,老 R 灰用眼神示意和它一起跟踪 T 老黑,并且暗示只要跟在 T 老黑后面,就一定大有搞头。小黄是一只女田鼠,它不露齿地笑了笑,对老 R 灰的下作深表同情。可老 R 灰以为女小黄不露齿的笑表示含情脉脉,没想到今天起得早还有艳遇,它一下子精神抖擞,走过去,准备和女小黄碰碰鼻子。可它还没走到小黄身边,小黄突然一弹后腿,像飙箭一样消失得无影无踪。

老 R 灰忙回过头继续跟踪 T 老黑。T 老黑回过头来看它时,它故意东嗅嗅西嗅嗅,做出一副在干自己的活的样子。T 老黑跑它便跑,T 老黑停下来它也停下来。T 老黑知道老 R 灰的把戏,有时便故意猛跑一阵,把老 R 灰累得气喘吁吁。或者故意跑到草丛中隐藏起来,等老 R 灰嗅着气味就要找到它时,它突然一下跳出来,把老 R 灰吓得全身哆嗦。T 老黑很讨厌老 R 灰跟在后面,可后面它发现这种追逐也好玩,便不再赶它了。T 老黑为了显示自己精力旺盛,故意在老 R 灰的前面或者后面,从一个点跑到另一个点,全部跑直线,速度快得惊人。有时它会出其不意地向老 R 灰撞来,把它撞翻在地。老 R 灰已经被炎热和困倦弄得一点劲儿也没有,被撞翻后它便趁机让太阳晒晒自己灰白色的肚皮,赭红色的脚爪舒服地伸展着,享受着阳光的抚弄。有时候 T 老黑找到什么吃的,它便极力装出完全不去理会那些东西的味道,一心一意地啃着草根,喉咙里发出一种特别的、

恶毒而又得意的声音。T 老黑一旦不想吃了,便故意大声告诉它:“老不死的,你啃草根干什么? 来吃东西呀!”老 R 灰便庄重地在草上蹭一蹭嘴,然后犹犹豫豫地走过去,担心 T 老黑会突然扑上来给它一下子。

过了中午,草地干涩的味道越来越重了,草们已经被晒蔫了,草场看上去更柔软富有弹性。老 R 灰的肚子填了个半饱,如果剩下的时间找不到好吃的,随便啃点草根也能把一天度过去。可就在这时,它从风吹来的方向闻到了一股让它浑身几乎要战栗的香味。事不宜迟,老 R 灰拔腿便跑。作为一只生活在荒野里的田鼠,这种香味它一生中没有闻到过几回。可 T 老黑比它反应更快,它本来在老 R 灰的后面,可它闻到那股香味后,一眨眼就跑到它前面去了。以老 R 灰的速度,跑拢了恐怕什么也不会剩下,但它一点也没有犹豫,它拼着老命奔跑。即使吃不到肚子里,跑过去闻一闻味道,看一看它到底是什么东西,长长见识也好哇。

跑了百来米,老 R 灰累得眼冒金星,那种味道越来越浓了,不吹风也能闻见。老 R 灰深吸了几口,恨不得把分散在空气中的所有香味都吸到肺里去。又跑了二十来米,老 R 灰看见 T 老黑已经和另一只田鼠 B 小灰打起来了。老 R 灰看见那个东西是一只鲜艳的塑料袋,香味就是从那里面出来的,它不知道那里面的东西名叫饼干,但它用鼻子闻出来了,那里面的东西不多,只有一块。昨天有几个旅游者在草场上搭帐篷,是他们丢弃的。B 小灰咬住塑料袋想把它拖走,T 老黑便扑上去咬它的脖子。它们吱吱叽叽地争吵着,对骂着,龇牙

咧嘴地示威。B 小灰说:“我几天没磨牙了,今天正好用你的腿磨磨牙。”T 老黑说:“你这个打地洞的家伙,敢跟你爷我斗,你简直是眼睛瞎了。”老 R 灰在一边又激动又有些紧张,它也想抓住机会抢饼干,但它知道它不是 B 小灰和 T 老黑的对手,不敢轻举妄动。但为了表示自己的存在,它故意站在了显眼的地方。不过最显眼的地方已经让女小黄占了,一副角斗场上的贵族小姐的显摆模样。这小蹄子知道不管最终谁斗赢,都会献一份殷勤给它,因此没有必要亲自加入战斗。由于过分紧张,老 R 灰全身的毛都奓开了,风一吹,肉眼无法看见的绒毛便在空中飞扬。T 老黑和 B 小灰是棋逢对手,将遇良才,它们已经斗了三十个回合,还没分出胜负。正在这时,另外一只田鼠死青灰突然杀了进来,这下热闹了,谁去抢饼干另外两只田鼠就会扑上去撕咬,它们的眼里又只有饼干没有对手,所以它们等于是展开了车轮大战。有点像三英战吕布,只是它们中的角色变化不定,谁和谁都不是结拜弟兄。光从场面上看,它们不像是在抢饼干,而是在保护它,谁也不许谁碰它一下。B 小灰的脸上被死青灰咬了一口,流血了,但 B 小灰丝毫没有退出竞争的意思,为了这样一块难得一见的饼干,它们是可以不惜牺牲生命战死沙场的。T 老黑的耳朵也被咬破了。死青灰比 T 老黑和 B 小灰都长得壮,但它没想到 T 老黑和 B 小灰会联合起来对付它,因此在打斗中它并不占上风,就像 T 老黑和 B 小灰不可能占上风一样。

老 R 灰看得眼花缭乱,一旦有机可乘,它就会蠢蠢欲动。有一次它往前抢了一步,死青灰回头看了它一眼,吓得它急忙后退。为了生

活，就不能自负。它是知道的。

T老黑B小灰和死青灰之间的战斗到了最惨烈的时候，它们不再叽叽对骂了，它们伺机而动，狠狠给对手来他一下子。地上的草被它们碾平了，鼠毛纷飞，遍地鲜血。饼干袋已经被它们撕得四分五裂，但那块价值连城的饼干没有掉出来。B小灰的脸已经血肉模糊，像戴了一顶红线织的小帽子，T老黑的后腿受了重伤，下半辈子注定只能当瘸腿骑士了。死青灰的伤在肚子上，一块面积不小的皮被撕掉了，痛得它眼泪汪汪，它的攻击力已经大不如前。女小黄已经不厌烦了，忍不住打起了呵欠。它关心的是那块饼干，并不是战场上的英雄。谁愿意马革裹尸还，和它都没有关系。

老R灰的灾难就是在这个时候降临的。

T老黑腿受伤了，行动起来不大方便，当它看见B小灰叼住了饼干，要咬它别的地方已经不可能了，便咬住它的尾巴往后拖，B小灰被拖着往后退了好几个趔趄才稳住阵脚。这时死青灰见有机可乘，B小灰慌了，忙放下饼干，一嘴咬住了死青灰的尾巴。这样它们便连成了一串，一会往前奔，一会往后拖，都不松口。这是今天出现的最有趣的场面。那块饼干已经滚出来了，对死青灰来说是伸手可及，但只要它往前走一步，B小灰和T老黑就会拖着它退两步。

老R灰再也忍受不住了，这可是千载难逢的机会呀，它激动得眼珠子都要跳出来了。老R灰放低前脚，伏在地上悄悄梭过去，在即将靠近时，纵身一跃，便扑到那块饼干上去了。可就在这时，它感到左后腿钻心地疼，回过头一看，被女小黄咬住了，这个恶毒的小娘们，不

知哪来那么大的力气，一口竟把老 R 灰的腿咬断了。老 R 灰痛得就地打滚，女小黄却趁机叼了那块饼干向山坡上跑了。那三个受伤的圣斗士懵了，直到女小黄的身影消失得无影无踪，B 小灰才放掉了死青灰的尾巴。B 小灰一放，T 老黑也放。它们嗅着女小黄和饼干的气味，一起追捕女抢劫犯去了。死青灰的尾巴差不多要断掉了。老 R 灰也追了一阵，但它跑得太慢了，没追出多远便失去了方向。

这时太阳已经下山了，老 R 灰拖着瘸腿回家，真是一出说不尽的晚景凄凉。断腿还有一层皮连在腿上，每走一步，老 R 灰都感到不清不爽的疼痛。它不再去想那块饼干了，它只想早点回家去，躲在草窝里好好休息。老都老了，还留下个残疾，颇不划算。不过在田鼠中间，残疾是不会招致耻笑的，除了给自己的生活招来不便，其他方面不会有太大影响。总之，他对自己的断腿既不感到悲伤，也没有因为只断一条腿而庆幸。除了疼痛使它很烦，心情和早上出门的时候并没有太大的区别。它甚至连仇人是谁都忘了，因为在它心里没有仇恨这样的词。

老 R 灰艰难地回到了自己的领地。虽然腿受了重伤，但回到自己的领地上，伸鼻子伸腿便立马显出某种气派，意识到自己的力量和主宰自己领地的一贯权力。一股陌生的气味使它很不安，它能分辨出这是一个活着的东西散发出来的，但直到走到眼力能济的范围，它才看清楚，它领地上坐着一个人，而且正好坐在它栖身的洞口上，他那巨大的屁股坐在了老 R 灰出入平安的大门口。老 R 灰不知道这个

人名叫辛酉，更不知道他是一个没有双腿的人。这一点老R灰比他强多了，它还有三条腿。但是，面对这么一个庞然大物，老R灰什么办法也没有。

夕阳在天边向草场瞥了最后一眼，仿佛在说："再见啦，我明天再来。"夜色像一个老看门人，提着小板凳，慢慢走到荒野里，眨着浑浊不清的眼睛坐了下来。

凉风习习。老R灰伸了两下鼻子，这是它对辛酉侵占它领地的抗议。辛酉什么也没看见，若是看见了，老R灰可就遭殃了，他会用石头打它，并且以将它一下打死为乐。这也是他作为人的本能之一，而且以他此时的情绪，能打死一只田鼠，可以暂时解掉心里的愁烦。

老R灰无计可施，它围着自己的领地走了一圈，一边走一边用尿做记号。这是无始以来，它所知道的，给领地做标志的唯一的方法。可它面对的是一个人，因此它的行为是瞎子点灯白费蜡。冷风一吹，老R灰更加感到迫切需要回到窝里去休息。此时正是其他田鼠出没最频繁的时候，这是它们寻找配偶和食物的最好时光。可老R灰不行，它的腿断了，它太需要休息了。如果没受伤或者是年轻力壮的时候，它可以另外开挖一条通道，甚至换个地方安家，可今天它无能为力。老R灰静候了一阵，见侵略者没有离开的意思，它围着领地又撒了一次尿，它那袖珍型的膀胱再也撒不出尿来了。老R灰忍不住一声长叹："我要回家，我要回家，我怎么才能回到我那温暖的家呀？"

E盘

赵生的车横歪在马路下面，那里恰好有一个修公路时取土留下的土坑，车一下闯进去，被活生生夹住了，车门打不开。左边车门还被一块石头顶了一下，凹进去了。赵生伤在头部和左手。他不知道手臂是不是已经骨折了，只要不动，痛得就不算厉害，但稍微一动，就像被锯子锯过一样。手掌已经失去了知觉，想活动手指，命令传达到受伤的地方狠狠痛一下，然后迅速跑回来，根本不能传达到手指。他忍住痛，把衬衫脱下来，把左手吊在脖子上。这样好多了，只要痛得不厉害，因此心情并不怎么坏，几年来运气一直那么好，现在坏运气要别一下马脚，也没什么好埋怨的。只是可惜了车，这么新的车，新得像处女一样，还不清楚坏到什么程度，但不管怎么修，修好后也是一个黄脸婆了。

心里虽然并不沮丧，但对自己的处境，他越来越担忧了。开始他想只要有车过路，车上的人就会下来，把他送到医院去。他相信只要在医院住几天，自己就会恢复过来。如果骨折，上夹板时肯定会痛，这是可以预料的，但他挺得住。没有生命危险，就已经是万幸了。他没看见过出车祸，但看见过别人从高处摔下来。那次他正在一栋楼里给手下安排工作，看见对面新工地的升降机里站了两个人，他们是抬预制板的。他们和地上的两个人把预制板抬进升降机，然后站在升降机里面，上升到七楼，再和楼上的另外两个人把预制板抬出去。大概是人太少他们才这样干。赵生当时就意识到那样太危险了，心

里暗自替他们担忧，谁知就在看着他们抬第二次时，升降机的钢绳断了！轰隆一声，钢管搭的升降架像要垮了。等到灰尘散尽后，赵生看四楼位置的钢管上爬着一个人，另一个已经随预制板摔下去了。赵生忙跑下去帮着救人。那人躺在担架上时，浑身是血，把衣服浸透了，嘴里轻轻呻吟着，眼珠又可怜又困惑地转动，好像挺不明白："老天爷，我这是怎么了？"赵生觉得看上去还有救，但还没有送到医院，他就死了。一直到死，眼睛都是睁着的。

想到这事，赵生为自己担忧起来。时间过去好一阵了，没有一辆车路过。

夜色正在天边的白云上涂脂抹粉，像骚娘们一样准备出门浪荡去了，整个天空就是它巨大而令人窒息的乳房，有一股橘红色的味道。赵生对这种味道非常讨厌。他打开大灯，灯光开出一条圆锥形的隧道，他怕蓄电池的电被用完，开一会关一会。心想只要有人看见灯光，就会来救他。后面怕大灯也费电，便只开转弯灯。转弯灯自己闪烁，用不着人去控制，有规律地一明一灭，也许更能引起过路人的注意。他把翻车时的情景仔细回忆了一遍，其实已经好几遍，每一遍都觉得刚才回忆的不准确，要以重新开始的为准。一会觉得向自己飞来的黑色东西是一只鸟，一会觉得是一块石头。从下坠的速度和形状看应该是一块石头，可这个打石头的人在哪里？如果是开山炸石，又没听见炮声。最后，他把它定为一块陨石。在别的事情上你别我一下子都可以，怎么别我的车呀？他对丢陨石的老天爷充满了埋怨。他想到老天居然用这种方式别了一下他的马腿，也够稀奇的了，

他继续发挥他这种想法，虽然受伤的地方很痛，但他脸上没有痛苦的表情。他想，老天爷别这一下也够狠的，我不怕你别我，人无千日好，花无百日红嘛，只要你别过这一下过后，不要再别我就行了，今后我也不要你给我什么好运气，只要让我平平安安就行了，我就感谢你了。他甚至想，我一定会做个好人，见别人有难就帮。这么一想，觉得自己平时基本上也算得上是个好人，没做过什么过分的事。但这是对平常的人，不相干的人。相干的人呢？

为了赚更多的钱，同行之间当然会有竞争，有时不得不使出各种下作手段。说起来，好像并不存在害人之心，但扪心自问，那些事的确是害人的，有时还相当害人。这类事干了多少，早就已经不可胜数了，只是以前并不觉得这叫害人，而是叫竞争，因此也从没有深究过。把它看成生意场上的胜败，不仅感到无所谓，还会因为把对手干掉而万分庆幸，觉得又是一个大手笔，或者得意之笔。

有一个叫富丽的房屋装修公司，实力比赵生雄厚，但在一笔生意上，赵生就把他打败了，而且败得稀里糊涂。当时有一笔让所有装修公司老板都垂涎的业务，谁搞到手谁就能狠狠赚一笔。有实力的老板各显神通。赵生觉得自己一点希望也没有，但心里又着实不想放弃。竞争的结果，富丽的老板成了赢家。别的老板都觉得没有再争的必要了。富丽的老板不惜花血本和顾主拉关系，这在行话里叫“吐血”，富丽的老板到底“吐”了多少“血”没人知道，总之最后的合同被他们拿到手了。赵生有一个自认为比较成功的经验，那就是生意不成人情在。即使拿不到合同，也不会像一般老板那样就再也不和人

家来往。何况就这一次而言,顾主是个效益很好的国营单位,大生意弄不到手,今后也许还有小生意给自己做。等人家把合同都签了还去送礼,对方往往真的把你当朋友。而且这个时候送礼可以简单一些,花费也不必太大,少吐点血。

赵生有一次去郊外的大理石厂联系花岗石,看见厂里几个工人正在用细钢錾雕刻一批黑石板。石板上居然长着一片片荷叶,工人告诉他,这不是荷叶,而是一种叫海百合的化石,形状像荷叶,实际上它们是动物。大理石厂是地质队办的,但这些海百合化石不是用来做地层研究的,而是做观赏石出售的。赵生到成品间看了看,上面的标签把他吓了一跳,一块要好几万,甚至十几万。赵生想,好看是好看,但它们太贵了。厂长请赵生吃饭的时候说到它们,笑着告诉他,标签不是标给买主看的,而是标给收藏它们的人看的。买主要买可以少一个零,甚至可以再便宜点。这种东西,到底值多少钱,是不好定价的。买来送人,正好可以钻这个空子,得到它们的人一看标签,不管是否喜欢,都会把它当成宝贝。尤其是那些喜欢炫耀财富的人,标价低了,反而不高兴。所以这种东西买来送人最好。赵生当天便选了几块,一共才几千块钱。这次赵生送出去的一块,标签上的数字是18888,实际上他花的钱十分之一还不到。

赵生的确没想过送一块石头就能得到多大的回报,心想也就那么点钱的东西,即使今后没有生意做,也不会感到心痛。做生意就像钓鱼,要钓大鱼,平时得喂塘子。

谁料就在这时,赵生得知,富丽公司给一户私宅搞装修时,用的

板材不合格,装修了一年多还有气味,客户要求退钱。像这种小工程,利润是很低的,不在材料上做手脚,是没有赚头的。不大懂行的客户一般是发现不了的。而且即使发现了,要想装修公司退钱,十有八九都不是可能的。一般都会回答退钱不行,但可以处理处理。实际上是处理不了的,不过是在拖时间,因为时间越长,气味自然会慢慢消失,而且住在里面的人,时间长了嗅觉也会降低。

当时报纸和电视正对劣质装修频频曝光,赵生想,富丽的存在毕竟是一个对手,而且还是一个比自己强大的对手,商场即战场,战场上当然是对手越少越好。赵生便以户主的名义向报社和电视台打了一个电话。

后面的结果连赵生也感到意外。有关部门决心好好整治一下装潢这一行,结果富丽成了重点。有一天那个收了赵生海百合观赏石的人打电话给他:“那个活路,还是你来干吧。”

那些同样巴不得富丽倒台的老板回过头来,再来抢这笔生意,也学富丽,不惜血本,但都没抢得过赵生,他们一直不明白这到底是怎么回事。

富丽从此一蹶不振,最后不得不换老板和招牌。现在已经叫“绿居”了:绿居装潢公司。

在这一笔生意上赵生净赚了好几十万,比他搞这一行以来赚的总数还多。今天开回来辆轿车,也有一部分是那笔生意赚的。富丽搞了劣质板材,是他们自己做事不对,举报他们是“为民除害”。这是赵生得到那笔生意后的想法。就是到现在,也忍不住要这样想。

但是在心里,也不是没有害怕过。除了富丽这一件,别的还很多,只不过手法不同,时间不同。像这样的对手多了,心里最怕的是对方知道底细后报复。有一次他会完朋友回家,在楼梯上被不明身份的人打了一闷棍,现在还不知道是谁打的,为了什么事情。将心比心,如果同行知道自己此时陷在这个前不巴村后不着店的地方,恐怕都要举杯庆贺了。

这么一想,发现这么多年来,还没有像现在这么恐惧过。他睁着大大的眼睛,久久地凝望着黑夜,想到那帮对手,他们仿佛就站在黑夜的边沿。有一阵,他看见几个非常高大的影子正向他走来,他们挥舞着双手,身体摇摆不定,走得非常快,但有时会突然停下来,像在商量什么。他想起在报纸上看到的一件事,水果批发市场几个卖水果的,他们把另一个卖水果的杀死了,他们没用刀,他们用了差不多一汽车黄果,把那人活埋在仓库里面。案件侦破后,才知道他们杀他的原因是他破坏了他们的规则。每次进货,他们都要共同约定一个批发价,高于这个价可以卖,低于这个价则不准卖。这样做当然是为了共同的利益,为了赚更多的钱。可他们发现那个家伙总是比他们先批发出去,后面他们才知道,他实际上每次都暗中降了价,并且要那些来批发的人保密。于是在又一次进水果时,他们把他打昏在仓库里,然后用整整一汽车黄果埋了他。

那些黑影走走停停,赵生感觉他们一定是同行派来的,他们要像批发水果的人那样,把他埋起来。他们抱着电钻,扛着锯子,有的拿着斧头,还有的提着油漆桶。直到月亮从东边的山坳上升起,他才看

清那些巨人其实是山上的树,风吹着它们左右摇晃,而电钻锯子什么的,全都是它们的枝丫。明白过来时,感觉很冷,原来是汗水把衣服打湿了。

心里松弛下来了,但不知为什么,突然间觉得,不会有人来救自己的。虽然不再恐惧树影,心里却感到很绝望。这种心情,也许就像等待宣判的罪犯吧。既不是忏悔,也不是恐惧。那些事"犯罪"事实清楚,证据也确凿。

那是他刚进北市的时候,有一次给别人封阳台,玻璃窗掉了下去,砸伤了一个躺在板车上打盹的民工。他把受伤的民工送到医院后,趁乱悄悄溜掉了。那桩活也没敢回去做完。好在客户不知道他的姓名,他以最快的速度把装潢店里的东西转移,在地下干了好几个月,然后才在一条背街上租了间房子重新开张。当时还没起步,欠了一大堆债,他拿不出钱付医疗费。当他的生意慢慢红火起来,钱越赚越多时,他暗中想过,如果遇到那个民工,他可以赔他一笔钱。可有时也怕遇到他,如果被对方认出来,说不定会被对方掐死。而想到赔钱,说不定人家一口喊出个天文数字,让他从此倾家荡产。这样一想又特别怕碰到他。那次出事后,他从不在街上步行,无论到哪里办事都是打的去,他知道民工会在街上走,却不会在的士上把他逮下来。心里一直渴望买一辆属于自己的车,也有这个原因,开着自己的轿车在街上走,就更不容易被逮住了。那个民工的长相现在已经记不清楚了,只有一个模糊的印象,而且还是受伤后痛苦的模样,如果再次见到,他也认不出他了……

这些记忆的残片是有硬度的,他感到太阳穴隐隐约约有一种酸息感,就像关在脑子里的一些什么东西扭动着身子想挣脱出来。

F盘

老R灰是一个很现实的老田鼠,见那位巨人没有离开的迹象,它便开始打洞了。虽然又累又饿又疼,但走进家门的欲望使它忘记了一切。它用嘴挖掘,用两条前腿和一条后腿向后掀土,挖到可口的草根,它便歇下来嚼一嚼。想当年,它年轻力壮,整天无所事事地游荡在草场上,周身散发出逍遥自在的气息,从不为食物担忧。没想过明天会怎么样,也没想过一生会怎么样。只觉得草场上的一切,都是因它而存在的。女小黄的母亲有一天在草场看见它,一下就被它迷住了。可那时候它太傲气了,不把任何一个娘儿们放在眼里,它们全都不要脸地动不动就向它翘尾巴。当然,它也没拒绝过,把那件事当作很多好玩的事情中的一件。

对这种不大正经的生活,它从没怀疑过,其实到今天为止,它也觉得,作为一只田鼠,这么活着是很好的。它有时甚至会想,多亏我是一只田鼠才可以这样生活,如果我是一头牛,或者一匹马,恐怕就没这么幸运了。任何一种族类,只要和人族发生了联系,不管是什么样的联系,那就是倒八辈子的霉了。

虽然挖掘没有停止,嚼草根也没有停止,但老R灰第一次感到自

己的身体越来越不想听它的使唤，挖了半天，才挖了大半个身长那么深。它想：如果我今天就死去，我这辈子过得也够幸福的了，所以我下辈子还是要做一只田鼠……

T老黑突然冒了出来，一副吃饱了没地方消斋的样子，走到老R灰的新洞旁边。他叼了一根刚挖出来的草根，随便嚼了一下就吐了。老R灰很难为情，它怕T老黑问它为什么白天不打洞晚上打洞。于是它半坐在新泥上，假装有滋有味地嚼着草根，以便让T老黑转变想法，觉得它不过是想吃草根，不是为了开洞回家。以打洞著称的鼠族，天黑了回不了自己的家，那是要遭到天下鼠类耻笑的。T老黑见老R灰嚼得津津有味，把它的胃口也吊起来了，以为老R灰嚼的那一根味道肯定非同一般。它是从不讲什么道理的，蛮不讲理地跳起来抢夺，老R灰大度地把那根嚼了一半的草根让给它，可T老黑只嚼了一口，便大失所望，它怀疑老奸巨猾的老R灰做了什么手脚。老R灰暗自好笑，又选了一根津津有味地嚼起来。

如果不是和夜色一起进入黑夜，此时恐怕什么也看不见了，但辛酉还能看到几十米远，能分辨出远山的轮廓。他想：再没有人来救我，我今晚上恐怕要死在这里了。说不定那些发现我尸体的人还会大惊小怪：嗨，这个人腿都没有，怎么走到这里来了？他是不是从飞机上掉下来的？想到这里，他想我还没坐过飞机哩，每次看见它时它都在天上，像他娘的小板凳上那么大一个。据说可以坐好几百人，那些人是不是只有小指头那么大？要不然怎么坐得进去？不，不会的，凭我身上的衣服，人家也不会把我和飞机联系起来。若是真坐过一

回飞机,死了也值啊。死我是不怕的,他想。和他一起出门打工的徐三毛,到北市一年就死了,病死的。快咽气的时候求辛酉无论如何要送他回去,他怕被火化,对死他都不怕,但一想到火化,他便怕得发抖。其实在北市这样的小城市,只有机关单位的人死后才火化,其他人是可以土葬的。徐三毛神志不清时,感觉自己躺在火堆上,别人正在点火烧他。辛酉那时腿还在,他和另外几个老乡把徐三毛送了回去,埋在他家屋后的青冈林里。那年过春节辛酉还去看过三毛的坟,才埋下去半年不到,坟上就开始长草了。辛酉当时心里便很沉重,觉得人活着的时候时间过得很快,死了过得更快。想到这里,辛酉的眼泪滚了下来:我就这么死了,有谁会帮我把腿放进棺材里呀?到了那边,我也只能爬,不能站起来走哇。他满怀忧伤,满怀绝望和恐惧,他怕的不是死,他怕的是死后也没有腿,在阴间也是个残疾人。"我不怕火化,"他想,"只要火化的时候把我的腿一起火化就行。"

小时候,父亲给他讲过一个传说:很久很久以前,在他的老家冉姓坝有一个名叫朱义的人,他没别的手艺,只能靠背人过河过日子。有一天他想到这样一个问题:我活着的时候要过河的人我可以背,我死了怎么办呢?他想干脆修一座桥,有了桥就不用人背了。他没有那么多钱,他背人过河存下来的一点点钱实在微不足道。他便去求县太爷,希望得到他的支持。县太爷想:一个背人过河的人都有如此高的境界,我作为堂堂一知县,这点钱算什么呢。朱义欢天喜地地回到河边,找来工匠民夫,和他们一起开山炸石。没想到第一天,他的腿就被山上滚下的石头轧断了,伤好后朱义成了一个瘸子,再也不能

和民工们一起干活了。众人说:“算了,你当个监工吧。”朱义便天天到工地上监工,可有一天,他正在看一个石匠刻龙门石,錾子下面一块石花飞来,把他的眼睛给弄瞎了。修了整整八年,石桥竣工了。朱义特地请县太爷来剪彩。就在剪彩的时候,突然间狂风大作,雷鸣电闪。朱义还没踏上新桥,就被雷电劈死了。连县太爷也忍不住一声长叹:“苍天啦苍天,对朱义这样的好人你为什么要如此残酷啊。”县太爷泪流满面,从怀里取出县印,在朱义的背上盖了一个印戳,对朱义说:“朱义呀,早死早托生,你去吧。”县太爷回到县衙,百思不解,为什么好人没有好报。有一天县太爷上庙,和庙里的老和尚谈及此事。老和尚说:这是朱义的果报啊。以他前世的冤孽,他一世要当瘸子,一世要当瞎子,还有一世要被雷劈死,要过了这三世,才能成正果。也正是因为他行善积德,冥冥中让他把三世的孽一世就报了。后来,当朝皇帝家里生了一个太子,背上有一块朱红大印,无论宫里的使女怎么洗,无论太医用什么药,都没法去掉。已升任州府的县太爷闻之,来到皇宫,叫使女抱出太子,他只用手掌轻轻一揩,就把那块红印揩掉了。

想起这个传说,辛酉想:我前生恐怕也有什么罪孽。失掉双腿,还要这么凄惨地死在荒郊野外。这世的孽还完了,下世就好了。但没有一个人知道我是怎么死的,更不要说在我背上盖大印了。下世投生,投到什么样的人家呢?当官人家,有钱人家,但他想来想去,还是觉得投生在冉姓坝那样的人家好。什么都不要,平平安安地在冉姓坝做一辈子农民,也很不错呵。

T老黑对老R灰津津有味的样子忍无可忍,它连抢了三次,嚼到自己嘴里都很难吃,它狠狠给了老R灰一爪子。老R灰本不想惹是生非,但T老黑太过分了,它丢下草根向T老黑扑去,不料那条差不多已经忘了痛的断腿狠狠拉了它一把,险些把它痛晕了过去,它吱吱地叫了起来。T老黑为了显示自己的威风,也可笑地吱吱叫着。

辛酉听见田鼠的叫声,循声望去,两只田鼠好像正在互相挑逗,他想它们肯定是一公一母。他没想别的,看见鼠他就想打,他一直很讨厌它们的模样。手边的石头差不多都被他抛到公路上去了,只找得到一根半尺长的刺梨根。他悄悄爬过去,可他还没举起刺梨根,其中一只老鼠发现不妙,以极快的速度逃得无影无踪。另一只愣了一下,随即也拔腿开溜。辛酉发现它跑得一点都不快,便更加有劲地追赶起来。他没发现这只老鼠是瘸子。

老R灰又惊又恐,他不明白这个用手走路的人为什么不放过它。它的速度并不慢,辛酉根本就追不上它。但它今天实在太累了,腿又不行,跑不了多远又得停下来休息,把气儿喘匀。等辛酉追上来,它又没命地朝前跑。辛酉火了,心想:你他娘的老鼠也欺负我?老子今天拼出老命也要打死你!仿佛今天所遭受的一切,都是因为这只该死的田鼠。一个有气无力地奔跑,一个气喘吁吁地追赶。黑夜无动于衷,草们却看傻眼了,它们举着晶莹的露珠问:“草神,他们这是怎么了?”

老R灰越来越把愤怒牵涉到T老黑身上,如果不是它捣乱,也许自己已经把洞打通了,已经美美地睡在窝里了。老R灰自己也很奇

怪，它无法把自己的愤怒牵涉到这个追赶它的人身上，它除了怕他，似乎并无别的联系。辛酉已经丢掉了那根刺梨根，因为拿着它太影响他“走路”了。老R灰在逃跑的途中看见女小黄，它突然有一种和女小黄就要永别了的心情，哀伤地吱吱了两声。女小黄诧异地看着它，突然发现老R灰后面有一个莫明其妙的东西在拱动，喘气如牛，它急忙溜出危险范围。停下来时，看见老R灰就要被追上了。它心想：天啦，幸亏老娘跑得快。然后它便后悔起来：我今天不咬老R灰的腿就好了。

老R灰感觉每一棵草都是一把剪刀，它每跑一步它们就剪一下他的后腿。它想：只要我还有一口气，我就要跑，我不能让你追上。其实辛酉也比刚才慢了许多。要不是他感觉离田鼠越来越近，他都不想再追了。

月亮升起来了，傻姑娘一样直愣愣地看着草原。

老R灰跑到一堆乱石中间，惊喜万分地发现石头中间有缝隙。它钻进去后，发现里面很宽敞。太好了，真是太好了，它想。它观察了一下，然后回过头来，想看看那个人追来没有。它没看见他，以为它把他甩掉了，便很骄傲地钻到缝隙深处，很挑剔地选了一处地方，舒服地趴了下来。把那么大一个庞然大物甩掉了，明天怎么向T老黑它们炫耀呢？这可是个大问题，还没想出个名目，它就已经睡着了。

其实就在这时，一辆货车从马路上开了过来，都快开拢了辛酉才抬起头，喊了一声：“停一下！”货车没有停，也没有减速。辛酉骂了一

句，然后垂头丧气地找那只田鼠。田鼠不见了，但辛酉的心突然狂跳起来：他可以爬上那堆乱石，然后爬到公路上去！

辛酉的断腿截面上的皮肤很细嫩，和小孩的皮肤差不多，爬上石堆的时候被尖利的石头划破了。平时在街上乞讨，他就喜欢用手去摸大腿截面上的皮肤，在别人看来那是一种向人要钱的广告，实际上他真的喜欢摸，因为摸着很舒服。

腿上火辣辣地痛，但他仍然抑制不住内心的狂喜，好像只要到了马路上，就可以回家了。他想，只要有车过来，他就爬到马路中间去。光用嘴喊不行，得冒着生命危险让司机把车停下来，也许要被他们骂一顿甚至踢两脚，但只要把他带回家，什么样的侮辱都可以忍受。再回过头去看草场，草场也变美了，月亮的清辉洒在上面，像铺了一层柔软的棉絮。突然想起那只田鼠，辛酉回过神来：天啦，要不是它带我，我怎么爬得到马路上来？同时心里很是蹊跷：我往两边都爬了那么远，怎么就没看见这堆石头？他对老 R 灰充满了感激之情，它要不是鼠仙，怎么会把自己带到马路上来。可一想到刚才还追着要打死它，他后悔死了。他给鼠仙磕头，给鼠仙认错，骂自己有眼无珠。只要能把自己的罪孽减轻一点，叫他磕一百个头都愿意。他忘记了对所有人，包括今天把他拉到草场来的人的恨，但他不是原谅他们，而是突然觉得这世界人算不了什么。“只要我能回家，我还要什么呢？什么也不想要。”他想。

G盘

赵生突然看见车外面有一个人,他没看见他的腿,他那么矮,却又长着一张成人的脸。他下意识地"啊"了一声。

"我今天等了一天都没等到车,这个车却开到马路下面来了,还是辆小车,要是一辆大车,恐怕就没事了,大车可以骑在坑子上。"辛酉一边自言自语,一边等待赵生的反应。他不知道车里面的人是不是已经死了,看上去一动不动,他心里发毛。

赵生想:天啦,从土里长了个人出来,我却一点也没看见。他要干什么?人不可能从土里长出来,没听说过有人从土里长出来,除非他是鬼。他感觉嗓子被勒住了,打了一个木楔在里面。但他还是拼尽全力,煞有介事地咳了一声。

辛酉惊喜地说:"呀,还是活的!"他像婴儿一样向赵生爬了几步,然后再站起来。"我看见灯光一闪一闪的,还以为是鬼火。"他对赵生说。

赵生心想:我是不是碰见鬼了?

"你出不来了?"

赵生在心里答应了一声,他依然紧张,心还在怦怦跳,想答应,但嘴里答应不出来。

"我有一个办法。"辛酉说,"用千斤顶把车子顶起来,然后在轮子下塞石头,只要把轮子垫到和外面一样高,你就可以开上来。你有千斤顶没有哇?"

“没……没……没有。”赵生把大灯打开，他终于看清楚了，原来是个没有双腿的残疾人。

“没有千斤顶可不好办。”辛酉说。

“你是附近村寨的吧？能不能帮我找几个人，我会给钱的。”赵生一边说一边想：我是不是太过分了？他双腿都没有，怎么去喊人？

辛酉说：“没有千斤顶有根撬棍也可以呀。”他突然发现更好的办法，于是很兴奋地说：“只要把你车屁股后面的泥巴撬掉，你就可以倒上来。”

“撬棍倒是有一根，但是恐怕太短了。”

“你给我看看。”辛酉说。

“在后备厢里面。”赵生把大灯关了，然后打开车里的照明灯。这时他更加看清楚了，这个没有双腿的人是个年轻人。

辛酉拿着钥匙走到车后面，费了好大的劲才把车厢打开。可他够不着工具箱，工具箱掉里面去了，即使一个有腿的人，也要费点力才能取出来。他只好像小孩子翻墙一样，整个人翻到后备厢里，把撬棍取出来，先丢在地上，然后再翻出来。他的手很有劲，所以翻上翻下并不困难。加上小时候爬树骑牛什么的，看上去还挺灵活。没有腿的人双手都很有劲，这也是肯定的。

辛酉还钥匙给赵生时，有些惭愧地问：“你……有吃的东西没有？我要开始干活了。”他平时在街上等别人施舍的时候，从没有向人要过吃的东西，而且即便是要钱，他也没开过口，守着小板凳茫然地坐在那儿，别人给他钱，他也没说过一声谢谢。

赵生说："我没有别的东西，只有糖。"

赵生的糖很多，是带回去做喜糖的，他从后座上随便拉了一袋下来，辛西一见差不多像三岁的孩子一样忍不住笑起来："这么多呵。"他剥了一颗丢在嘴里，还在笑。赵生暗想，这瘫子好像还有点傻。辛西见赵生看他，不好意思地说："我已经一天没吃东西了。"赵生说："那你多吃点。"辛西吃得很快，嚼得嘎嘣嘎嘣响。赵生说："你吃慢点。"还有半瓶矿泉水，他也递给辛西。辛西一边吃一边告诉赵生，他不是附近村寨的。当赵生得知辛西今天的来历，笑着说："我还以为你是从土里长出来的呢。"

月光越来越明朗了。

辛西爬到后面，用撬棍撬着土，吃了赵生给的糖，他觉得好受多了，力气也大多了。每次只能撬下拳头那么大一块。撬棍没有锋刃，凭手插不进土里，撬棍安好后，他用胸脯使劲去顶，顶得越深，撬下的土越多。顶痛了一个地方，他便换一块地方，整个胸部都顶痛了，他便歇一歇。歇下的时候，他把撬下的土塞到后轮下面去，这样赵生就更容易把车倒上来。他想：刚才鼠仙救了我，现在我一定要帮这个人。只要我帮了他，鼠仙恐怕就不会怪我了吧？即使要怪，也要轻一些吧。当然，也不光是因为鼠仙，没有鼠仙他也会帮这个人的，因为他发现，这么帮别人是一件很快活的事情。

赵生也吃了两块糖，他移到右边，这样可以伸出头和辛西说话。他没想到自己居然要一个瘫子来帮助，这个瘫子的傻劲让他很感动。想到平时在街上碰到那些讨钱的，身上如果有硬币，他便把硬币丢给

他们。并不完全是因为怜悯之心，而是因为不喜欢硬币那种冷冰冰的感觉。这么想着，不禁有些内疚。

辛酉挖土的声音很小，听上去像一个小土拨鼠在那儿钻土。但赵生知道他没有停，从辛酉喘气的声音可以判断。赵生有一阵想钻出去，和辛酉一起干。辛酉说："算了，你一只手帮不了我。"

辛酉发现一个窍门，先扒在下面撬，把下面的土掏空，然后再到上面来撬，这样撬得大块些。有一次他撬了砖头那么大一块，他像做出了很大的成绩一样，把那块泥巴举在手里端详了一会，然后才恋恋不舍地把它塞到车轮底下。

赵生逐渐觉得，辛酉这么卖力，是为了要他把他带回北市去，是为了一会坐他的车，这么一想，他像觉得不下去帮辛酉也是可以的。当然，他会带他回去，还会给他点别的东西。

赵生问辛酉："到白马后最想干什么？"

辛酉说："白马？我不去白马，我要回北市。"

赵生说："我是从北市来的。"

辛酉泄气地说："弄了半天，我们并不同路呵。"

赵生笑着说："这有什么关系？你今天跟我回白马，等我结完婚我们一起回北市。"

辛酉也笑起来："那我就可以坐两次轿车了，我长这么大，还没坐过轿车哩。"

赵生说："我倒是经常坐，但以前都是坐别人的，现在是坐自己的。你还没回答我呢，你到了白马最想干什么？"

“想吃一碗米饭。”辛酉说。赵生又问他第二件，他说：“还用得着问吗？第二件是睡觉。”赵生和辛酉一起嘿嘿笑起来。

备份盘

写到这里可以不用再往下写了，虽然故事远远还没结束。我知道你会在心里说：这个故事太假了，天下哪有这么蹊跷的事。

是呀，太假了。不过，生活每天总在产生各种可能，每一种可能又会生出更多的难以预料的可能，这才是我想告诉你的。

赵生和辛酉到了白马，赵生在一个小馆子里请辛酉吃饭。赵生在路上都没想在馆子里请辛酉吃饭，而是准备把他请回家，就在家里吃，可快到白马时他的主意变了，怕辛酉的模样吓坏未婚妻。而且他满身是泥，坐在哪里就会脏一大片。

辛酉吃得非常过瘾，吃得满头大汗，慢慢地眼睛有神了，身体的力气也回来了。赵生吃得并不多，因为没干什么体力活。他赞扬了辛酉的胃口，辛酉嘿嘿笑。辛酉已经吃饱了，可他还想吃。赵生关心地说：“饿过头了不能吃得太胀，吃得太胀了肠胃受不了。”辛酉默默地看着赵生，好像是在分辨他是真关心他，还是舍不得。看了一会，点了点头。赵生说：“你想做的第一件事已经满足了，下面该做第二件事了，我去找个地方，你好好睡一觉。”辛酉说：“我现在想好好洗个澡。”赵生说：“好，你身上的确太脏了，我身上也脏，我和你一起洗。”

洗澡之前,赵生还给辛西买了套新衣服,价钱并不贵,但比辛西平时穿的衣服好多了。进了澡堂后,在大池里泡舒服了,辛西说他要给赵生按摩。赵生说不用,澡堂里有专门的按摩师。辛西说他们的手艺是蒙人的,自己才是真正的按摩师,因为自己是残疾人,学按摩比澡堂里这些人专业。赵生便让辛西给他按摩,辛西在心里说:“我今天终于把你找到了。”赵生见他发呆,问他干什么。他说:“我终于把你找到了。”

2005 年 3 月于贵阳